新! 店長がバカすぎて

早見和真

ハルキ文庫

角川春樹事務所

目次

本書は二〇二二年九月に、小社より単行本として刊行された作品です。

新！　店長がバカすぎて

第一話　帰ってきた店長がバカすぎて

わずか十分前のことだった。私はたしかにこう聞いた。

「こんな時期ですのでね。朝礼は手短に済ませようと思っています——」

三年ぶりに再会した部下たちに対する挨拶《あいさつ》でも、はじめて顔を合わせるスタッフへの自己紹介でもなかった。

そんな前振りから朝礼を始めた山本猛《やまもとたける》元店長に……、いや、今日から再びその職に舞い戻った山本猛新店長に、私は少しだけ期待した。ああ、この人もたくさんの苦い経験を積んできたのだろうと。生まれ変わったのかもしれないと。

かつての店長を知る〈武蔵野《むさしの》書店〉吉祥寺《きちじょうじ》本店の面々も、そのらしからぬ一言に揃《そろ》って「!?」という顔をした。

となりに立っていた大学生のアルバイトの男の子なんて「聞いていた感じと違いますね。思ってたよりイケメンですし」などと小声で私に言ったのだ。

それが十分前の出来事であるなんてとてもじゃないが信じられない。このわずかの間に祝福ムードは一掃され、正社員も契約社員もアルバイトも関係なく、性別も年齢も出身地も仕事への熱意の差も乗り越えて、みんなが同じ感情を共有していた。

苛立《いらだ》ち。

あるいは、果てしなき怒り。

ああ、なんて懐かしいこの一体感。

だからといって尊敬になど値しないが、たった十分で三年前と完全に同じ空気を作り上げられることは才能であると言っていい。

いや、この朝の十分を「たった」と表現してはいけないことを、私たちはみんなよく知っている。

「書店における朝の十分は、平時における一時間に匹敵するものと私は考えています。意味のない朝礼になど時間は割きません。みなさんも開店前の準備時間を大切にしてください」

きっと前任者の軽薄な笑顔を念頭に置いて、最初の挨拶のときにそう言い放ったのは小《こ》柳真理《やなぎまり》前店長だ。

そのとき、一人、また一人と、自然発生的に拍手が湧《わ》いた。まるで名スピーチに胸打たれたアメリカのセミナー聴講者のように、見事に内気揃いの〈武蔵野書店〉のスタッフたちが放心状態で手を叩《たた》いていた。

山本店長が宮崎の山奥の新店舗に異動となり、入れ替わるように小柳さんが復職し、新たに店長の職に就いた三年前。振り返れば、あの頃《ころ》がもっとも幸せな日々だったかもしれない。

ちらりと時計に目を向ける。開店まであと十五分。店長はすでに平時に換算して一時間もの時間を一人でしゃべり続けている。

ああ、それにしても眠たくて仕方がない。店長が宮崎から戻ってくることに興奮し、悔しいけれど昨夜はほとんど寝られなかった。

私はあくびをかみ殺す。店長の眉《まゆ》がかすかに上がる。

「どうかされましたか？　谷原京子《たにはらきょうこ》さん。ちゃんと聞いてくれていますか？」

ああ、デジャヴ。

なぜかフルネームで呼びかけられるこの感じ。

古いメンバーは一様にぴくりと身体《からだ》を震わせて、となりの大学生はポカンと口を開けている。

店長はさらにウンザリしたように言ってくる。

「いつまでも契約社員気分でいられたら困りますよ。あなたを正社員にするために私がどれだけ陰日向《かげひなた》に暗躍したことか、まさかお忘れのわけではないですよね？　お願いですので、私の顔にだけは泥を塗らないでください」

一瞬、私は呆気《あっけ》に取られた。それこそが三年という時間のブランクだ。以前の私だったら、その瞬間、喉《のど》を鳴らしたに違いない。「ガルルッ」というノスタルジックな音が緊迫した店内に響いたのは、つかの間の静寂のあとだった。

みんなの前で明かすようなことではないし、いまいる契約社員に対しても失礼だ。「陰日向に暗躍」という言葉もゾワゾワするほど気持ち悪い。言いたいことは一気にあふれたが、私はそれを表明しないし、店長だって私の苛立ちに気づくようなタマではない。

やれやれというふうに肩をすくめるだけで、店長は言葉を連ねていく。

「そうですね。そうしたら、再会の挨拶代わりに、最後になぜ〈武蔵野書店〉吉祥寺本店が日本一の書店を目指さねばならないのかという話を確認しておきましょうか」と、あたかもそれがかねて店の共通目標であったかのように語り始める。

とうに怨念《おんねん》にあふれていた店内に、店長の声だけが響いている。

「では、そこのあなた――」

店長が無礼にも指さしたのは、半年前に入ったばかりのアルバイトスタッフだ。山本多《やまもとた》佳恵《かえ》という名前の二十五歳の女の子で、いつも飄々《ひょうひょう》としており、つかみ所がない。とんでもなく心が強く、その所作はどこか店長を思わせるもので、同じ名字であることも相まって、一部の口さがない古参からは「山本店長の隠し子」などとウワサされていた。

「はい？」と、山本さんは気怠《けだる》そうに応じる。心の内の読めない表情は、なるほど、どこか店長を彷彿《ほうふつ》とさせる。

店長は静かに問いかけた。

「あなたは日本で一番高い山を知っていますか？」

「はい。ええと、富士山なんじゃないかと思います」

「そうですね。では、二番目に高い山の名前はご存じですか？」

「あ、それは北岳《きただけ》です」

「そう。つまり、そういうことなんです。一番と二番の間にはこれだけの違いがある。ちなみに世界で二番目に高い山はご存じではありませんよね？」

「ゴッドウィンオースティンです。いわゆるＫ２」

「つまりそういうことなんですよね。我々が一番を目指さなければならない理由です」

店長はなぜか自慢げに胸を張り、山本さんは感心したように息を漏らした。つまり、どういうことなのか。私のような凡人にはわからない。店長が冗談を言っているわけじゃないのは、その誇らしそうな顔を見ればあきらかだ。あらかじめ敷いていたレールが屈強すぎて、軌道修正が利かなかったのだろう。

そのやり取りに懐かしそうに目を細める古参も、おどろく新スタッフももういない。老若男女、一人残らず苛立っている。

初対面の大学生が思わず「イケメン」と言ってしまうくらいだ。ひどく痩《や》せぎすで、肌は病的に青白くはあるけれど、黙ってさえいれば見られない顔ではない。マスクなどしていれば尚更《なおさら》だ。

店長はわざとらしく腕時計に目を落とし、手を叩きながらみんなを鼓舞した。

「ほらほら、ボーッとしているヒマはないですよ。書店の朝の十分は、平常時の一時間の価値があるんです。さぁ、また楽しい毎日の始まりです！」

誰《だれ》一人それに応じることなく、スタッフたちは蜘蛛《くも》の子を散らすように持ち場に去った。私は一人その場にたたずんでいた。

そして無意識に微笑《ほほえ》みながら、おかえり、店長……と、心の中でつぶやいた。

実に自分らしいと我ながら呆《あき》れた。いつもは三十分かけてもままならない仕事を、十分弱でやり遂げた。

私には以前から「人間はあったらあったで満足しないし、なきゃないで知恵を絞ってなんとかする生き物」という持論がある。

毎月のように金欠に陥り、お手製のちくわパンを、朝、昼、晩と、食べ続ける月末がやって来るのがわかっているのに、読みたい本が発売されれば迷いに迷って結局買う。もちろんさらに苦しい月末が訪れるが、なんのかんのと乗り切れるものだし、逆に文庫の解説を書くなどして臨時収入があったとしても、月末は不思議なほどちくわパンばかり食べている。

いつか笑い話としてスタッフの一人にそんなことを伝えると、その子はかつてないほど瞳《ひとみ》を輝かせた。

「ああ、すごい。谷原さんもなんですね？　わかります。なければないで知恵でなんとかするのが人間か。ものすごく曖昧《あいまい》だし、頼りないし、冷静に考えてみたらよくわからない理屈ですけど、谷原さんのそういうアンニュイな考え方、私やっぱり好きだなぁ。たとえ原発を廃止したとしても、きっと人間は違うエネルギー源を作り出しますよね？」

「うん？　いや、ごめん。ちょっと待って――」と、瞬く間に反原発派の仲間入りをさせられそうになった私の弁明を、彼女は聞こうとしなかった。

「ほら、私って変にストイックなところがあるじゃないですか？　だから谷原さんのそういう信念のなさっていうか、意志薄弱さっていうんですか？　まぁ、とにかくそういうフワフワしたところって憧《あこが》れてしまうんです」

あの日、結果的に私のメンタルをズタボロにし、最後まで言い分に耳を貸そうとしてくれなかった後輩の契約社員、磯田真紀子《いそだまきこ》さんがレジに立つ私のもとにやって来た。

「谷原さん、読みましたよ」

磯田さんはいつもの仏頂面で口を開いた。ぶっきらぼうな態度に虚をつかれ、咄嗟《とっさ》に反応できなかった。

「え、もう？」

磯田さんに「他の人には絶対に内緒で」と、当代きっての売れっ子作家、大西賢也《おおにしけんや》先生の新作の原稿を渡したのは昨日の帰り際のことだった。決して短い小説ではなく、ただでさえ磯田さんが多忙なことは知っていたので、さすがに心の準備ができていなかった。

磯田さんは当然だというふうに首を振る。

「谷原さんから読めって言われるの久しぶりだったので。一気読みでした」

「ありがとう。どうだった？」

「だから、一気読みだったんですってば」

磯田さんははじめて私を横目にして、無骨に笑った。おもしろかった、ということらしい。ゆっくりと血が身体を巡っていく。自分が何か為《な》し遂げたわけでもないのに、いいと思った作品を認められると心が充《み》たされるのはどういう原理なのだろう。

「これ、完全に大西先生の勝負作ですよね。というか、私はデビュー作のようなほとばしる思いを感じ取りました」

「やっぱり？　ちょっと『幌馬車《ほろばしや》に吹く風』と似てるよね？」

「はい。作風は全然違いますけど、熱量が似てるんだと思います。これって完全に希望の物語ですよね。少なくとも私はそう受け止めました。こんなに悲しい話なのに、なんでだろう、明日もまたがんばろうって思えたんです」

「わかる、わかる。めちゃくちゃわかるよ」

「大西先生、ノってますよね」

「磯田さんもそう思う？　私もちょっとすごいと思ってて」

「正直、私は『店長がバカ過ぎる』のいい読者ではありませんでした。あの作品は私の好みじゃなかったですけど、大西先生があれを書いたことで何か突き抜けたということはわかります。作家にとってあの作品が必要だったことは間違いなく、今作がそれを完全に証明していると思いました。あっちは好みではありませんでしたが」

まるで与えられたセリフを読み上げるかのように、磯田さんは勇ましく「好みじゃない」ことを伝えてくる。

浮かれていた気持ちが急速に萎《しぼ》んだ。もちろん誰かにとって大切な作品が、他の誰かは気に入らないなんてよくあることだ。べつに落ち込むことではない。

しかし、それを差し引いたとしても、磯田さんの言葉は引っかかった。

「ごめんね。やっぱりまだ怒ってる？」

私はおそるおそる尋ねてみる。手をテキパキと動かしながら、磯田さんはこちらを見もせず首をひねった。

「何をですか？」

「いや、だから『店長がバカ過ぎる』の件。私が、その、大西先生にペラペラと店の事情を話してたこと」と口にしたとき、レジの前を通りかかった店長がわざとらしく咳払《せきばら》いした。

　磯田さんはそれをあざやかに無視して、私に顔を向けてくる。

「怒ってませんよ。っていうか、いつまでそんな古い話してるんですか」

「だって……」

「それとこれとはべつです。ただ私の小説の好みが、デビュー作や今作のような熱の籠《こ》もったものが好みだというだけの話です。バックグラウンドは関係ありません」

　そう言って磯田さんが手元に視線を戻したとき、広さ百二十坪ほどの店内に開店を告げる『愛のオルゴール』が流れた。

　社長の趣味であるという。かつて血気盛んなスタッフたちから「朝っぱらから白々しいからやめろ！」というシュプレヒコールが上がったが、親社長派の筆頭である店長が「何をおっしゃいますか！　いいですか、愛のオルゴールとは初期のフランク・ミルズのですね――」などと、作曲家の情報をとうとうと述べることでうやむやに堅守した。

　その店長が柱の陰からジッとこちらを見つめている。二人とも気づいていたが、いつも開店と同時に雪崩《なだれ》を打って入店してくるお客様がめずらしく一人もいないのをいいことに、かまわず話を続けた。

「そう？　だったらいいんだけど」

そんなふうに応じながらも、小さなため息が自然と漏れる。覆面作家として活動してきた大西賢也先生がはじめて公の場で正体をさらしたのは、いまから三年前、〈武蔵野書店〉吉祥寺本店でのことだった。

モノトーンの衣装に身を包んだ女性がステージに上がったとき、何十年もこの日が来るのを待ちわびていた旧来のファンたちは一様にキョトンとしていた。

かくいう私もそのときになってもまだ信じられなかった。石野恵奈子《いしのえなこ》さんという名のその女性は、私の父が営む神楽坂《かぐらざか》の小料理店、亡くなった母から名前を採った〈美晴《みはる》〉の常連客だったのだ。

その女性が大西賢也であるどころか、小説家であることさえ知らなかった私は、〈美晴〉で顔を合わせるたびに仕事の不満をぶつけていた。それをヒントに記された一冊が、それまでの大西賢也作品とはまったく風合いの異なった『店長がバカ過ぎる』だったのである。

大西先生の正体が石野さんだった。それは〈ISHINO YENAKO〉と〈OONISHI KENYA〉のアナグラムで解き明かされる。OだのKだのを上へ下へと入れ替えれば、石野恵奈子は大西賢也に様変わりする。

そんなこととは露知らず、私はあけすけにしゃべっていた。店長のことのみならず、店のことも、スタッフのことも。当然ながらそこには磯田さんのことも含まれていて、知っている人が読めば誰でもわかる「磯玉紀子《いそだまきこ》さん」のモデルである磯田真紀子さんは、当初ひどく憤慨していた。

怒って当然だと思う。本当なら私だって……、いや、私こそ怒るべきだったのではないかと思う。

しかし、それ以上にスタッフそれぞれの特徴があまりにもうまく捉《とら》えられていて、まるで石野さん自身がこの店で働いていたかのようで、私は感心してしまった。もっと言えば、私はあの小説が純粋に好きだった。

オープンから五分、驚くべきことにお客様はまだやって来ない。

オープンからすでに五分だ。店長もまだ柱の陰からこちらを見ている。

「そういえば私も昨日読み終わったんだ」

その視線を徹底的に無視して、私は話題を変えた。

「磯田さんが勧めてくれた本。『ステイフーリッシュ・ビッグパイン』」

「え、どうでした？」

「ちょっとヤバかったよ。めちゃくちゃぶっ飛んでた。本当に最近の若い小説家って才能あるよね」

「ですよねぇ！　あれ、新人賞に応募したとかじゃなくて、なんか勝手に自分のSNSで書き綴《つづ》ってたものらしいですよ。それを五反田《ごたんだ》パブリッシングの編集者がたまたま見つけたものだとかって」

「らしいね。ネットの記事で読んだ」

「何がすごいって、あれ、本にする段階で一文字たりとも改稿してないんですって」

「そうなの？」

「すごくないですか？　校閲さんの朱《あか》もほとんど入ってないとか言うんですよ。なんかそれって眉唾《まゆつば》だなぁと思って、私、彼のSNSを頭から読んでみたんです」

「彼のって、誰？　あのマーク江本《えもと》とかいう作家の？」

「はい。つまりそのSNSに動かぬ証拠があるわけじゃないですか。本当に一文字も校正していないのか、過去から遡《さかのぼ》って確認してやろうと思ったんです」

私は思わず後輩を凝視する。貪欲《どんよく》というか、執念深いというべきか。とりあえず今後も敵には回すまいと心に誓いながら、私は磯田さんに気づかれないように姿勢を正した。

「それで？　どうだった？」

「すごかったです。本になって変わっているのは二箇所だけでした。『食べれる』っていう〝ら〟抜き言葉が一箇所と、『思う』という言葉が多出するところ。他にもあるのかもしれませんけど、私が確認できたのはその二つだけでした。一度本で読んだ話なのにスマホを持ったまま号泣しちゃいましたし、何より驚いたのはそのアカウントの最初の書き込みです」

「何？」

「S・F・B・P」

磯田さんは、いわゆる〝どや顔〟で言い放った。今度は一瞬の間もなく、肌が粟立《あわだ》つ感覚に襲われた。

「ウソでしょう？　ステイ・フーリッシュ・ビッグ・パインってこと？」

「小説を書くために開設されたアカウントだったらしく、その文言が記念すべき最初の一文でした」

「つまり、最初からあのエピソードが作者の頭にあったっていうこと？」

「そうなんだと思います。それどころか、まさにあのエピソードを綴るために物語を構築していったんじゃないかと」

「すごいね。それはちょっとマジですごい。天才じゃん」

感嘆の声が思わず漏れる。その人を食ったかのようなタイトルが意味する「愚か者のままであれ、ビッグパインよ！」のエピソードは、全六章立ての物語の後半部、第五章に前触れもなく登場する。

鮮烈ではあるものの、とってつけたような話でもあって、だからこそ私は急遽《きゅうきょ》思いついたエピソードなのだと、あるいはあとからつけ足したものなのだと決めつけていた。

それまでの主人公が脇役《わきやく》に過ぎず、脇役かと思われていた人が本当の主人公だった。そのことがタイトルに絡めて前触れもなく明かされたとき、まるで昼が夜に、表が裏に。白が黒に化けたかのように世界があざやかに反転した。

SNSの最初の一文が本当に「S・F・B・P」であるのだとすれば、それまでの四章が五章のための伏線だったということになる。そんな芸当がデビュー前の小説家にできるのだろうか。にわかには信じられなかった。

決して大きな店ではないものの、〈武蔵野書店〉吉祥寺本店には文芸書担当が二人いる。カワイイ後輩のやる気を削《そ》ぎたくないと、私自身が三年前に店長にねじ込み、磯田さんも担当につけてもらったのだ。当初はなんとなくジャンルによってそれぞれの担当をわけていたが、ほどなくして私が中堅以上の作家を、磯田さんが新人作家をというふうな役割分担が為されるようになった。

磯田さんは本当によくやっている。やる気に満ちあふれ、積極的にゲラ読みに手を上げ、出版社に提出するコメントのために何日も頭をひねっている。〈武蔵野書店〉の正社員になることを夢見ていて、出版業界の未来にもきちんと期待している。新人の小説を探すことにも精力的だ。

まるでかつての自分を見るようだった。はつらつとした磯田さんの姿に過去の自分を見つけるたびに、私は少し憂鬱《ゆううつ》な気持ちになる。マーク江本とかいうヘンテコなペンネームの作家が書いた、ヘンテコなタイトルの、しかも聞いたこともないような小さな出版社が出した本、いまの私には絶対に見つけることができないだろう。

私の感想がよほど嬉《うれ》しかったらしく、磯田さんは頬《ほお》を紅潮させている。

「ねぇ、谷原さん。今日、仕事終わったら久しぶりに〈イザベル〉行きません？　大西先生の新刊のことも話したいですし、もっとマーク江本についても語りたいです」

「ああ、うん。それはべつにいいけど――」と、一度は口にして、私はあわてて首を振った。

「あ、ごめん。私、今夜は大切な予定があるんだった。ごめんね、また今度にしてもらっていいかな？」

「大切な予定？」

「うん。ちょっと今日だけどうしても外せなくて」

私がしどろもどろになったとき、助太刀するようにアルバイトの山本多佳恵さんが私たちのもとにやって来た。

「あのー、お話中のところすみませんー。新しい店長さんがー、なんか二人にちゃんと仕事をするようにって言ってますけどー」

オープンから早十分、さすがにちらほらとお客様の姿が見えている。

それなのに、本当に驚くべきことに、店長はいまもまだ柱の陰からジッとこちらを見つめている。

私がギョッとしたのに気づいた磯田さんが、視線の先を追いかけた。そこで店長が息を潜めているのを見つけたとき、きっと何かを誤解した。

「良かったですね、谷原さん」

「え、何が？」

「山本店長が戻ってきてくれて――」

私の弁解など聞く耳は持たないというふうに、磯田さんは捨て台詞《ぜりふ》のように言葉を置いて去っていった。

「ここのところ、谷原さん少し元気なかったじゃないですか。さっき喉からガルルッの音が聞こえたとき、私、ちょっと安心しました。やっと谷原さんらしくなってきたって。また大変な毎日が始まりますね。がんばりましょうね」

天中殺《てんちゅうさつ》だった。

久しぶりにお客様に怒鳴られた。

叱《しか》られた相手は、私が人知れず「神様A」と呼んでいる推定六十八歳の男性常連客。かつては来店するたびに難癖をつけてきて、すべてのスタッフから蛇蝎《だかつ》のごとく嫌われていた。それが最近はたまに連れてくるお孫さんが可愛《かわい》くて仕方がないらしく、好々爺《こうこうや》のように嬉しそうに買い物をして帰っていく。

その神様Aが、レジにいる私に声をかけてきた。

「ああ、ちょっとそこのあなた──」

以前のような「女」や「お前」、「お姉ちゃん」といったものではなく、いきなり恫喝《どうかつ》されるわけでもない。むしろ声にはやさしさが滲《にじ》み出ているにもかかわらず、思わず身を固くしてしまうのは長年かけて育《はぐく》まれてきた習性だ。

「あ、はい、なんでございましょう」と、口調もメイドのようなものになってしまう。

神様Aは目尻《めじり》を下げた。

「あのね、孫にプレゼントしてあげたい図鑑があるんだ。僕が小さい頃に読んでいたものなんだけどね──」と言われたときには、私はイヤな予感を抱いていた。還暦を優に超えたお客様が小さい頃に読んでいた図鑑だ。現存の確率は極めて低い。

それでも、神様Aが続けた言葉に私はひそかに安堵《あんど》した。

「恐竜のやつなんだよ。あの、イラストとかじゃなく、写真のやつで」

「あ、それなら何冊かございます。少々お待ちいただけますか」

私は足早に図鑑のコーナーに向かい、めぼしい二冊をピックアップして、いっさいの無駄なくレジに戻った。

そうして手渡した本をカウンターに広げると、神様Aは満足そうにうなずいた。

「ああ、いいねぇ。そうそう、これだ。こういう感じの」

一度はそう口にし、ホッと息を吐きかけた私を油断させまいというふうに、神様Aはすぐさま続けた。

「でも、あなた勘違いしてますよ」

「え、勘違い？」と、神様Aの表情に変化はない。

「だから私が小さい頃と言っているんです。私が子どもの頃にはこういったコンピューターで合成した写真があるはずないじゃないですか」

「へ……？」

「へ、じゃありませんよ。もう本当に。私が孫にプレゼントしたいのは実物の恐竜の写真の図鑑です」

「実物の恐竜……でございますか？」

「だから、そう言っているでしょう」

「実物の、恐竜の、写真……」

私が無意識のまま繰り返したとき、神様Aの顔からすっと笑みが消えた。ふと我に返る思いがする。神様というのは往々にして同じことを尋ねるのを嫌うものだ。私は条件反射的に襟を正した。

そしてパソコンを立ち上げてしまったのが運の尽きだ。この時点で、毅然《きぜん》と立ち向かうべきだったのだ。この世にそんなものは存在しないと。「実物」の「恐竜」の「写真」の

「図鑑」が万が一にでも存在するのなら、そんなもの私だって手に入れたい。まだ神様の幼少期にCGがあったと言われる方が現実的だ。

そんなことを延々と頭の中で唱えながら、私はキーボードを打ち続けた。目の前のお客様の気持ちを鎮めるためだけの生産性のない行為。神様Aの額にはとっくに青筋が浮かんでいる。

いくら検索をかけてみても当然ヒットするはずもなく、私は覚悟を持って顔を上げた。

「あの、それって化石とかそういう……」

「違う」

「で、ですが、実物の恐竜というのは、さすがに——」

「なんだ、お前は！　俺《おれ》がウソを吐《つ》いてるとでも言うのか！　この不届き者！」

突然の怒声が静かな店内に響き渡った。私はたまらず身を縮める。「不届き者」だなんて言われよう、人生でもはじめてなのではないだろうか。親が聞いたらきっと泣く。理不尽だ、いくらなんでも理不尽だ！

そんな私の心の声を聞きつけたとでもいうように、店長が揉《も》み手をしながら駆けつけてきた。

「大変失礼いたしました。お客様、どうかされましたか？」

店長が宮崎にいた三年間、思えば私に対してのみならず、神様Aが怒鳴ったことは一度もなかった。

こいつのせいだ。きっとこいつのせいなのだ……と、私はヘラヘラと軽薄な笑みを浮かべる店長を睨《にら》みつける。

神様Aは意外そうに口をすぼめた。

「なんだ、お前か」

「はい。わたくしめでございます」

「ずいぶん久しぶりだな。なんだ？　借金を苦に夜逃げしたって聞いてたぞ」

「いやいや、まさか。それで、お客様。いかがされましたか？」

「ああ、そうだ。聞いてくれるか？」

神様Aは仏頂面のまま図鑑の説明をし始めた。店長はあごに手を置き「なるほど、なるほど」「はっはぁ。そういうことでしたか」などと相づちを打っている。

すべての説明を聞き終えると、店長は首がもげるかというほどうなずいた。そして、こともなげに言い放った。

「よーくわかりました、お客様。ええ、ええ。ありましたね。たしかに私も小さいときにその図鑑を見ましたよ」

私はきっと白目をむいていたに違いない。ホントだな？　貴様、ホントに小さいときに実物の恐竜の図鑑を見たんだな⁉

どういうつもりか、今度はアルバイトの山本多佳恵さんまで持ち場を離れて輪に加わった。

「私も小さい頃にそれ読んだ記憶がありますけどー」

ああ、もうお手上げだ。バカが三人寄り集まった。痛烈な孤独感に身を包まれる。怒りと、憐《あわ》れみと、怪訝《けげん》そうなものと、それぞれ種類の異なる視線がいっせいに私に向けられる。

代表するように店長が凜《りん》と胸を張った。

「谷原はまだ若いのでそういった図鑑があったことを知らないのでしょう。お客様、本当に申し訳ございません。系列店をすべて当たってでも、明日までにご所望のご図鑑をご用意させていただきますので」

一つ「ご」が余計なことに、私以外は気づいていない。

「できるのか？」

「もちろんですとも。谷原に用意させておきます。どうか彼女に名誉返上の機会を与えてやってください」

いまさら言葉の間違いを指摘しようとは思わない。どうせ〈武蔵野書店〉に並ぶ辞書には「汚名挽回《ばんかい》」という四文字熟語も記載されているのだろう。

今度こそ「は？」と漏れた私の声は、神様の御言葉によって打ち消された。

「お前、いい上司が戻ってきたな。いい書店員というのは、決して仕事ができる人間のことを言うんじゃないと思うぞ。どれだけ本を愛しているかが大事なんだ。もう少し本のことを勉強して、ちゃんと店長の力にならなきゃダメだぞ」

好々爺のような笑みを取り戻した神様Aと、感嘆の息を吐いた店長、その会話になぜか加わる若いアルバイトの女の子。

私は孤独の意味について真剣に思いを馳《は》せる。

本当にバカなのは、つまり私の方ではないだろうか？

わりと最近まで恐竜は生存していて、しっかり写真が撮られていて、そういう図鑑が存在していた。そうなのか。いや、きっとそうだ。

きちんと社会的な距離を保ちながら盛り上がる黄金の三角形を見つめながら、私はそんなことを思っていた。

まるで店長の復帰祝いのようだった。「店長の復帰祝い」という言葉に「てんちゅうさつ」というルビを振りたくなる一日だった。

山本猛店長が〈武蔵野書店〉吉祥寺本店に復帰したこの日、神様Aのみならず、この数年は来店しても鳴りを潜めていた、神様B、神様Cまでもが唐突に本領を発揮した。

滑舌の悪いことで知られる神様Bは、領収書を手渡すとき、顔を真っ赤に染めながら意味不明の言葉を連呼した。

どうしても「北大西洋条約機構！」としか聞くことができず、このタイミングでそんな単語が繰り出されることがあり得るのだろうかと思いながら、おそるおそる「ナ、NATOでございますか？」と尋ねると、神様Bは烈火のごとく怒り始めた。

私を本気で養女に迎え入れようとしてくる神様Cは、ゴルゴンゾーラのリゾットなるものを極めて密閉力の弱いタッパーに詰めて持ってきた。

それ自体は大変ありがたいことで、私は心からのお礼を口にしたが、紙袋をバックヤードに持っていく前に長い話につき合わされたのがいただけなかった。結果、店にはほのかにチーズの香りが漂い続け、仲間たちの顰蹙《ひんしゅく》を買った。

他にも大小問わず問題の立て続く一日だったが、いいことも一つだけあった。ほとんど半ベソをかきながら店をあとにしようとした私に、朝のやり取り以来ずっとよそよそしかった磯田さんが声をかけてくれたのだ。

「谷原さん、今日は大変でしたね。おつかれさまでした」

降りかかってきた多くの困難を前に、後輩からの労《ねぎら》いの言葉はいささか細《ささ》やかかもしれないけれど、心許せる同志のやさしさだけがいつも私を救ってくれる。

「うん、ありがとう」

「今度また〈イザベル〉に行きましょうね」

「今日は楽しんできてください。相手、店長なんですよね？　久しぶりにいっぱい話してきてください」

「あ、そうか。いや、あのね、磯田さん――」と言いかけて、言葉が途切れた。どう答えていいものか、瞬時に判断できなかった。

「ええと、うん。ありがとうね。楽しんでくるよ」

　本当は一度家に戻ってゴルゴンゾーラを置いてきたかったが、一時間近く残業してしまったのでそのまま電車に乗り込んだ。

　吉祥寺から中央線で中野に出て、そこから東西線に乗り換えて神楽坂へ。地下から地上に出て見上げた空はまだほんのりと明るかった。

　それだけのことに気分が弾み、私は足取り軽く神楽坂通りを下っていく。メイン通りから一本入った情緒豊かな石畳の小路……からさらに数本奥まった特徴のない路地にたたずむ小料理屋〈美晴〉。

　オープン当初から同じものを使っているという暖簾《のれん》をくぐると、恋い焦がれた姿がそこにあった。

「ああ、もう！　店長！　会いたかった！　やっと二人きりで会えた！」

「うん。必ず行こう」

尻尾《しっぽ》があったらブンブン振っていたに違いない。今日一日我慢していたのと種類の違う涙を必死に堪《こら》え、私はわずか数歩の距離を小走りする。

店内に弛緩《しかん》した空気が広がった。

「いやいや、谷原。さすがにもうその呼び方はやめようよ」と、〈武蔵野書店〉吉祥寺本店の前店長、小柳真理さんがやりづらそうに肩をすくめる。

私は激しく首を振った。

「イヤです。私にとって店長は小柳さんだけですから」

「でも、私はもう辞めたんだから。前みたいに『小柳さん』でいいよ」

「だからイヤですって。そんなことよりどうなんですか？　新婚生活、楽しいですか？」

「ううん、べつに。もともと一緒に住んでたわけだしね。何も変わらないよ。まぁ、さすがにストレスからは少し解放されたかな。本はまだあまり読めてないけど」

小柳さんはさびしそうに微笑んだ。胸がちくりと痛む。どうしてこんなことになってしまったのだろうと、これまで何度も考えてきたことが脳裏を過《よぎ》る。

三年前、小柳さんが新店長として華々しく復職し、大西賢也先生の初のサイン会を大成功させたあの日、私はこれから何もかも上手《うま》くいくのだろうと信じ切っていた。

事実、スタート当初は何も問題はなかったのだ。「朝礼に時間は割かない」という最初の挨拶を皮切りに、スタッフはみんな小柳さんを慕っていたし、新店長もこれまでの細かい問題を慎重に解決しようとしてくれた。

何よりも問題の元凶ともいうべき山本猛前店長が異動したことで、本当にすべてスムーズに回るようになったのだ。自分の勤める店にこんな穏やかな日が来るなんてと、そんな大げさなことを毎日のように感じていた。それなのに……。

綻《ほころ》びはたしかに存在していた。私は自分があまりフラストレーションを感じていなかったのをいいことに、見て見ぬフリをし続けていた。〈武蔵野書店〉のスタッフとしてではなく、一人の人間として失格だ。結果、綻びはある日突然大きな穴となって顕在化し、二度と修復できないものになっていた。

有り体にいえば、小柳さんはみんなの求心力を失った。その理由を二年前に一気に拡散した新型ウイルスのせいにするのは簡単だ。

だけど、きっとそれは違う。ウイルスやそれに端を発した緊急事態宣言などは表面化するきっかけに過ぎなかった。現に小柳さん自身がスタッフからの突き上げを一連の出来事のせいにしていない。

あの時期、都内の書店の売り上げは真っ二つに分かれたという。企業が集中する都市部には休業する店が多くあった一方で、住宅街に近い郊外店は巣ごもり需要の影響を思いきり受け、売り上げが急増した。吉祥寺にある〈武蔵野書店〉本店は後者だった。

まるで毎日が年末年始であるかのような忙しさだった。しかもそれは年末年始とは違っていつ終わるとも知れないもので、目に見えない未知のウイルスへの不安や恐怖も相まって、スタッフたちは連日極限状態で働いていた。

そうして少しずつ積もっていった負の感情が、あるとき突然怒りに化けた。その捌《は》け口が、みんながこれまでうっすらと不満を抱いていたリーダーの小柳さんだった。

磯田さんを中心に「こんな働き方は絶対に許されるものじゃない！」「私たちは命の保障もされないのか！」といった声が上がったとき、私は半分納得できたが、もう半分は釈然としなかった。たとえば都心のように店を閉めていたとしても、みんなはきっと「生きていくことができない。私たちの生活を保障しろ！」と、小柳さんに詰め寄ったのではないだろうか。

ストライキも辞さないといった雰囲気で声を上げたスタッフに対しても、小柳さんは毅然とした態度をとり続けた。

いや、店長になってはじめて毅然と立ち向かったと言えるのかもしれない。それまでの小柳さんはあまりにもみんなにやさしすぎて、スタッフの愚痴や意見を聞き入れすぎていた。それなのに自分は絶対に誰にも甘えようとせず、だからこそ一人でバタバタしているように傍目《はため》から見えた。

このときも小柳さんは最後まで泣き言を口にしなかった。あの時期の出来事を振り返ったのはわりと最近になってのことだ。

結婚を理由に退職する旨をこっそりと伝えてくれた二ヶ月前の夜、小柳さんは「私、ホントに無力だったよね。情けないよなぁ」と独り言のようにつぶやいた。

そして、私の前ではじめて涙をこぼしていた。

「春」の「魚」とはよく表現したものだ。

小さい頃から、私は〈美晴〉の手書きメニューに「鰆《さわら》のたたき」が登場すると、うららかな春の訪れを感じていた。

青々とした大葉と、スライスされた新玉葱《しんたまねぎ》。その上に軽くあぶられた鰆が豪快に載せられ、青ネギと薄切りされたレモンがそっと色味を添えている。やさしいピンク色の切り身も、軽く焦げた皮目も、いったいどれほど美しければ気が済むというのだろう。

見ているだけで口の中にツバが広がる。小学生の頃には本当にヨダレを垂らしてしまい、まだ生きていた母から「カレーとかシチューより鰆のたたきが好きだなんて、京子ってホントに変わってる」と、大笑いされたことがある。

その母が得意としていたハマグリのお吸い物が早くもお目見えする。

父の十八番《おはこ》のとうもろこしの天ぷらは、となりに座る小柳さんの好物だ。今日はそこにいまが旬《しゅん》の筍《たけのこ》の天ぷらまでオマケされている。

その筍を見つめながら、ああ、そうかと、私は感嘆の息を一人漏らした。「竹」かんむりに「旬」と書いて「筍」と読むのか。昔の人はなんて小洒落《こじゃれ》ていたのだろう。もはやダンディズムすら感じてしまう。

ステーキのようという形容がしらじらしいほど肉厚な泉州《せんしゅう》の水茄子《みずなす》に、その上で存在を主張する広島県産のしらすちりめん、この一品だけに熱烈なファンがついてしまっている十数年もののぬか床で漬けたおつけものと、桃色が子持ちの証明と言われている桜鯛《さくらだい》のお造り、そして黄金の出汁《だし》があふれ出すだし巻き卵。そんなこの国の「粋」を結集させたかのような料理たち……なんてことを思ったとき、私はようやく違和感を抱いた。

今日一日苦しめられていた例の匂《にお》いが、そういえば〈美晴〉にも立ち込めているのである。それも足もとの紙袋からではなく、板場から。

「え、なんか臭くないですか、この店」

そう尋ねた私に、小柳さんは「いまさら？　来たときからずっとじゃん」と、呆れたように応じた。

私はポカンと口を開けた。すると次の瞬間、入り口の戸がからからという小気味のいい音を立てた。

「ああ、お腹《なか》がすきました。ただいま帰りましたよ、お父さん。ところでゴルゴンゾーラのリゾットはもうできていますか？」

なぜか店長がそこに立っている。店長がここにいる理由や、なぜかゴルゴンゾーラを所望することへの疑問は微塵も湧かず、私は親父《おやじ》に「俺はテメーのお父さんじゃねぇ！」的なことを言い返してくれるのを切に願った。

それなのに、親父は恋に恋する中学生男子のようにポッと頰を紅潮させた。そして、ささやくように「お帰り、店長」的なことを口走った。

店長が宮崎から戻ってきたのは三年ぶりだ。その間に二人が会っていたはずがない。そもそも三年前に親しかったわけでもない。

私には何が起きているのかわからなかった。親父はそんな私を置き去りにして、店長と二言、三言、言葉を交わすと、唐突にリゾットの仕込みを始めた。最後に塩コショウで味を調え、緊張した面持ちで店長に取りわける。

「率直な意見を聞かせてくれ」

店長は受け取った皿をじっと見つめた。それを丁寧に回してみたり、カウンターの上に置いて手をひらひらさせて匂いを確認してみたりと、まるでそんなお作法でもあるかのような挙動を見せた。

なんとなく小柳さんと目を見合わせる。親父は固唾《かたず》をのんで見守っている。三人の視線を釘付《くぎづ》けにしたまま、店長はスプーンをゆっくりと口に運ぶ。

「なるほど。まぁ、及第点といったところでしょうか」

しばらくの沈黙のあと、店長はナプキンで口を拭《ふ》いた。親父の瞳に安堵《あんど》と不安が入り混じっている。

「商品にはならないか？」

「それは、商品にはなりませんよ」

「それじゃ早速お品書きに――」と、興奮したようにまくし立てるマスク姿の親父を、店長は面倒くさそうに手で制した。

「いやいや、お父さん。だから何度も言っているじゃないですか。あなたの料理は、商品でありながら商品ではないのです。あなたの料理がここまで我々の心をつかんで離さないのは、これら一品、一品が正しく作品であるからです。そう、あなたの作品の一つ一つが愛らしい」

きっとマザー・テレサやアンリ・デュナンはこんな目をしていたに違いない。店長はカウンターに並ぶ多くの料理を本当に慈しむように見つめている。

本当は「いやいやいやいや！　あんたはどの立場から偉そうに語ってるんだよ！」と、盛大に突っ込みたいところだったが、そうすることができなかった。あることにハッとさせられてしまったからだ。

私はネットに転がる本のレビューというものを信頼していない。それどころか「こんなもん、絶対お金払って〝☆〟買ってんだろ！」と目の敵《かたき》にしているくらいだ。そんな私の隠れた趣味は、グルメサイトのレビューをチェックすることである。

行く当てのない高級店の低評価に溜飲《りゅういん》を下げるのはもちろんのこと、私は〈美晴〉についての書き込みをこっそり読むのが好きだった。

さすがに長きにわたり年配の常連客に支えられてきた店だけあって、レビューなどなかなか載らないし、たまにあったとしても『隠れ家というにはあまりにも隠れ家的な』や『路地裏にたたずむと表現したらちょっと路地裏に失礼な』といった、いぶし銀な書き込みがほとんどだった。

それが、ちょうどいまから一年ほど前のことだった。なんの前触れもなく『オヤジさんのキャラとポテトサラダが最高！』と、若さあふれるレビューが出現した。

ポテトサラダ……？　と、もちろん違和感を抱きはしたものの、親父がまたカワイイ女の子にたぶらかされたりして、有り物で作ったのだろうと想像した。

しかし、それはきっかけに過ぎなかった。その日を境とするように、某グルメサイトの〈美晴〉のページはお祭りのような騒ぎになったのだ。

『大将のナポリタンがうますぎて！』
『本場の四川《しせん》料理が堪能《たんのう》できるお店』
『店主イチオシのサングリアがビックリするような芳醇《ほうじゅん》さ』
『豆腐のハンバーグはヴィーガンの方にもオススメ！』
『ミシュランよ、This is Japan!』

『大将の焼くチヂミに、四十年前に亡くした母の影を見ました』

ってていうか、何屋やねん！　と、言ってやらなければ気が済まなくて、ある日、私はアパートのある三鷹《みたか》から終電に飛び乗って神楽坂に向かった。

勇んで坂を駆け下りて、そのまま店の戸に手をかけた。そうして私の視界に飛び込んできたのは、すでに暖簾は取り込んでいるにもかかわらず、かつて見たことがないほど緊迫した表情で料理と向き合っている親父の姿だった。

私が帰宅することなど知らなかったはずなのに、親父は驚きもせずに言い放った。

「京子か。いいところに帰ってきた。ちょっとこれを試食してみてくれ」

「え、何？」

「フレンチトーストだ。お前ぐらいの年齢の女性客を取り込もうと話しててな。食べてみてくれるか」

そう口にする親父の眉尻《まゆじり》に汗が光っていた。それを一瞬美しいと感じてしまったせいで、私は言葉の中の異物をすぐに見つけられなかった。「と話しててな」というワードの歪《いびつ》さに気がついたのは、数日経《た》ってからのことだった。

親父が誰かに料理について指南を受けているのは間違いない。まさかそれが店長であるなんて想像もしなかったけれど、どうやら間違いなさそうだ。手帳に何やら書き留めている店長を見つめる親父は、教師に教えを請う生徒そのものである。

「あいかわらずだね」

小柳さんがポツリとこぼした声に、ふと我に返る思いがした。

「何がですか？」

「店長。あいかわらず仕事に対してすごく真摯《しんし》だ。まったくブレてなくて感心する」

まるで白旗を上げるような口ぶりだった。そのことに私はカッとなる。店長が特別なわけではない。小柳さんだって真面目《まじめ》に仕事をしていたはずだ。真面目すぎたがゆえに融通が少し利かなかっただけではないか。

私が大切にしていたものを、大切にしていたもの自身によって踏みにじられた気がして、私は口をとがらせた。

「そうですか？　よくわかりませんけど」

「いやいや、あんたにはわかるはずだよ」

「だから、わかりませんって。なんのことですか？」

「店長が料理を『作品』って言ったこと。あんたが気づいてないはずがない」

小柳さんはやりづらそうに微笑み、私は唇を噛《か》みしめる。悔しいけれど、私はそのことに気づいていた。

まだ書店員という仕事に大きな夢を抱いていた頃、私に「ねぇ、谷原。一冊の本を『商品』って呼ぶ書店員にはならないようにしようね。そこにどんな違いがあるのかうまく説明はできないけど、私はちゃんと『作品』って呼んでいられる書店員でい続けたい」と言ったのは、他ならぬ小柳さんだった。

私はその教えに猛烈に感動した。ああ、やっぱりこの人と出会うために自分はこの仕事を選んだのだと、そんなことまで感じていた。

そんな人が……、私を猛烈に感動させてくれた尊敬すべき先輩が、店長となって多忙を極めていたある時期、本を「商品」と呼んだ。

もちろん、その忙しさとスタッフたちからの突き上げによって我を失っていたのはわかっている。

しかし、それを差し引いたとしても、毎日、毎日、思い詰めたような顔で仕事をし、スタッフに「商品の陳列を——」「あの商品は——」といった指示を出している小柳さんを、私は見ていられなくなった。

もっと言うなら、私は大好きな小柳さんに失望したくなかった。だから、震える声を絞り出して「店長、もう少し余裕を持ってくれませんか。ここ最近、本のことをずっと『商品』って呼んでいますよ」と告げた。

小柳さんは驚くような仕草さえ見せなかった。ただ面倒くさそうに私を見つめ、「ごめん、谷原。いまはそんなこと話してられない」と言ってきた。その日の帰り際に頭を下げられ、「さっきはごめん。私ちょっとどうかしてるね」と謝られていなかったら、いまもまだ小柳さんへの信頼を失ったままだったかもしれない。

あの時期、たしかに小柳さんは本を「商品」と呼んだ。そして、店長は父の料理を「作品」と呼ぶ。

でも、それがなんだというのか。だからといって、べつに店長が優れているわけではない。小柳さんが劣っているわけじゃない。そもそも父の料理は作品なんかじゃないし、さらに言えば私は店長の影がちらついて以降の〈美晴〉が大嫌いだ。鯛の繊細な旨《うま》みも、立ち上るハマグリの香りも、鰆の脂も、レモンのさわやかな風味も……。私の大切な幼少期の思い出をも！　アンモニアを思わせるゴルゴンゾーラの匂いがすべて台無しにしてくれている。

そんな私の心の叫びが届いたかのように、神妙そうにリゾットを口に運んでいた店長が、不意にこちらに目を向けた。

「本当は宮崎に骨を埋《うず》めるつもりでおりました――」

あいかわらずの急展開に心はついていかない。この人はいったい何を語り始めたというのだろう。

咄嗟に言葉の出てこなかった私を横目にして、店長は弱々しく微笑んだ。

「山があって、海がある。緑があって、青がある。そこに人生を豊かにしてくれる一冊の本がある。日常にそれ以上求めるものがあるのでしょうか。宮崎が私の終《つい》の棲家《すみか》になるのだろうと信じて疑っておりませんでした」

わからない、わからない、わからない。私はこの人が本当にわからない。

「しかし、東京にやり残したことがありました。いや、できてしまった、という方が正しいのかもしれませんね」

店は静まり返っている。親父も、小柳さんも、どこかうっとりとした目で店長の次の言葉を待っている。

二人ともいつの間に改宗したというのだろう。その引き込まれそうな眼差《まなざ》しが、私はどうしても許せなかった。

だから、私は静けさを打ち壊した。

「は？　なんですか、やり残したことって。べつに興味はないですけど、なんですか？」

そんなことは決まっているというふうに、店長はうつむきながら目を細める。

「あなたを一人前の書店員にすることですよ」

深度を増した静寂の直後、手のひらにしっとりとした汗が広がった。そして、全身の血がめらりと揺れた。

久しぶりの感覚だった。店長に対して強烈な怒りを感じるとき、いつしか私の体内の血は「めらり」と揺れるようになったのだ。

「お断りします」

まずはテメーが一人前になってから言いやがれ！　という気持ちを抑え込み、私は冷静に口にする。

店長は小馬鹿《こばか》にするように首をひねった。

「断るとか、断らないとか、そういう次元の話じゃないんです」

「紛《まが》うかたなくそういう次元の話です」

「いえ、違います。そもそもあなたの問題でさえありません」

「意味がわかりません。じゃあ、誰の問題なんですか？」

「書店業界全体ですね」と、当然のように言い放って、店長は「いや――」と、即座に自分の言葉を否定した。

「出版業界の未来、あるいはこの国の、この社会の行く末です」

もう話にならない。やっていられない。私は刻み込むような大きなため息を吐《つ》いて、無言で席を立とうとした。

その私に、父が怒声をぶつけてくる。

「京子、座れ！」

腹が立って仕方がなくて、私は親父を睨みつけた。すると、今度は小柳さんまで言ってきた。

「谷原、座りなさい！」

二人とも本当にどうしてしまったというのだろう。かつては店長の奇天烈《きてれつ》さを分かち合えた仲間だったのに。

悔しくて、さびしくて、情けなくて、独りぼっちで……。私は一気に込み上げてきた涙を懸命に我慢して、爪《つめ》が食い込むほど強く拳《こぶし》を握りしめた。

店長に気にする素振りは見られない。

「あなたがどれだけイヤがろうが、私はあなたに関《かか》わりますよ。それが私の使命だからです。むろん、自分にそれだけの実力が備わっているとは思いませんが、それすら関係ありません。この業界のより良い将来は、この世界の輝かしい未来は、後進の育成にしかかかっていません。むしろ私は自分という人間の能力に限界を感じているからこそ、あなたのような才能あふれるプレイヤーに期待をかけてしまうんです。いつでも席を譲る準備はできていますよ、谷原京子さん。その日のために私はあなたを育てます。覚悟しておいてくださいね、谷原京子さん」

生まれてはじめてネットにレビューというものを投稿したこの夜、私はやっぱり生まれてはじめて他人を蹴散《けち》らすということに思いを馳せた。

『最近の美晴は方向性を失っている気がしてなりません。どうか以前の美晴を取り戻して欲しいです。目を覚ましてください、大将』

そのレビューに、すぐさま『あなたのような保守的な人間がこの国を停滞させているのです。新生・美晴のナポリタン、あなたは食べたことがあるのでしょうか？』という批判のコメントがついた。

まるで店長からの反論のようだった。

かすむ視界でその文言を見つめながら、私は「こいつには絶対に負けない」と、わざわざ声に出していた。


つまり難病ものの小説があれほど私たちの心に響くのは、登場人物のいずれかが亡くなるパターンが多いからだ。

余命を意識した者たちの、その瞬間と向き合うことの儚《はかな》さと、静謐《せいひつ》さ。

相手を思う二人の気持ちが絶頂に達した瞬間に唐突に閉じられる物語の、残酷さと、美しさ。

もし、たとえば病魔に冒されていた男性が奇跡的に回復し、その恋人たちの物語が続いていくとしたら、どうだろう。私はそんなことをよく考える。物語の、その後について。

些細《ささい》なことでケンカすることもあるだろう。冷蔵庫のお菓子を勝手に食べた、しばらくメールを返さなかった、体臭がすると傷つけた、ご飯がおいしくないと怒らせた……。美しい純愛の物語には決して馴染《なじ》まない、私の人生にお似合いの日常の一コマ。

そんな日々こそ尊いのだと言い返したい気持ちが私にはある。そうした出来事がエピローグとしてわずかに語られるだけならば、些末《さまつ》なケンカすら輝かしい光景として受け入れることもできるはずだ。

しかし、人生はエピローグではない。いや、エピローグこそ本編なのだ。たとえ本として一冊にまとめられるような一時期が私の人生の中にあったとしても、数十冊、あるいは数百冊にも及ぶかもしれない凡庸な毎日がその後も粛々と続いていく。閉じ込められた物語の中にこそ人生の真理があるということとはまたべつに、小説と実際の人生の劇的な違いだ。だからこそ生きることは無慈悲で、しんどくて、そして崇高なのだろう。

ひょっとしたら店長とのことだって、三年前の、ほんの一時の出来事ならば一冊の本にまとめることができるのかもしれない。事実、大西賢也先生が著した『店長がバカ過ぎる』は、そういう体裁の本だった。

そして、あの小説のエンディングがそうであったように、店長が宮崎に旅立っていった場面をラストシーンに、あるいはせめて小柳さんが新店長として〈武蔵野書店〉に凱旋《がいせん》し、大西賢也先生がはじめて顔見せしたイベントを最後に物語を閉じていれば、それなりに読めるものになるのかもしれない。

しかし、やはり小説と人生は違うのだ。私は生きているし、店長も生きている。生きている以上は再び顔を合わせることもある。何も終わっていないし、閉じていない。物語がその後も続いていくということは、閉じてしまうのと同様に残酷だ。

そして、もしまた以前のような日常が訪れるのだとすれば、多くの小説の続編が蛇足と断じられ、成功した一作目にまで深い傷を負わせてしまうのと同じように、奇跡のような輝きを発したあの日々はあっという間に暗い影にのみ込まれるのだろうということも頭ではわかっている。それなのに……だ。

私はどうやら店長が戻ってくることを心のどこかでは待ち望んでいたらしい。またおもしろい日々がやって来るかもしれないと勝手に期待し、呆気なく裏切られたと感じ、一人前に失望している。そんなふうに認識できたのは、店長と〈美晴〉で会った翌日からの仕事が憂鬱でたまらなくなったからだ。

前夜に宣言していた通り、店長は本当に私にいちいち関わろうとしてきた。いや、あれを「関わる」と表現するのが正しいとは思えない。「因縁」、もしくは「難癖」。〈武蔵野書店〉に置かれている辞書の『育成』の項目には、きっと「いびり」というルビが振ってある。

もともとねちっこい人ではあった。そのねちっこさをなんとか我慢できたのは、かつての店長にわずかながらの可愛げがあったからだ。宮崎から戻ってきて以降の店長には、そのわずかながらの長所すらなくなった。

そして、もともとやる気を漲《みなぎ》らせたらろくなことにならない人である。そのやる気がすべて私に向かってきた。

「ちゃんと聞いてるんですか、谷原京子さん！」

さすがは元シンガーソングライターといったところだろうか。よく通る甲高い声が、澄み切った開店前の空気をぶち壊す。

朝礼でこうして名指しされることが、もう一週間ほど続いている。他のスタッフの手前、やり返そうとは思わない。とくにカワイイ後輩たちに無様な姿を見せたくなくて、キレたら負けだと自分自身に言い聞かせた。

だけど、さすがにもう限界だ。喉の奥で例の音が鳴るわけでなく、胸の中で「辞めてやる」と毒づくわけでもなく、私はただただ静かにキレた。

「何なんだよ、お前。マジで。うるせぇよ」

半笑いになっていたに違いない。心の声が漏れていることに、私は気づいていなかった。

「何かおっしゃいましたか？　谷原京子さん」

店長が不思議そうに口をすぼめる。

「べつに」

「不満があるなら、この際ハッキリとおっしゃったらどうですか？　ここ最近のあなたの態度は少し目に余ります」

「それはこっちのセリフです」

「ってていうか、それなら私のことはもう放っておいてください。私は自分の仕事をちゃんとしています。いまのように扱われるのは不満です」

「なんですか?」

「それはムリです」

「どうしてですか?」

「言ってるじゃないですか。私はあなたを育てるからです」

「私はそんなこと望んでいません」

「だから、それは関係ありません」

「なんで私なのかもわかりません」

「そんなことは決まっています。私があなたに期待している。それだけです」

なんでお前なんかに……という気持ちを押し殺して、私は小さく首をひねった。

「っていうか、私をどうしたいと思ってるんだよ?」

「だから言っているじゃないですか。私の後釜《あとがま》にするんですよ」

「あんたの後釜ってなんだよ」と、敬語を使わなくなった私を咎《とが》めるでもなく、店長はつまらなそうに鼻で笑った。

「決まっているじゃないですか。あなたをこの店の店長にするんですよ。表面上そんな素振りを見せておりませんが、この会社の大半の男性社員が私のポストを狙《ねら》っています。そんな中、契約社員出身としてははじめての店長となって、かつ女性店長としてははじめて成功を収めたら、さぞ痛快だとは思いませんか？」

みんな静まり返っている。いつもよりさらに時間は押しているが、不満を抱いている者はいなそうだ。誰もが固唾をのんで私たちのやり取りを見守っている。

今度は私が笑う番だった。

「痛快だなんて思いません」

「なぜ？」

「私自身がなりたいと思ったことが一度たりともないからです」

「そんなもの、私だってありませんでしたよ。だから言っているじゃないですか。あなたの希望など関係ないのです。本人が望むと望まないとにかかわらず、人にはそういう風が吹いてしまう瞬間があるものです」

ウソを吐くな……という気持ちを押し留《とど》めて、私は小さく息を吐いた。他の男性社員のことは知らない。旧世代を具現化したような社長に媚《こ》びへつらう男性社員の気持ちなど知りたいとも思わないが、みんながみんな貪欲に出世を目指しているとは思えない。

そもそもそれほどのポジションでもないだろう。現にこの店長に務まっている仕事なのだ。吹けば飛ぶような書店の、吹けば飛ぶような本店の店長という役職に、どれだけの人間が価値を感じているというのか。

このポジションに執着している人間がいるとすれば、一人だけだ。毎朝、本当に晴れ晴れとした表情で出社してくる。何が「私だってありませんでした」だ。何が「望むと望まないとにかかわらず」だ。しらじらしいにもほどがある。

私は笑みを取り繕った。そうしていなければ、みんなの前で涙をこぼすという醜態をさらしそうでこわかった。

店長の言葉の中にどうしても許せなかったものが交じっていた。「女性店長としてはじめて成功を収めたら」の一言だ。

それは、ひいては前店長の小柳さんに対する暴言である。男とか、女とか関係ない。小柳さんは社会全体がはじめて迎えた出来事に直面し、難局に翻弄されただけだ。どこから銃弾が飛んでくるかわからない戦場のような日々だったあの時期にいなかった人間に、とやかく言われる筋合いはない。

私は怒りを封じ込め、懸命に笑い続けた。そのことまで店長は突いてくる。

「そうして楽しくもないのに笑っているのがあなたの弱点ですよ、谷原京子さん。腹が立つなら、腹が立つと大声で叫べばいいんです。あなたの怒りは、いつもあなたの中で完結してしまっている。戦わなきゃいけないときがあるんです。叫ばなきゃいけないときがある」

ゆっくりと顔を上げると、店長は懇願するような目で見つめていた。ふと、この男が私を店長にしたい理由はなんだろうと考える。

まさか私を育て上げたという実績を得ることで、自らの出世を目論《もくろ》んでいるわけではないだろうな。

万が一でも元契約社員を、あるいは女を店長にしたという結果を引っさげ、出世の登竜門と言われる社長秘書にでもなろうものなら、私はこの男を心の底から軽蔑《けいべつ》する。本当の意味で許せなくなってしまう。

「明日の午後は社長宅で店長会議です。谷原京子さんも参加してください。その許可はすでに得ています」

怒りの質が三年前とは少し違う。もっと牧歌的に、もっと無責任に私は怒っていたはずだ。

長い、長いエピローグ――。

きっと「蛇足」と批判される物語の中に、いま自分は身を置いている。そんなことを思った途端、この先もやっていけるという自信が揺らぐ。

「さすがに同情します」

朝礼が終わった直後、磯田さんが声をかけてくれた。私がピンチに陥るときに手を差し伸べてくれるのは、いつだって不満を共有している仲間たちだ。

その一言がなかったら、私は本当に怒りを叫んでいたかもしれない。店長の手のひらで踊らないで済んだことに、私は深く安堵した。

翌日、仕事が終わったあと、私は久しぶりに〈イザベル〉のドアを開けた。店から歩いて五分ほどのところにある古き良き喫茶店。通常時も二十時には店を閉めているが、年輩のお客さんが多いせいだろう。というより、ほぼおじいちゃん、おばあちゃんしか見たことがないせいだと思う。一時期は目も当てられないほど閑散としていた。

都の要請にその都度、その都度きちんと従いつつ、マスターは店を開け続けた。マスクが不足していた頃はお手製の、ようやく供給され始めてからは市販の不織布マスクを二重につけて、ある時期からはさらにその上からフェイスガードまで着用していた。

それでも尚、マスターはほとんど口を開かない。ウイルスが広まる前には気さくに話をするようになっていたのに、それが礼儀だというふうにしゃべろうとしない。

そんなマスターの心意気に胸を打たれ、私は以前より〈イザベル〉を訪ねるようになった。私がこの店を守らなければいけないという使命感さえあった。私が来店するのを確認すると、マスターは必ずちらりと目配せし、「今日もまたこんな感じだよ」というふうに肩をすくめる。

いつものようにマスターに手を上げると、マスターは「もう来てるよ」というように柱の方を指さした。

約束した時間より三十分も早いのに、磯田さんはすでにいた。その手にあるのは、今日もマーク江本の『ステイフーリッシュ・ビッグパイン』だ。

「おつかれさま。ずいぶん早かったね」

私はイスを引きながら、磯田さんに声をかける。

「あ、おつかれさまです。どうでした？　社長の家、行ってたんですよね？　はじめての店長会議どんな感じでした？」と、磯田さんは本を閉じると、早速むき出しの好奇心をぶつけてきた。

私は思わず苦笑する。

「うーん、まぁ、そうだね――」

そこで言葉に詰まってしまう。本当はクダを巻くつもりでいた。社長の訓示がこんなにもバカバカしかった、それを聞く各店の店長たちの態度が目も当てられないものだった……。そんなことを面白おかしく話すことで、きっと最悪な会議の様子を笑い飛ばすつもりでいた。

しかし、実際の店長会議は印象が少し違った。まず久しぶりに顔を合わせた〈武蔵野書店〉の柏木雄三《かしわぎゆうぞう》社長に、まったくと言っていいほど覇気がなかった。

二年ほど前に体調を崩したことは聞いていた。それでも大好きだったお酒をやめて、最近は少しずつ調子を取り戻しているようだと耳にしていたが、実際に目にした社長の表情には力がなかった。

そんな社長に引っ張られるように、各店の店長たちも暗い顔をしていた。マスクをしながらもみんなを鼓舞し、孤軍奮闘といった感じで場を盛り上げようとしていたのは本店の山本猛店長のみだった。

意外なことにその軽薄な笑みは、他店の店長たちにも少しずつ伝播《でんぱ》していった。そんな店長を社長が頼りにしているのもひしひしと伝わってきて、決して感心することはなかったけれど、私は思わず目を見張った。

社長に元気がなかったこともあるのだろうが、想像していた会議とは雰囲気が違った。むしろ会社全体でこの難局を乗り切ろうという空気を肌で感じ、店長なんかじゃない私まで身が引き締まる思いがした。

「会議自体はべつになんていうことはなかったんだけどね。社長も元気なかったし、他の店の店長さんたちもさすがにうちほど突飛じゃなかった」

「ふーん。そうなんですね」

「あ、でも一人ヤバそうな人がいたよ」

「何それ、ヤバい人？」と、磯田さんの目もとが意地悪そうに綻ぶ。自分に危害さえ及ばなければ、誰かのゴシップや失敗談に目がない子だ。

爛々《らんらん》と瞳を輝かせる磯田さんとは裏腹に、私は小さなため息を一つこぼす。

「社長のジュニアとかいうのがいたの」

「え、社長ってジュニアとかいるんですか？　うちの会社に？」

「うん。一月頃に入社してたみたい」

「へぇ、そんなの知りませんでしたね」

「なんかまだスタッフに顔を知られるのは得策じゃないとかで、本当に極一部の人しか知らないみたい。全店舗、細かく回ってるって」

「うげぇ、そういうタイプの人なんだ。どんな感じでした？」

「六本木《ろっぽんぎ》って感じ」

「はぁ？」

「なんか一人だけ紺地にストライプの入った高そうなスーツ着てて、前髪をガチガチに固めてて、真四角のメガネかけてた」

「それが谷原さんの思う六本木？」

磯田さんは思いきり吹き出した。でも、私は一緒になって笑えない。

「わからない。私、実は六本木って行ったこともないし。でも、なんかそうとしか表現できない感じだったんだよね。実際どこかのＩＴ企業で働いてたって言ってたし」

「へぇ、やり手っぽいんですね」

「見た目はね」

年齢は店長と同じくらい、おそらく四十前後だろう。その人の何を捉えて「ヤバそう」と感じたのか、うまく説明はつけられないが、私は自分のこの手の直感をわりと信じている。

しいて挙げるなら、ジュニアの視線が苦手だった。元気だった頃の社長のような獰猛《どうもう》なものでも、店長のような人を食ったようなものでもなく、ヘビを思わせるような黒目がちの瞳で、気づけばジュニアは私を見ていた。

その陰湿そうな眼差しを記憶から消し去るように、私は注文もしていないのに運ばれてきた黒豆ココアに口をつけ、テーブルの上の本を手に取った。

「また読んでるんだね」

「そうなんですよ。なんか読むたびに新しい発見があって」

「たしかにおもしろいもんね。いや、私もさ――」と、ようやく気分が切り替わり、私が『ステイフーリッシュ・ビッグパイン』について語ろうとしたとき、頭の上から「あ、その本……」という声が降ってきた。

ビックリして顔を上げると、なぜか山本多佳恵さんが立っていた。おずおずと磯田さんに目を向ける。磯田さんも意味がわからないというふうに首を振った。

山本さんも驚いた表情を浮かべている。

「えーっ！　なんでお二人がここにいるんですかー？　あ、でも、なんか嬉しいですー。

お店以外の場所で好きな人と会えるのって、なんかすごく嬉しいですよねー」

山本さんはつかみどころのない奇声を上げた。その実、目はあまり笑っていない。

この子、本当に店長の隠し子なんじゃないだろうな。

大騒ぎする山本多佳恵さんをボンヤリと見つめながら、私ははじめてそんなことを思っていた。

第二話　アルバイトがバカすぎて

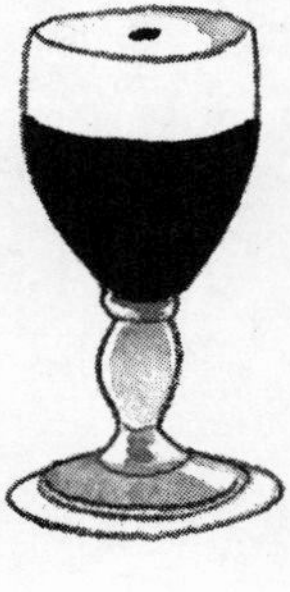

通い慣れた喫茶店〈イザベル〉に不穏な空気が漂った。

「なんで山本さんがここにいるんですか?」

磯田さんの敬語の問いかけに、山本さんは楽しそうに破顔する。

「なんでって、磯田さんってたまにおもしろいこと言いますよねー! 喫茶店って、べつに誰《だれ》でも来られるところじゃないですかー」

「それはそうですけど」

「ああ、もう。ホントにおかしい。笑わせないでくださいよー」と、何がおかしいのか知らないけれど、山本さんは本当に激しく肩を揺らしている。

磯田さんはムッとして唇を噛《か》みしめた。私は黙って二人の様子を見守っていたが、仕方なく山本さんに声をかけた。

「ねぇ、立ってないで座ったら?」

磯田さんの顔が不快そうに歪《ゆが》む。さらなる緊張感が立ち込めた。磯田さんはハッキリと山本さんを苦手に思っている。もっと言うと、後輩という存在そのものが苦手なのだ。私自身がそうだったからよくわかる。

先輩に甘えるのが得意な人間は、往々にして後輩が苦手だ。逆に自然と後輩を可愛《かわい》がることのできる人には、先輩との距離感を取りあぐねている人間が多い。

店長のように先輩も後輩も関係なく、自分らしく振る舞える人間の方が稀《まれ》なのではないだろうか。店長の場合は決して長所ではなく、上に対しても下に対しても空気を読まずに困らせるという短所ではあるけれど。

磯田さんが私に懐いてくれるのは素直に嬉《うれ》しい。でも、だからといって後輩を邪険に扱うのは違うはずだ。過去、二人のアルバイトスタッフが退社する際に「磯田さんがこわかったです」「磯田さんのつまらなそうな態度が苦手でした」と言っていた。たしかに磯田さんが不機嫌なオーラを放っているときは、私でさえうかつに声をかけられない。店全体に重い空気が充満する。

座りなよという私の誘いに、山本さんは表情を明るくさせた。

「いいんですかー？　それじゃあ、遠慮なく失礼しますー」

先輩の拒絶の雰囲気など悟ろうともせず、山本さんは磯田さんの横に腰を下ろす。本当に心の強い子だ。山本さんが入社して半年が過ぎようとしている。私自身もこうして腰を据えて話すのははじめてだ。磯田さんの憮然《ぶぜん》とした態度は気になったが、なるべく視界に入れないように話しかける。

「どう、山本さん。仕事にはもう慣れた？」

小柄で、色白。黒縁のメガネに、前髪パッツンの真っ黒なショートボブ。意外にも私服は淡いピンクのタートルネックにひらひらのプリーツスカートといった男の好みを具現化したような格好であるにもかかわらず、さらに意外なことに山本さんはアイリッシュコーヒーなどという無骨なものを飲んでいる。

「そんなのもうとっくに慣れましたよー。本屋さんの仕事って、基本的に単純作業じゃないですかー」

磯田さんの身体《からだ》がぴくっと震えた。わかっている。こういうつかみ所のない若いスタッフに限って、笑いながら素っ裸で地雷原を歩いていく。

私は平静を装って軌道修正を試みる。

「でも、お客様って気難しい人が多いでしょう？」

「えー、そうですかねー。でも、ほら、私っておじいちゃん、おばあちゃんっ子だったから、そういうお客様と触れ合えるのは純粋に嬉しいんですよー」

この場合は「ほら」が余計だ。

「そう？　じゃあ、あれは？　給料が安いとか？」

「あ、それは大丈夫ですー。私、意外とお金は持ってるのでー」

「え、そうなんだ？　ええと、それは何？　ご実家が資産家とか？」

「えー、そんなふうに見えますかー？　まさか、まさか」

「そうなんだ。それなのにお金に困ってないんだね。すごいね」

「アハハハ。やっぱり意外ですよねー。でも、さすがに本屋さんのアルバイトだけじゃ生活はできないですよー」

いや、違う。この場合は言葉が足りないだけだ。アルバイト時代からフルタイムで働いていた磯田さんとは違い、山本さんは週に二、三回程度しか店に来ない。きっと他にも仕事を掛け持ちしているのだろう。

べつに特定の誰かを揶揄《やゆ》しているわけじゃない。磯田さんもきっと頭ではそう理解している。でも、完全にゾーンに入ってしまった彼女には悪いようにしか伝わらない。『エクソシスト』のようとは言わないけれど、釣り上げられた魚程度には身体をびくんびくんさせている。

いまにも口から泡を吹き出しそうな姿があまりに不気味で、私も混乱に陥った。その結果「あ、じゃあ、あれだ！　スタッフとの人間関係で困ってる？」などと、わざわざ自ら後輩を地雷原に誘導した。

瞬間、それまでヘラヘラと笑っていた山本さんの表情から色が消えた。そして、ゆっくりと視線が磯田さんに向けられた。

「それも問題ありません」

「ホント？」

「はい。先輩方はみなさんやさしいです。これって伝わってないかもしれないですけど、私、本当に〈武蔵野書店〉で働けて幸せなんです」

そう嚙みしめるように口にし、唐突に店の中を見回して、山本さんは〈イザベル〉に通う理由について話し始めた。

「このお店は私にとって聖地みたいな場所なんです。ここって大西賢也先生の『店長がバカ過ぎる』に出てくる〈イザーニャ〉のモデルになった店じゃないですか。あの小説に出てくるお店の描写が大好きで、実は〈武蔵野書店〉で働き始める前にも来たことがあったんです」

「そうなの？」

「はい。私以外にも、大西先生のファンの方をたまに見かけましたよ。熱心に先生の本を開いていました」

その言葉を受けて、私はなんとなくカウンターのマスターに目を向けた。こちらの話なんてまったく興味がないというような顔をしているくせに、マスターは入念にカップを磨きながらこくりとうなずく。

山本さんはケラケラと笑い声を上げた。

「だけど、こうやって谷原さんと磯田さんが一緒にいる場面を見るのははじめてだったので、私それだけで幸せですー」

言葉遣いがいつもの間延びしたものに戻っている。私は「そうなんだね」と相づちを打った。山本さんはさらに目を細めて首を振る。

「はい。しかも、こうやって一緒の席に座らせてもらえるなんて。幸せすぎてバチが当たりそうですよー。私、本当に嬉しいんですー」

磯田さんはすでに心を喪失してしまったかのように、テーブルの上を見つめている。その視線の先には『ステイフーリッシュ・ビッグパイン』が置かれてある。

私はなんとなく本を手に取った。こんな一節があったのを覚えている。

『同じ考え、思想、イデオロギーの人間ばかりがいたら、そこはもうディストピアだ。自分と同じ人間は一人もいない。自分以外は自分じゃない。その事実を受け入れ、そして許せ。他者を許すことでしか、私が許されることはない。』

言うまでもなく、アイリッシュコーヒーはウイスキーがベースである。山本さんはどうやらそれを知らなかったらしい。

「おいしい、おいしい」と、立て続けに三杯ものんで、「あんれぇ、なんかちょっといい気分なんですけどー。何これー、アイリッシュすんごいー。ビリー、ビリー」などと高らかに笑いながら、挨拶《あいさつ》もなく先に帰っていった。

アンティーク風のドアベルがノスタルジックな音を立てた直後、磯田さんは噛みしめるようにつぶやいた。

「私、あの子苦手です」

気持ちはわかる。本当に痛いほど理解できる。けれど、違うのだ。それを口に出すことは許されない。

私にとっては、磯田さんこそずっと苦手な後輩だった。一度だけ、そのことを小柳さんに打ち明けたこともある。

私と同じように「気持ちはわかるよ」と口にして、困惑した表情を浮かべたものの、小柳さんは毅然《きぜん》と叱《しか》ってくれた。

「でもね、谷原、私はそれを口にしちゃいけないと思うんだ。口に出した瞬間、その気持ちに捕らわれてしまうから。良くも悪くも、本屋は小さい。ただでさえ狭いスペースをさらに埋めるかのように、縦横無尽に棚が並べられている。そんな場所でさ、週に何度も顔を合わせなきゃいけないスタッフにバリアを張ってしまったら、それだけでやりづらくなっちゃうでしょう？　べつに苦手意識を持つなとは言わない。私にもそんな人間はたくさんいた。でも、口に出してしまった瞬間、その気持ちは必ず他のスタッフに伝播《でんぱ》する。伝播してしまったら、絶対に店の雰囲気が悪くなる。それはお客様にも伝わっちゃう。望むと望まざるとにかかわらず、私たちはチームになったんだからさ。せめて気持ちをのみ込む努力くらいしなくちゃ」

正直に言えば、まだ若手だった頃《ころ》はしっくりと来なかった。竹を割ったようにさっぱりとした性格の小柳さんにしては、ずいぶん建前じみたことを言うものだとさえ思った。

でも、あれから何年も過ぎ、契約社員から正社員に立場を変え、ちょうど同じ数の先輩と後輩がいるいまならわかる。揃《そろ》いも揃って集団行動が苦手で、だからこそきっと本に救われてきた私たちは、まさに「望むと望まざるとにかかわらず」チームになってしまったのだ。

「気持ちはわかるよ。でも、それを口にしちゃいけないって思うんだ」

私にそう伝えるとき、小柳さんもやっぱり緊張していたのだろうか。「あ、でも一人だけ。店長の悪口だけは許してあげる」と言い、笑っていた声はほんの少し震えていたような気がする。

小柳さんと同じことを、私にはどうしても口にすることができなかった。

「大丈夫だよ。がんばろう」

磯田さんの肩なんて叩《たた》いている自分の気の小ささが恨めしい。頭の中では理想のシーンを描けるのだ。『ステイフーリッシュ・ビッグパイン』を磯田さんに手渡して、「この本にもあったでしょう？　許してあげようよ。磯田さん以外は磯田さんじゃないんだから。許そう」と言っている自分の姿がちゃんとある。それを行動に移せない自分は、先輩として失格だ。

磯田さんをなんとかしなければという気持ちがはじめて芽生えた。一方で、山本さんをどうにかしなければという思いもあった。「あの子が苦手」という声は、磯田さんに限らず、他のスタッフからも耳にしている。

話の通じない店長への不満を大好きな先輩にぶちまけていた頃が楽だった。いや、きっと無責任に怒っていたあの頃が楽しかったのだ。

そんなことを思いながら、レジに向かう。

「伝票、置かれてなかったですよ」

マスターはあわてたようにマスクを一枚重ね、蚊の鳴くような声でささやいた。

「もうもらってるよ」

「え?」

「さっき出ていった女の子。二人の分まで払っていった」

山本さんを早急になんとかしなければ。私はうんざりしながら再び思った。

そもそも山本多佳恵さんを面接で採用したのは……、正確には「彼女がいい」と主張したのは私だった。

半年前、当時まだ本店の店長を務めていた小柳さんから「何もしゃべらなくていいから谷原も立ち会って」と、唐突に面接に同席するように言われた。

面接には以前から興味があった。私だったらこんな子は絶対に採用しない、私だったらこういう子を採用するといった理想があった。

鼻の穴を広げた私を見て、小柳さんはやりづらそうな笑みを浮かべた。

「変な期待はしない方がいいからね。あんたの思ってるような感じじゃないから」

東京都の最低賃金は時給一〇一三円になったという。これは私が〈武蔵野書店〉に入社した頃と比べると二百円以上高額だ。大学生のアルバイトなどみんな八百円台で働いていた。

私は一〇一三円という額をどう捉《とら》えていいかわからなかった。いまの子たちはズルい！契約社員だった私でさえ九九八円しかもらえていなかったのに、損している！　などと主張するつもりはないけれど、この十年の間に本の売り上げが上がっているはずがない。

すでに「出版不況」という言葉さえほとんど耳にしなくなり、本なんて売れるわけがないという諦《あきら》めの空気が業界全体を緩やかに覆っている状況にあって、一人のスタッフの時給が二百円も上がるということはどういうことなのだろう。

一〇一三円だ。私には目を見張るような額に思える。社長はそこに「我々の仲間として迎え入れるんだ。最低賃金というわけにはいかないだろう」と、さらに七円上乗せしている。小柳さんはそれを「見映えの問題。最低賃金と思われたくないんでしょう？　人集まらないしね」と見切っていたが、一〇二〇円で募集をかけても実際に人はたいして集まらなかった。

一人の欠員に対して、応募はたったの五人。それでも「今回は多いくらいだよ」と、小柳さんは笑っていた。書店員という仕事に夢を抱いて門を叩いた私にはショックだった。

いざ立ち会った面接でも、鬱々《うつうつ》とした気持ちが晴れることはなかった。何せ一人目の大学生の男の子が短パンに帽子をかぶってやって来たのだ。

そんな出で立ちで、彼はとんでもなく大きな夢を語っていた。

「僕、将来は経営者になろうと思ってるんです。それも日本でじゃなく、アメリカか中国で起業しようと思っていて。そのために、まぁ、これはいまさらではあるんですけど、あえてMBAを取得しようかと考えていて——」

自分がいったいなんの話を聞かされているのか、大げさではなく私は途中からよくわからなくなっていた。

それはすごい、へぇ、おもしろい、と小柳さんは目を細めながら、彼と積極的にコミュニケーションを図ろうとしていた。

「その上で、どうしてこのお店を希望してくれたんですか？」

ようやくその質問が切り出されたのは、面接開始からすでに十分が過ぎた頃だった。それまで気持ち良さそうにしゃべっていた彼は、まさかそんな質問が飛んでくるとは夢にも思っていなかったという顔をした。

目をパチクリさせ、しばらくすると彼は自嘲《じちょう》するように微笑《ほほえ》んだ。

「そうですよね。ええと、大前提として、将来的に書店に関《かか》わろうという気持ちはあるんですけど、店長さん、話ができそうな人なんで正直に話してもいいですか？」

「もちろん」

「本って、なんかものすごくアナログなものじゃないですか。デジタル全盛のこの時代に、あんなふうにわざわざ紙に印字して、わざわざトラックとか使って運搬して、わざわざ人間の手によって棚に並べられてるわけですよね？　客もわざわざ店に足を運んで、目当ての本もなかなか見つけられずに、イライラしながら意味のない時間を過ごしているわけじゃないですか。学生のうちにそういうウェットな現場を勉強しておくことって意外と意味があるんじゃないかと思ったんです」

たったこれだけの言葉の中に、いったい何度の「わざわざ」が登場したことだろう。

「じゃあ、あなたは本はデジタルで？」

小柳さんはちらりと履歴書に目を落として質問を重ねた。

「ええ、そうですね」と、一度は即答しておきながら、男の子はいたずらっぽく舌を出した。

「いいえ、ごめんなさい。店長さん、やっぱり話せる人なので本当のことを言います。僕、本ってほとんど読まないんです。必要な情報にアクセスするのに、本を読むという作業ってどう考えても効率が悪いじゃないですか？　小説なんてなんのために存在しているのかもよくわからないくらいです。とんでもない時間をかけて読んで、あれって何が身につくんですかね。あ、でも、読書好きな人を批判するつもりはないんですよ。趣味は人それぞれだと思うので。それに本を売るということについては自信があるので、採用してもらえると嬉しいです！」

優秀な子ではあるのだろう。言いたいことをきちんと自分の言葉で口にできて、きっと大人に可愛がられる術《すべ》も知っている。どんな会社の面接も通過するに違いない。

そんなことを思いながらも、去り際に私にまでニコリと微笑んだ彼に向けて、おととい来やがれ、この野郎！　と、私は心の中で中指を突き立てた。

「ちょっと、店長。まさか採用するつもりじゃないですよね？　しないですよね？」

何食わぬ様子で次の面接の準備を始めた小柳さんに、懇願するように尋ねた。小柳さんは顔色一つ変えず言い放った。

「するわけねぇだろ。おととい来やがれっていう話だよ。何が『本を売ることについては自信がある』だ。舐《な》めやがって」

一瞬ついていくことができなかった。敬愛する先輩が一糸乱れぬ苛立《いらだ》ちを共有してくれたことがあまりにも嬉しくて、店長！　と抱きつこうとした私を窘《たしな》めるように、小柳さんは大きく肩で息を吐いた。

「でもさ、谷原。あんたもわかってるだろうけど、あいつは言い方を間違っただけだからね」

「どういう意味ですか？」

「言っている内容は概ね正しいっていうことよ。私たちは『わざわざ』って何度も念押しされるような仕事をしてるってこと。ムカつくけど」と、吐き捨てるように口にして、小柳さんは大学生の履歴書を渡してきた。

「読んでみ」

小柳さんが苛立ったように指で叩いたのは〈将来の夢・目標〉の項目だった。その他の欄とは異なり、そこだけ妙に小さい文字でびっしりと綴《つづ》られていたのは、彼が自ら手がけようと夢見る書店の未来図だ。

ユーザーはVR機を用いて、自宅にいながらにしてお気に入りの書店を訪問することができるようになるのだという。

書店には電子化されたすべての本が棚に揃っていて、ユーザーはその一冊一冊を吟味しながら仮想空間を歩き回ることができる。

VRグローブを用いることで本の手触りが再現でき、それらはサンプルとして立ち読みすることも可能だ。マスクを着用すればインクの匂《にお》いまで嗅《か》ぐことができる。

この空間の一番の売りはＡＩ書店員である。彼ら、彼女ら（それもユーザーの好みと完全に合致した顔と声と服装の）は、ユーザーの普段の読書傾向のみならず、その日の気分や体調、果てはスケジュールや食べたものまで把握し、ユーザーがもっとも必要としている一冊を必ず見つけ出す。一人ひとりにとっての書店員、言うなればコンシェルジュとも呼べる存在だ。

そうして購入した本は、もちろんユーザーのデバイスにダウンロードされたものをリアルに読むこともできるし、ＶＲ空間にいたまま、アナログの本のように読むこともできる。その場合はやはり紙の手触り、インクの匂い、ページをめくる音、居場所まで何もかも再現できるのだそうだ。

「何が『ウェットな現場を勉強』よ。あいつ、本当に腹が立つ」

小柳さんの声に我に返った。そしてはじめて、私はいけ好かない大学生の思い描く未来図にうっとりしている自分に気づいた。

「この絵空事に打ち勝てる理屈が谷原にはある？」

胸が小さな音を立てる。

「なんですか？」

「だから、さっきの大学生が夢想する未来の社会には、リアルの書店が存在していないっていうことでしょう？　書店が、書店員が存続し続けていく意味をあんたは語れるのかっ

いや、咄嗟に……というのは正しくない。

て聞いてるの」

突然の質問に、私は咄嗟《とつさ》に答えられなかった。いや、咄嗟に……というのは正しくない。いつまでも答えることができなかった。

「これ、私たちの宿題だね。頭のいい学生さんに突きつけられた宿題だ」

「あの、本当にさっきの子を採用するつもりはないんですか？」

先ほどとは違うニュアンスで私は尋ねた。「だから、しないって言ってるじゃん」と、小柳さんはつまらなそうに鼻を鳴らす。

「どうして？」

「どうせ三日で辞めるよ。だいたいのことわかりましたとか言って。私たちの仕事を、もっと言うと私たちの存在を否定するような人間とは働けない。あんたもそうでしょう？　少なくとも私は働きたくない」

小柳さんはめずらしく語気を強めて言い捨てた。

私はおずおずとうなずきながら、小柳さんの言った「書店員が存続し続けていく意味」という言葉を頭の中で反芻《はんすう》していた。

性別も、年齢も、タイプもまちまちではあったものの、それから面接にやって来たのも似たような人たちばかりだった。

つまりは書店員という仕事にたいした思い入れも、夢もない。何よりも本にそれほど愛着を抱いていない。中には「あんまり大変じゃなさそうな気がしたので。私、小さい頃から身体が弱くて」と、堂々と口にする人もいたりして、私は自分の仕事とは何なのかと久しぶりに突きつけられた。

山本多佳恵さんが最後の一人としてやって来たのは、閉店間際、もうお客様の姿もほとんどないという時間帯だった。

それまであまり口を開いていなかったが、私はとっくに疲労困憊《こんぱい》で、正直に言えば早く終わって欲しいと祈っていた。

「しんどかったら帰っていいよ。あんたにも見てもらいたかっただけだから」

こんなのは慣れっこだという顔をしながら、小柳さんもしっかりと疲れている様子だった。

「いえ、ここまで来たので最後まで立ち会います」

そうして現れた山本さんの、決して失礼だとは思わなかったがポップな格好を見て、私の疲労はさらに増した。

しばらくは他の応募者たちと同じように当たり障りのないやり取りが続いた。でも、小柳さんが「どうしてこの店で働きたいと思うのかうかがってもよろしいですか?」と、志望動機を尋ねたときだった。

それまでかすかに緊張した表情を浮かべていたのに、山本さんの顔から硬さが消えた。その瞬間から、私は一気に彼女の話に吸い込まれた。

「はじめてこのお店に来たのは、大西賢也先生のトークショーのときでした。私、昔から大西先生の大ファンでぇ、だから『店長がバカ過ぎる』も大好きだったんですけどぉ、家が遠いのでなかなかお店に来ることができなかったんですー。店長さんが……、あ、すみません、前の店長さんがいなかったのは残念だったんですけど、でも本当に感動しましたー。大西先生が描写していた通り、店そのものが生き生きしているように感じられて、スタッフさんの表情もハッキリ見えて、それってつまりちゃんとみなさんに個性があるということで、私それまでそんなふうに書店という場所を見たことがなかったので、それってすごいことだなぁって、こんなところで働いてみたいなぁって思ったんですー」

思わず小柳さんと目を見合わせた。語尾の延びた話し方は気になったし、お世辞にも体力がありそうなタイプでもない。山本さんの語る〈武蔵野書店〉の素晴らしさはどこか浮世離れしていて、まるで自分が日々働いている場所じゃないかのようで、不思議な気分ではあったけれど、はじめて前向きな言葉が聞けた気がした。

その後も山本さんはマイペースに〈武蔵野書店〉で、それも吉祥寺本店で働きたい理由を述べていった。それは自分がどれだけ大西賢也先生を、または彼女の書いた『店長がバカ過ぎる』を愛しているかという話でもあった。

年齢は大学を出て二年以上が過ぎた二十四歳。卒業後は長野の実家にほぼ引きこもっていて、職歴はないという。

どうして引きこもっていたのか、なぜ上京してきたのかという質問に明確な答えを聞くことはできなかったが、熱い思いは伝わった。少なくとも、このときはそう勘違いさせてくれる力が山本さんの声にはあった。

「あの、私からも質問させてもらっていいですか？」

だから、小柳さんがそろそろ面接を終えようとしていた頃、私は覚悟を決めて割り込んだ。

山本さんの眉《まゆ》が怪訝《けげん》そうに歪んだ。もちろん彼女は私があの小説の主人公、谷口香子《たにぐちきょうこ》のモデルであると気づいている。怪訝そうにするのはそのせいだろう。あの本の「香子ちゃん」は、こんなふうに積極的に質問するタイプじゃない。

小柳さんも意外そうに口をすぼめたが、小さくうなずいた。それを確認して、私は山本さんの目を食い入るように覗《のぞ》き込んだ。

「あの、まずは面接に来てくれてありがとうございます。私も『店長がバカ過ぎる』は大好きな作品なんですけど、実際の職場はあんなふうには楽しくないかもしれません。毎日ルーティーンの仕事ばかりだし、苛立つことも多いし、上の人たちの無理解に悩まされるし、薄給で、やりがいすら奪われそうでイヤになることも多いです」

これから一緒に働きたいという人に向かって、自分は何を言っているのか。この状況で人見知りを発揮していることにも嫌気が差す。質問なのか何なのかもよくわからず、ほとんど目も見られずに、額に汗をかきながら声もどんどん小さくなっていった。

案の定、山本さんは呆気《あっけ》に取られた顔をしていた。しかし、しばらくしてその口から出てきたのは、私が想像していたものと少し違った。

「まさにそういうことがあの本に書かれていましたよー。給料が安いことも、やりがいが奪われようとしていることも、イライラすることが多いことも。その上で素晴らしい仕事であるということも」

「で、でも、違うんです。あれはやっぱり大西先生が描き出した世界であって、実際のこのお店のこととは違います」

言いながら、私は気がついた。きっと自分は失望されたくないと思っているのだ。最初から書店に期待を寄せていない人たちには腹を立てているくせに、書店に期待を寄せてくれている人には失望されたくないと怯《おび》えている。

山本さんは難しそうに首をひねった。

「うーん、ちょっと何を質問されているのかよくわからないんですけどー、たぶんそういうことが全部きちんと伝わったから私はあの本が好きなんだと思いますー。その上で、このお店で働きたいと思うのっておかしいですかー？」

山本さんは終始堂々としていて、私はあたふたしていた。小柳さんが呆《あき》れたようにこちらを見ているのには気づいていたが、顔を見ようとは思えなかった。

「あの、もう一個質問してもいいですか？」

「あんまり難しくないのでお願いしますー」

「そうしたら、ええと、や、山本さんは、大西賢也先生のファンなんですよね？」

「それは、はい。たくさん読んでいると思いますー」

「それでも『店長がバカ過ぎる』は好きですか？」

「はいー？」

「いや、以前からの先生のファンの中にはあの作品を毛嫌いする人も多いので。軽すぎるとか、作風がふさわしくないとかっていうのはともかく、中には手抜きだなんていう声もあるらしくて。その意見を、同じように大西賢也先生のファンだという山本さんはどう捉えるのか知りたいんです」

　磯田さんは「あの本は好みじゃなかった。私が大西先生に求めるのは、デビュー作のような熱の籠《こ》もった作品」と言っていた。

　そういった声がネットにはごまんとある。大西賢也こと石野恵奈子さんは「そんなのハナから織り込み済み。何を書いたって批判は来る」と、意に介さない様子だったが、結果的に情報源となっていた私はひどく責任を感じた。『主人公に共感できなかった』『ただのヒステリー』『谷口香子が怒りすぎ』といったレビューを目にしたときには、自分のことではないと頭で言い聞かせながら泣いてしまった。

　山本さんは怪訝そうなのを通り越して、すでに不気味そうな顔をしていた。

「すみませんー。他の人がどうかなんてわからないんですけどー、私はそんなふうには感じませんでしたー」

「そう？」

「逆に谷原さんはそんなふうに思いましたかー？」

すでにどちらが面接を受けているのかわからなくなっている。不安な私と、凛《りん》とした山本さん、うんざりしている小柳さん。

「い、いや、私は……。すごく大切な作品だし、大好きなんですけど」と応じると、山本さんの顔にいたずらっぽい笑みが広がった。

「ですよねぇ。たとえば大西先生が少しでもニヤニヤしながらあの作品を書いている気配を感じたら、私も同じように感じたのかもしれませんー。でも、私はあれを額に汗をかきながら一生懸命書いたラブレターだって感じたんですー」

　小柳さんが何かを悟ったように「へぇ」とつぶやいた。私にはいまひとつその意味がピンと来なかった。

「ラブレターって、何？　誰への？」

山本さんはなんてことないというふうに肩をすくめる。

「そんなの、谷原さんに決まってるじゃないですかー。それと、谷原さんのように一生懸命働いているすべての人たちですかねー。書店員さんたちに限らず」

私に口を挟ませまいとするように、山本さんは飄々《ひょうひょう》と続けた。

「これって、さっきの質問の答えも同じなのかもしれないですけど、いまって普通に生きててもみんな苦しいじゃないですかー？　苦しいに決まっている現状を、苦しいまま書かれても、私はもうすんなり受け止められないんですー。ウソでもいいから希望を感じさせて欲しいし、本を読んでいる間くらい楽しませていて欲しいんですー。私にとってあの本はそういう一冊でした。みなさんの叫びは正しくおかしかったですし、一方では悲壮感に満ちていて、厳しさを際立たせるものでもありましたー」

人を食ったようなしゃべり方と、話の内容が嚙み合っていなかった。一瞬立ち込めた静寂を切り裂いたのは、小柳さんの「ハハハ。やるー」という、山本さんを真似《まね》たかのような語尾の延びた一言だった。

続きを小柳さんが引き取って、再び面接らしいやり取りが続いた。話が終わり、小柳さんが最後に「今日はどうもありがとうね」と柔らかく微笑み、山本さんが「どういたしましてー」と、おそらく間違っている返事をし、立ち上がろうとしたとき、私は「あの、ごめんなさい。最後にもう一個だけいいですか？」と、声を上げていた。

山本さんは目をパチクリさせたが、私はかまわず切り出した。

「本当にごめんなさい。ごめんね。これ、面接でもなんでもないんだけど、山本さんは将来的にも書店って必要だと思う？」

これまで散々私の質問を「難しい」とか「わからない」とか言っていたくせに、あきらかに言葉足らずのこの問いだけは、山本さんは一瞬の間もなくうなずいた。

「たとえば私に将来好きな人とかできたとしてー、その人と首尾良く結婚とかしてー、子どもとか生まれたりするとするじゃないですかー？　私にはそういう願望がまだないからあれなんですけど、まぁ、たとえばそうなったとするじゃないですかー？」

目の前の若い子が何を語り出したのか、私にはわからなかった。正体不明の既視感を抱きながら、私は「うん」と続きを求めた。

山本さんはこの日一番の笑みを浮かべた。

「それでー、もしそういうふうに家族ができたとして、じゃあどこに住むかって考えたとき、私は絶対に本屋さんのある街に住みたいと思うはずなんですー」

「え？」

「便利だったり、おいしかったり、オシャレな店がたくさんあったとしても、本屋さんがない街なら私は住みたくありませんー。反対にすごく不便で、小さかったとしても、本屋さんがあるなら私はその街を選びますー。ひょっとしたらカワイイのかもしれない自分の子どもが、学校から帰ってきて、べつに学校なんて行かなくても全然いいと思うんですけどー、当たり前のように毎日行ける本屋さんがそばにある環境って素晴らしいじゃないですかー。逃げ場所があるっていうか、世界がいくつもあるっていうか。親なんかより、学校の先生なんかより大好きで、頼れる書店員さんと知り合えたりしたら、それっていいなって思うんですー。これが谷原さんへの答えになっているかはわからないですけど、私はそう思いますー」

ああ、なんだっけ……。なんだったっけ、突拍子もないこの感じ……。そんなことを思いながら、私はほとんど無意識のまま小柳さんの手元にあった履歴書を引き寄せた。

山本さんは最後もあっけらかんと言い放った。

「そこに映画館と美術館と図書館があったらもっといいって思うんですけど、本屋さんはマストです。絶対に譲ることはできませんー」

嵐《あらし》のように去っていった山本さんの背中を見送って、私は意外にも……という表現がこの場合ふさわしいのかは定かじゃないけれど、めちゃくちゃ下手くそな文字が、それでも丁寧に綴られた履歴書を凝視した。

「どうすんの？　谷原」

小柳さんが尋ねてくる。

「彼女がいいです。私は彼女と働きたい」

そんなふうに答えつつ、私は履歴書に記された『山本』の名字に、いまさらながら一抹の不安を抱かされた。

宮崎から戻ってきて、ちょうど一ヶ月。うららかな春の陽《ひ》が差す開店前の〈武蔵野書店〉吉祥寺本店に、店長の金切り声が轟《とどろ》いた。

「えーっ！　それは本当の話でございますか！　さすがの私もそのことまでは気がついておりませんでしたよ！」

さすがの私、という言い方は引っかかったけれど、それ以上にそのバカ丁寧な話し方が気になった。

お客様や出版社の営業、あるいは店を訪問してきた作家などに対するようなへりくだりようで、店長はアルバイトの山本多佳恵さんとおしゃべりしている。

山本さんだって負けていない。

「ちょっと、店長さん！　だから、しーですって！　しーっ！　どなたかに聞かれたらどうするんですか！　しーっ！」と、野球部さながらの大声を張り上げながら、口に人差し指を当てて視線をキョロキョロさせている。

スタッフたちは誰一人として見向きもしない。朝の恒例行事だとでもいうふうに無視を決め込み、テキパキと手を動かしている。当初は「出た出た。ダブル山本」といった揶揄する声も聞こえてきたが、もはやそれすらなくなった。

私は荷ほどきしていた手を止め、なんとなくレジ前の二人に目を向ける。山本さんに釣られるように、店長も周囲の様子をうかがっている。二人ともバッチリ私と目が合っているのに、気づかれていないとでも思っているのか。「しーっ」「しーっ」と盛り上がっている。

話は合うようだし、二人の笑い声は営業中もよく聞こえてくる。店長にとってはこんなに相手をしてくれる若い女の子が可愛くないはずがないし、山本さんだって『店長がバカ過ぎる』を読んで面接に応募してきた子だ。店長に関心はあるのだろう。

朝礼への向き合い方も一人だけ前向きだ。

「昨夜、私はある本を読みました。衝撃的な一冊でした。こんなふうに読書に熱中したのは数年ぶりだったと思います――」

吉祥寺本店に帰ってきて以来、店長は以前にも増して朝礼の大切さを声高に唱えるようになっていた。その結果、朝礼の開始時間は以前より五分早まった。午前九時三十五分スタート。あれほど開店前の時間の重要性を語っていたにもかかわらず、悠長な話が延々と続く。

「最近読んだ数年ぶりに衝撃を受けた本」について語るのも恒例だ。店長が読んだ本に関心を抱く人間は山本さんしかいない。あか抜けないモスグリーンのエプロンのポケットからショッキングピンクのメモ帳を取り出して、一心不乱にメモを取る。

　これみよがしとも思えるその所作が、店長を気持ち良くさせてしまっている。みんなの怨嗟《えんさ》が店長のみならず、最近は山本さんにまで向かってしまっているのが気にかかっていた。

　普段なら店長の読んだ本になど興味は湧《わ》かない。しかしある理由から、私は「今週の一冊」が気になった。きっと同じことを感じたのだろう。緊迫した表情を浮かべ、左斜め前方にいた磯田さんがこちらを振り返る。

『部下に告ぐ！』という愚直なタイトルが冠されたビジネス書が入荷してきたのは、二日前のことだった。

　同じく早番で品出しをしていた磯田さんが、突然「ギャッ」という奇声を上げた。その手に持たれていたのは『部下に告ぐ！』であり、磯田さんは見せつけるようにして表紙を私に向けてきた。

　真っ先に私の視界を捉えたのは、そのタイトルや著者名ではなく、帯に記された文言だ。

〈伝説の〝やるスタ77〟から十年！〉

〈沈黙を守り続けてきた著者がおくる現代社会への鎮魂歌《レクイエム》〉

〈ラスト1ページ、あなたの世界は一変する〉

　いやいや、ビジネス書が魂を鎮めていいちゃダメだろうとか、まるでミステリー小説のような煽《あお》りだなといった疑問を差し置いて、私の意識はあることに向かった。

「あれって〝やるスタ77〟とか呼ばれてるんだね」

その気づきこそがすべてだった。思えば、私は朝からずいぶん冴《さ》えていた。〝ハリポタ〟や〝セカチュー〟ならいざ知らず、耳にしたこともないナゾの略称から一冊の本のタイトルを連想したのだから。

『やる気のないスタッフにホスピタリティを植えつける、できるリーダーの心得　77選！』かつて、店長が朝礼で誇らしげに紹介した自己啓発本だ。ふーん、そうなんだ、あれって〝やるスタ77〟って呼ばれてるんだ……と、あらためて思った次の瞬間、私は全身の細胞が粟立《あわだ》つような感覚に襲われた。

あわてて著者の名前に視線を移した。タイトルとほとんど同じ大きさで綴られた『竹丸《たけまる》トモヤ』が目に入る。

その文字自体がぐにゃりと歪んだ。

「竹丸トモヤ」があっという間に「たけまるともや」に変換されて、「ま」だの「や」だのが上へ下へと入れ替えられる。そして気づけば「たけまるともや」は「やまもとたける」に、ついには「山本猛」に早変わりする。

このアナグラムもどきに気づいた三年前、私は磯田さんにだけその話をした。「えっ、まっさかー。さすがにそれはないですよ」などと言いつつ、磯田さんの声に突き放すニュアンスは感じられなかった。「石野恵奈子」が「大西賢也」だったという衝撃の事実は、あの頃の私たちをどこまでも疑心暗鬼にさせていた。

その竹丸トモヤの十年ぶりの新刊というのである。帯に〝ブカツグ！〟と〝ニ〟しか省かないくらいならやめてしまえばいいと思う略称の綴られたこの本が、なぜか五冊も〈武蔵野書店〉吉祥寺本店に入荷してきて、すべてがその日のうちに売れてしまった。こわくて二人ともまだ読めていないが、うち二冊は私と磯田さんが買い求めたものである。

店長は手を後ろに組み、本のタイトルを明かさぬまま延々と話し続けている。

「私は朝礼で紹介する本をみなさんに買えと強制しているつもりはありません。ただ、私という人間がいいと思うものを知っていただきたいだけであって、それはつまり私という人間を知って欲しいということと同義だと思っています。ただし、この本は違います。可能ならば、ここに集いし〈武蔵野書店〉吉祥寺本店の、ここに集いし優秀なスタッフの必読書にできないものかと、そんなふうに考えている所存であります」

おい、儲《もう》けるつもりか？　と、そのおかしな言葉遣いはさておき、私は心の中で店長に問いかける。

まさかここに集いし仲間たちであんたは儲けようとしているのか？

「決して安い本ではございませんが、その価値は間違いなくあるはずです。ですので、みなさん絶対に買ってください」

それを強制と言わずになんと言う。

「どうかこれを読んでいる間、ここに集いしスタッフの姿を想像してみてください。自分以外の誰かをイメージしながら読んでみてください。そうすれば最後の一ページ、おのずとみなさんの目に映る世界が一変することでしょう」

ああ、もうそんな能書きはどうでもいい！　早くあんたの正体を教えてくれ！

「みなさん、お願いいたします。この本だけはどうか私を信じて買ってください」

最後に嚙みしめるように繰り返し、焦《じ》らすだけ焦らして、店長はようやく背後に隠していた本を頭上に掲げた。

その瞬間、私の目に映る世界が一変した。

「えっ……」という声を漏らした人間が三人いる。私と、磯田さん。そして、なぜか山本多佳恵さんだった。

『ステイフーリッシュ・ビッグパイン』

目を見開いた磯田さんが再びこちらを振り返り、大きく首を横に振る。私が教えたわけじゃない……ということらしい。

もちろん私だって店長にこの本の話をしたことなどあるはずがなく、同じように目を見開きながら首を振った。

でも、だとしたら、これはどういうことなのか。店長がたまたま手に取ったとでも言うつもりか。普段、小説なんて読まないくせに。本当に何なんだよ、この人は……と思いながら、ボンヤリと山本多佳恵さんに視線を向ける。

私より、磯田さんよりなぜか大きく目を見開いて、山本さんは店長を睨《にら》んでいた。いつものようにペンを走らせることもなく、身動き一つ取ろうとしない。ただ、メモ帳を持つ左手だけがワナワナと震えている。

山本さんはハッキリと店長に怒っていた。はじめて目にする感情的な表情だ。

その理由を想像することもできなくて、この子もいったい何なのだろう……と、私はため息をこぼさずにはいられなかった。

実家の〈美晴〉に、石野恵奈子さんの笑い声が響いていた。

「何それ！　激アツじゃん！　店長が実は竹丸トモヤだっていう説があったわけ？　その竹丸とかいう人のことは知らないけど」

さすがに匂いが不評だったらしく、ありがたいことにゴルゴンゾーラのリゾットは〈美晴〉のメニューに定着しなかった。

それでも諦めることのできなかった親父《おやじ》は、シーフードのライスグラタンなる新メニューの開発に乗り出し、そちらは見事に成功した。古い〈美晴〉を愛する身としては悔しいけれど、これは素晴らしい出来映えだ。

「で、それって結局どうだったの？　店長は竹丸なんちゃらだったわけ？　『部下に告ぐ！』っていう本は、つまり京子ちゃんに宛《あ》てられた本ってこと？　あなたを育てるためのノウハウだったり？」

その興味から一冊の小説を書き上げてしまうほどなのだ。石野さんの店長への関心は尋常ならざるものがある。

石野さんは次々と質問を浴びせかけてきたが、私は冷静に受け流した。

「イヤです。もうこれ以上は話しません」

「ええ、なんでよぅ」

「よぅ、じゃないですよ。石野さんは私の話したことを本にするからイヤです」

「いやいやいや。だからもう続編は書かないって言ったじゃん」

「あのときとは状況が違います」

「どういう意味？」

「だって、石野さん、あのとき『店長が宮崎に行っちゃったからもう続編は書かない』って言ったんです。っていうか、なんなら店長を追いかけて宮崎に移住しようとまでしてたじゃないですか」

「そうだったっけ？」

「しらばっくれないでくださいよ」

「っていうか、大丈夫だって。あんなのはもう過去の男だから。私は完全に吹っ切れてる。とっくに興味なくなってるから教えて。気になって仕方がない」

「なんですか、その元カレみたいな言い方。だいたい言ってることめちゃくちゃ矛盾してるじゃないですか」

そう突き放すように言いながらも、私はうっかり笑ってしまった。石野さんの表情があまりに真に迫っていたからだ。

「本当に書きません？」

「うん、書かない。メモも取らない」

「もし『店バカ2』書いたら絶交ですからね？」などと念を押しながら、私は気持ちが急《せ》くのを感じた。

もとより、私も聞いてもらいたいと思っていた。だから石野さんからの〈美晴〉の誘いに久しぶりに応じたのだ。

突然ワケのわからない状況に落とし込まれたあの朝。朝礼が終わったと同時に「ちょっと、谷原さん……」と、歩み寄ってきた磯田さんに「わかってる」というふうにうなずいて、私は一人になった店長に詰め寄った。

「あなたを育てます」と宣言して以降の、私に対する店長の態度はずっと厳しい。まるで我が子を崖《がけ》から突き落とす孤高の獅子《しし》といった佇《たたず》まいが心の底から気に食わなくて、私の方から近づこうとはしなかった。

そのことが頭から抜け落ちていた。店長が竹丸トモヤであるかどうかということをセンシティブな問題と捉えていたことも忘れ去って、このままじゃラチが明かないと、私はストレートに問いかけた。

「店長、単刀直入に聞きます。店長って、竹丸トモヤなんですか?」

「つまり、どういうことでしょう?」と、店長は眉一つ動かさなかった。その表情から心の内は読み取れない。しらばっくれているとも思えない。

「だ、だから! つまりもへったくれもありません。店長は竹丸トモヤなのかって聞いてるんです!」

「いいえ、私は山本猛です」

「そうですよー。店長さんは山本猛さんですよー」と、なぜか山本多佳恵さんがいきなり割り込んできた。

それには取り合わず、「だから、そうじゃなくて——」と続けようとした私を不気味そうに見つめて、店長は小さく首をひねった。

「大丈夫ですか? 谷原京子さん、あなた、顔が真っ青ですよ」

まるで話の通じない店長に、私は苛立ちながらメモを取り出した。無理やり仕事を振って山本多佳恵さんを追いやって、例のアナグラムもどきを書いてみせる。

竹丸トモヤが、瞬く間に山本猛に変換された瞬間、今度こそ店長のつぶらな瞳《ひとみ》は真ん丸に見開かれた。

「な、なな、何なんですか、これは。一体全体どうなっているのですか？」

なるべく冷静に観察したが、私にはしらを切っているようには見えなかった。それが証拠に……というのは語弊があるかもしれないけれど、店長は「そもそもこの竹丸トモヤという人はどなたなんですか？　プロレスラーか何か？」などと尋ねてくる。試しに〝やるスタ77〟についても水を向けたが、これにもピンと来ている様子はなかった。

かつて心の底から入れあげた自己啓発本を忘れてしまっているのもどうかと思うが、元来そういう人である。

「そんなことよりですね、谷原京子さん。あなたは最近──」と、気を取り直すようにいつもの小言を口にし始めた店長に無視を決め込み、つまり、これは一体全体どういうことなのだろうと、私は一人思案した。

右を向いて店長を演じ、左を向いて自分を演じ、たまに正面を見ながら山本多佳恵さんを演じてみせた。

そんな私の渾身《こんしん》の演技を、石野さんは手を叩いて絶賛した。

「いやぁ、すごいわ。京子ちゃん、あなた、モノマネがうまいのねぇ」

「店長のだからですよ。あの人のは簡単です」

「いやいや、なかなかできることじゃないわ。現に、その山本多佳恵さん？　私が会ったことのないその子もちゃんと目の前に立ち上ってきたもの。あなた、女優になれば良かったのに」

「まさか」

「さもなきゃ、小説家？」

当然のような顔をして言い放ち、石野さんはおいしそうにお酒に口をつける。わかるようで、いまひとつ理解できない言葉だった。

「どういう意味ですか？」

「何が？」

「モノマネがうまいから女優になれというのはわかります。小説家、関係あります？」

「それは大ありよ」

「なんで？」

「だって、私たちも人間を観察して、その特徴を捉えるのが仕事だもん。私、昔から持論があってね、一流の小説家ってみんなそれなりにモノマネが上手《うま》いんじゃないかと思ってるのよね」

「じゃあ、大西先生も？」と、私は久しぶりに石野さんをペンネームで呼んだ。石野さんはいたずらっぽく舌を出す。

「ううん。だから一流のって言ってるの。私は二流だからできない。そんなことより結局どうだったの？　店長の竹丸トモヤ説」

「それは正直わかりません。ますますわからなくなりました」

「どうして？」

「見ますか？」とささやくように口にして、私はパンパンに膨れあがった自分のバックパックから、本を三冊取り出した。『部下に告ぐ！』と『ステイフーリッシュ・ビッグパイン』は、直前の話題に上ったから。

もう一冊は、普段は絶対に手に取ることのないビジネス系の雑誌である。

『リーダーズ・ビッグマネー』

石野さんは「何これ」と口にして、真っ先に『リーダーズ――』を手に取った。そしてパラパラと紙をめくっていって、あるページで動きを止める。

私はこくりとうなずいた。

「最悪の雑誌ですよね？　株だ、投信だ、先物だって、リーダーたちの懐事情についてばっかり書いてあるんです。下品極まりない雑誌なんですけど、そのページを読まざるを得なくて、買ってしまったんです。お金もないくせに、こっちはちくわパンなのに、どっかの社長のポルシェ自慢を読む羽目になったのはそのためです」

石野さんは老眼鏡をかけ、熟読し始めた。私も一緒に覗き込む。ページからはみ出しそうな勢いで掲載されているのは、見たことのない白髪のおじさんが昔のビニ本よろしく目もとを手で隠しているというナゾの写真だ。

そのとなりには『本誌、初顔出し！』と顔なんて出していないのに見出しが躍り、赤い文字で「伝説のリーダー・竹丸トモヤから、すべての部下に捧げる愛の賛歌！」と、カルト演歌歌手のようなリードが綴られている。

「ちょっと待ってよ……。何この昔のビニ本みたいな写真」

「ですよねぇ」

「え、この人が竹丸トモヤなわけ？」

「らしいです。昨日、磯田さんが見つけてきました」

「じゃあ、この人が店長？」

「わかりません。見た目は全然違いますけど、年齢は同じくらいに見えますし、なんかその白髪とかウソくさいですし。何よりもそのバカバカしいポーズの取り方っていかにも店長っぽくないですか？」

「たしかに。そう言われるとそんな気もしてくる」

「だとしたら、これはやっぱり店長なんですかね？」

「うーん。っていうか、そもそも竹丸トモヤが山本猛なんてことがあり得るの？」

「知らないですよ。っていうか、石野恵奈子が大西賢也だったせいで、私たちはもう何も信じられなくなってるんですから。世の中って自分が想像している以上にアナグラムで溢《あふ》れてるんじゃないかという気がしてきちゃって、こないだなんてついに自分の名前を分解してしまったんですよ」

「マジで？　谷原京子を？　なんかできた？」

「できるわけないじゃないですか！」

そんな私の抗議を受け流すように苦笑して、石野さんは興味なさそうに『部下に告ぐ！』をペラペラとめくった。

その手が、三冊目の『ステイフーリッシュ・ビッグパイン』を取った途端、なぜかピタリと止まった。それどころか瞬きもせず、息まで止めて、石野さんは食い入るように表紙を見つめている。

何に驚いているのだろう。私は咄嗟に何も言えず、おずおずと石野さんの視線の先に目を落とす。

ショッキングピンクがベースの表紙には、大きなパイナップルのイラストが描かれてある。他には『ステイフーリッシュ・ビッグパイン』というゴシック体のタイトルと〈マーク江本〉の著者名、それぞれに消え入りそうな小さなアルファベットでルビがふされていて、〈五反田パブリッシング〉という出版社名、漆黒《しっこく》の帯には『ただ世界を認めよ。私自身を認めるために――』という文言が綴られている。

「何か気になることありました?」と、平静を装って質問した。

石野さんはようやく目を瞬《まばた》かせて、「うん? ああ、ごめん。なんとなく読んでみようと思っただけ。ちょっとおもしろそうだなって」と、取り繕うような笑みを口もとに浮かべた。

その日以来、きっと何かが起こるのだろうという十年に及ぶ書店員としての悪い予感を抱きながら、私は静かに毎日を過ごしていた。

そして石野さんと会った日からちょうど一週間後、大雨の降る木曜日。思ってもみない方向から、その「何か」はやって来た。

久しぶりに通しで入っていた一日の、閉店間際。見慣れない中年の女性が、磯田さんが丁寧に作り上げた『ステイフーリッシュ――』のPOPを嬉しそうに眺めていた。

「何かお探しの商品がございますか?」

普段は自分から声をかけることなど滅多にないが、他にお客様がいなかったことや磯田さんと二人きりであるという気楽さ、女性の身体から放たれている柔らかい雰囲気などが私の口を軽くさせた。

女性は肩を震わせ、一瞬しまったというふうに眉をひそめたものの、すぐに諦めたような笑みを浮かべた。

「いえ、あの、こちらのお店に一度来てみたいと思っていたので」

「そうなんですね。それはありがとうございます」

「あの、ひょっとして谷原京子さんではございませんか?」と、女性が尋ねてくる。胸のプレートで名字は確認できるが、フルネームは綴られていない。

「あ、はい。そうですけど」という素っ頓狂な声を聞きつけた磯田さんも、私たちのもとにやって来た。

　女性は磯田さんにも顔を向け、「そして、あなたが磯田真紀子さん」と、細い目をさらに細くさせる。

　思わず見つめ合った私たちに、女性はあわてたように言ってきた。

「あ、申し訳ございません。お二人のことはよく電話で話をうかがっておりまして。娘がこちらでお世話になっているんです」

「娘さん?」と聞き返した私の目を懇願するように見つめて、女性はうなずいた。

「はい。大変お世話になっております。山本多佳恵の母でございます。あの、本人からは絶対に来るなと口酸っぱく言われておりまして。可能でしたら、私が今日来たことは内緒にしておいていただけますか?」

「それは、はい。大丈夫です」

「良かった。それで、ええと、今日店長さんは？」と、山本さんのお母さんは店内をキョロキョロと見渡す。

私は意外な気持ちでその姿を見つめていた。マスクをしているために目もとしか見えないものの、女性は山本さんの母親という雰囲気を微塵《みじん》も感じさせない。なんというか、地に足の着いている感じが不思議だった。

頭が留守になっていた私に代わり、磯田さんが応じてくれる。

「すみません。店長は公休をいただいております。普段は休みの日でも必ず店に出てくるのですが、今日に限って」

「あ、そうなんですね。それは残念です。では、こちら、本当につまらないものなのですが。是非みなさんで召し上がってください」

山本さんのお母さんは紙袋を磯田さんに渡した。中にはお母さんが気に入っているリンゴのパイと、甘いものが苦手な人のために七味唐辛子も入っているという。どちらも地元の長野の特産であるそうだ。

「ありがとうございます」

頭を下げた磯田さんも怪訝そうな顔をした。私たちの知っている山本多佳恵さんの母親として、お母さんはあまりにも如才がない。

お母さんはどこか申し訳なさそうに肩をすくめる。

「あの、いまって少しお話することはできますでしょうか？　それとも閉店を待った方がよろしいですか？」

「ああ、大丈夫ですよ。他にお客様もいらっしゃいませんし」

再び私が対応する。お母さんは山本さんについてこんなふうに尋ねてきた。

「うちの子、ちゃんと仕事はできていますでしょうか？　みなさまにご迷惑はおかけしていませんか？」

「はい。もちろんです。一生懸命がんばってくれています」と、私は山本さんの問題点を明かさずに答える。

あの子が苦手と言っていた磯田さんも同調するようにうなずいた。お母さんはなぜか疑うような目で私たちを交互に見やった。

「それは本当でしょうか？　だとすれば母親としては嬉しいのですが、できれば本当のことを教えていただきたいのですが」

「どういう意味でしょう」

「言葉の通りです。私にはあの子がどんな顔をして社会に所属しているのか、よくわかっていないんです。働いている姿を想像することができなくて」

「すみません。おっしゃっている意味がちょっとわからないのですが」

お母さんは思い詰めたような表情を浮かべている。

「あの、ごめんなさい。これも本人は絶対にイヤがることだと思うのですが、あの子が心から信頼しているお二人にだからこそお話ししておきたいと思います。口止めするつもりはありません。もし谷原さんが必要だと思うのなら、私と会った旨どうぞ伝えてください」

「わかりました」

「あの子は、長い間引きこもりのような生活をしておりました」

「それはうかがっています。大学を出て二年くらい実家に籠もっていたと」

「いえ、それは違います。というか、その時期だけではありません。小五から高三まで。とにかく、合間、合間でなんとか外に出ようとしたこともあったのですが、ざっくりと言えば小五から高三まで。とにかく繊細で、他人の感情をすぐに悟ってしまう子で、心が脆《もろ》く、いつもいつも簡単に傷ついていました。大学も通信制で、基本的にはずっと自室に籠もっておりましたし、私たちと口を利くこともほとんどありませんでした」

やはり私の知っている山本多佳恵さんとはかけ離れている。磯田さんが私を見ていることに気づいたけれど、もう振り向こうと思わなかった。

お母さんは懺悔《ざんげ》するような口調で続ける。

「小さい頃はイジメのようなこともありましたし、きっと苦しい人生だったのだろうと思います。それでも、あの子には一つだけ逃げる場所がありました」

「書店ですか?」と、私は面接でのやり取りを思い出しながら口にする。お母さんはこくりとうなずいた。

「本だけがあの子の逃げ場でした。だからといって部屋から出てくるわけでなく、主人などはむしろ本のせいであいつはおかしくなっているなどと口悪く言っていたのですが、私は辛抱強く待ちたいと思いました。すると、二十二歳のときでした。突然、東京に行きたいと言い出したのです」

「それは、この店に……ということですか」

「はい。大好きな小説家の先生のトークショーがあるのだと。その募集に当選したのだと言っておりました」

お母さんはうっすらと目を細め、私の言葉を待たずに続けた。

「もちろん、その言葉自体も嬉しいもので、主人はそれだけで泣いていたのですが、私はそれ以上にあの子の雰囲気が劇的に変わっていることに驚きました」

「雰囲気?」

「ええ。いつも不安そうにうつむいて、厭世《えんせい》的な目をしていた子が、どう表現したらいいのでしょう、なんというか人を食ったような感じになっていたのです。明るくなったというのとは少し違っていて、とにかく飄々としているというか。もちろん、それは人間性が変わったわけではなく、あの子なりの自己防衛策だったのだと思います。飄々とすることで人の悪意とか、負の感情を受け流そうとしてのことだったと思うのですが、どうあれ自分から何かを変えようとしてくれたことが私は本当に嬉しくて。本人もよっぽど性に合ったんでしょう。通信制の大学を卒業してからも基本的には部屋に籠もっていましたが、あの時期はとても前向きでしたし、人を食った振る舞いもどんどん板についていきました。いったい誰のマネをしてるんでしょうかね。本人曰《いわ》く〝スーパーヒーロー〟とのことでしたけど」

きっと大西賢也先生の本のことも、その主人公である「店長」のことも知らされていないのだろう。なんとなく店長が休みで良かったと安心する。

自分で言ってくすりと笑い、お母さんはしみじみと口を開いた。

「あの日のトークショーで、よほどこの店が気に入ったようです。アルバイトの面接を受けにいくと言い出したとき、私は小躍りするほど喜びました。採用が決まったときは信じられなくて涙を流しました。東京で生活することはもちろん不安でしたけど、ここは子離れするチャンスだと。いい先輩方に恵まれてあの子は幸せです」

結局、最後までお客さまはやって来なかった。お母さんが深く頭を下げたとき、閉店を告げるBGM、私が長らく『蛍《ほたる》の光』と信じて疑っていなかった『別れのワルツ』が流れてきた。

「本当にありがとうございます。谷原さん、磯田さんも。これからも多佳恵のこと、よろしくお願いいたします」

お母さんはしみじみとつぶやくと、私たちの返事を求めることなく、最後に磯田さんが大切に並べたマーク江本の『ステイフーリッシュ・ビッグパイン』を購入して帰っていった。

私たちはただ呆然《ぼうぜん》とすることしかできなかった。磯田さんが「私、あの子にちゃんと謝りたいです」と言ってきて、私が「私も」と口にした。磯田さんが「あの子、女優になったらいいのに」と言って、私が「あるいは小説家」と応じたのは、翌朝になってからのことだった。

お母さんの来店を内緒にしておくと決めた以上、何を謝ったらいいかわからない。そもそも山本さんが謝罪を求めているという気もしなかったが、お母さんの教えてくれた「とにかく繊細」「他人の感情をすぐに悟る」といった〝多佳恵評〟を信じるのならば、きちんと話をしないわけにはいかなかった。

「あの子が誰よりも傷つきやすいなんてね。私、全然気づいてあげることできなかったなぁ。三十二歳にもなってまったく成長してないよ。いまだに人を見た目や雰囲気で判断してる」

そんな反省を口にしたとき、ふと山本さんが〝スーパーヒーロー〟と形容した人間の姿が目の前をちらついた。

だからだろうか、これまで一度も興味を抱いたことはなかったのに、なんとなく店長の幼少期というものを想像した。

いったいどんな子どもだったのだろう？

勉強はできたのか？　スポーツは？　両親はどういう人たちなのか？　兄弟はいるのか？　いるとしたら、やはり店長みたいな人なのか？　友だちはどんな人？　どんな街の、どんな家に住んでいて、どんなふうに過ごしていたのか……？

目を閉じて、イメージしようと努めてみる。おもしろいほど何一つ浮かんでこない。店長は昔からいまみたいな人だった。ひたすら心が強く、ポジティブで、空気を読むことに鈍感で、人をイライラさせる天才だった。そう考えるのが自然なのだろうが、山本さんのお母さんが言っていたことがどうしても引っかかる。

自分以外の誰かのように振る舞うのは、あの子なりの自己防衛策──。

そんなことがあり得るのかと思う一方で、大なり小なり、みんな自分を守るために何かしらのキャラクターを演じているのではないかとも思う。

私だって同じだ。大西賢也先生が著した『店長がバカ過ぎる』を読んで、私はきちんと主人公の「谷口香子」に自分の姿を重ね合わせた。ああ、見事だと、まさにこれは私自身だと他人事《ひとごと》のように感心した。

それなのに、アルバイトの女の子たちからは「谷原さんって、あんな感じじゃないですよね？　あんな人だったら私ちょっとムリでした」と不思議がられ、私をよく知っているはずの小柳さんでさえ「いやぁ、ビックリした。何よりあの主人公のキャラクターに谷原がしっくり来ていることにビックリした」などと言っていた。

　つまりはそういうことなのだ。私が認識している谷原京子と、周囲が見ている谷原京子とは少し違う。ひょっとしたら周囲が見ている自分は、私が見せたいと願っている自分の姿でしかなくて、それがなんとか成功しているからギリギリのところで周囲と折り合いをつけられているだけなのかもしれない。

　石野さんがきちんと見抜いてくれたように、本当の私は腹黒く、不平不満をいつも胸に抱えている陰湿な人間だ。

　だからといって心が強いわけではなく、怒りを大声で吐き出すこともできないチキン女だ。

　自分をそう認識しているからこそ、仮に店長が店長という人間を演じていると判明したとしても、もちろん衝撃は受けるだろうが、腑《ふ》に落ちるのではないかとも思う。

　とはいえ、いまの山本多佳恵さんに不満を抱いているスタッフは少なくない。誰かのように振る舞うのを悪いこととは思わないが、その手本が店長であることが正しいという気はしない。謝るかどうかはべつとして、とりあえず山本さんを〈イザベル〉にでも連れ出して、一度三人で話し合おうと磯田さんと決めた。

しかし、こういうときに限ってなかなかシフトが噛み合わない。三人で話す機会が一向に訪れないまま三日が過ぎ、ヤキモキした気持ちで迎えたある日の夕方。話し合いをするより先に、事件が起きた。

お客様で賑《にぎ》わい始めた〈武蔵野書店〉吉祥寺本店に、耳をつんざくような男性の怒鳴り声が轟いた。

「ふざけるな！　君はいったいどういうつもりでそんな態度を取っているんだ！」

あわてて振り向いた視線の先に、山本多佳恵さんがいた。また何かミスを犯し、お客様の逆鱗《げきりん》に触れたのだろうと駆け寄ろうとした私を、なぜか店長が手で制した。

「谷原京子さん、いまは――」

小声で言ってくる店長の態度が、異様なほど癇《かん》に障った。若いスタッフが叱《しか》られているのに「いまは」も何もない。

店長の手を思いきりはね除《の》け、「あの、お客様――」と声をかけようとする間際、私はあることに気がついた。

山本多佳恵さんに罵声《ばせい》を浴びせている男に見覚えがあったのだ。紺地にストライプの入ったいかにも高級そうなスーツに、妙に襟の高いワイシャツ、えんじ色のネクタイ、前髪が重力に抗《あらが》うように立ち上がっていて、スクエアな黒縁メガネをかけている。

「あ、六本木」

私は無意識のままつぶやいた。

「はぁ？」と、凄《すご》むようにこちらを向いたのは、〈武蔵野書店〉の柏木雄三社長のジュニアこと、柏木雄太郎《かしわぎゆうたろう》専務だった。

「何か用ですか？」

「あ、いえ……。なんでもありません」

「だったら下がっていてください。いまは上司として彼女に指導中です」

山本さんがすがるようにこちらを見ているのには気づいていた。でも、上司として指導中なら仕方がないと、私はすごすごと引き下がる。

店長が気持ちはわかるというふうに肩に手を置いてきた。こんな状況でもきちんと嫌悪感が芽生えることに感心した。

どうやら、ジュニアは山本さんの接客態度が気に入らなかったらしい。どうして指をくわえてお客様の買い物を見ていられるのか、なぜあなたの方から声をかけようとしないのか、書店はいつまで受け身の接客を続けるつもりか、アパレルのようにスタッフの側から提案しようという気持ちはないのか、そんな殿様商売を続けてきたから出版業界はこんな不況に陥ってしまったのではないのか、そのことに対する危機感はないのか。

何せあのワンマン社長のジュニアである。人前でスタッフを怒鳴りつけることなど造作もないのだろう。怒りの方向性も思いきりズレている。

前提として、私は洋服屋で声をかけられるのがすごく苦手だ。直視するのも憚《はばか》られるようなキラキラした店員さんに「うわぁ、カワイイ」「すごく似合ってますよー」「今シーズンはたとえばそのTシャツにこのジャケットを合わせてみたりしたら……」などと提案された日には、意味もなく「本当にすみません」「本当にごめんなさい」と謝罪の言葉を連呼するし、足早に店から退散する。

もちろん、みんなが自分と同じとは言わないが、書店には帯やPOPの作品紹介さえ嫌うお客様が少なくない。実際に本を手に取り、自分の好みに合致する一冊を探すことに愛着を持つお客様がごまんといる。万が一でも山本さんがお客様の風貌《ふうぼう》から「お似合いの一冊」を提案しようものなら、そのときこそ私は厳しく注意する。

そんなことより毎日毎日泥臭く働いている私たちをつかまえて、よくも「殿様商売」などと言えたものだ。百歩譲ってジュニアの言い分が正しかったとしても、なぜそれをわざわざ最年少スタッフにぶつけるのかわからない。店長に言えよ。せめて私に言ってこい！

久しぶりに喉《のど》の奥がガルルッと鳴った。さらに腹に据えかねたのは、ジュニアが最後に発したこんな一言だ。

「これからの書店にただ突っ立っているだけのスタッフは必要ありません。お客様方に迷惑です」

気づいたときには、私は笑いそうになっていた。

「社長のジュニアがずいぶんご立派だな――」

かすれるような声だった。それなのに店内がしんと静まり返る。呆れるようなため息の音に続いて、店長が一歩前に出ようとした。

その肩に、今度は私が手をかける。私の出番だ、しゃしゃり出るな！　と、心の中で叫びながら、私はジュニアに向かって歩を進めた。

このとき胸にあったのは、いつか店長からぶつけられた批判の言葉だ。

「あなたの怒りは、いつもあなたの中で完結してしまっている。戦わなきゃいけないときがあるんです。叫ばなきゃいけないときがある」

何もかも煩わしかった。私の中にくすぶっているのは、いつだって自分に対する苛立ちだ。私は何にビビっているのか。なぜイヤな人間だと思われることにこんなにも怯えるのか。それだけは店長の言う通りだ。私の怒りは、苛立ちは、いつも自分の中で完結してしまっている。

いまの感情を一ミリだって逃したくなくて、私は笑うのを懸命に堪えた。ああ、いいよ。もうやってやる――。

勇ましく思いながら、私は上目遣いにジュニアを見た。

「さっきから私の大切な後輩に何を言っちゃってるんですか？　お客様に迷惑って、営業中にスタッフに説教している方がよっぽど迷惑なんじゃないですか？　危機感がないのかって、そんなのあるに決まってるじゃないですか。誰一人として現状に満足なんかしてないですよ。おもしろい本をおもしろいと伝えることもできなくて、届けるべき本がちゃんとお客様のもとに届いていないことのジレンマを常に感じていて、いっそ売ろうとなんてせずにただ並べとけばいいじゃんっていう悪魔の声が気を許したら聞こえてきて、それでもなんとかいい本と巡り会って、お客様に喜んでいただきたいと思うから、私たちはみんなこんなに給料が低くても歯を食いしばってがんばってるんじゃないですか。そんな現状に誰が満足してると思うんですか？　っていうか、だったら上の人たちが私たちに提案してくださいよ。こういう売り方ができるんじゃないかって、トップダウンのズレまくった命令じゃなくて、責任持って私たちに教えにきてくださいよ」

わかっている。山本さんでもなく、ジュニアでもない。いまこの状況において、お客様にとってもっとも迷惑なのは他ならぬ私自身だ。

でも、言葉を止めようと思えなかった。怒りと必ずセットになって込み上げてくる自嘲の笑みも嚙み殺した。

社長の顔色ばかり見ている男性社員をずっと気に食わないと思っていた。最悪クビになればいいだけだ。前を向いてクビになって、明日から気持ち良く生きればいい。そんな開き直りがどこかにあった。顔を真っ赤にして、わなわなと唇を震わせるジュニアに、何度直接「社長のジュニアが」とぶつけたかわからない。

ふと視界の隅に店長の姿を捉えた。怒りを吐き出せと命じ続けてきた部下が、ついにその分厚い殻を打ち破り、望み通り怒りを露《あら》わにしたのである。

さぞや満足しているものと思ったが、店長は顔を真っ青にさせ、両手を口に当てながらあわあわと震えている。

なぜか店長は私に向けて、何度も、何度も自分の股間《こかん》を指さした。その動作の意味がさっぱりわからず、この期に及んでバカにされている気持ちになって、さらに闘志に火がついた。

店長を無視し、私はあらためてジュニアに向き直る。

「私が間違っていると思うなら、どうぞクビにしてください」

私はついに微笑んだ。でも、いつもの下卑た笑みとは種類が違う。私はきっと怒りを吐き出すことに気持ち良くなっていた。自然と漏れた笑みだった。

自分が後輩だったら、先輩のどんな姿を見たいだろう？

「口が悪くて本当にすみません。でも、これだけは言わせてください――」

私は深く息を吸い込んだ。胸ぐらをつかみたい衝動だけは抑え込んだ。

「ジュニアが……、社長のジュニアが公衆の面前で見境なくいきり立ってんじゃねぇぞ！」

さらに静けさを増した店の中で、私はゆっくりと山本さんに目を向けた。きっと感動してくれていると信じていた。

それなのに山本さんは動揺したように目をキョロキョロさせ、少女のように頰《ほお》を真っ赤に染めている。

「た、谷原さん……。さすがにそれははしたないです」

ああ、そうなのか。この子って下ネタが苦手なんだ……。はじめて山本多佳恵さんの人間らしい一面に触れた気がした。

そんなことを思ったとき、私はやっと店長の動きを理解した。

そして「社長のジュニア」という言葉の意味に、それが「公衆の面前で見境なくいきり立つ」ことのはしたなさに、遅まきながら気がついた。

第三話　親父がバカすぎて

どこで覚えてきた言葉か知らないけれど、近頃《ちかごろ》、本人は自らを「神楽坂のインフルエンサー」などと称している。

もちろん、それはおこがましい。しかし六十代で、名もなき料理人。加えてわずか数ヶ月前にSNSを始めたばかりの人間として、親父《おやじ》はたしかに影響力があるのだろう。

総フォロワー数、6600人弱。

三十代で、名もなき書店員。日常への怒りにまかせてSNSのアカウントを開設したのがかれこれ八年前。その私のフォロワーが80人弱であることを考えれば、これはぐうの音も出ない格差と言わざるを得ない。

「お前のSNSは共感しにくいんだよ。なんかイライラしすぎだし、ネガティブだし。もっとフォロワーに対してサービスする意識を持たなきゃ俺《おれ》みたいにはなれないぞ。お前の仕事だってサービス業なんだからよ」

ちなみにではあるけれど、親父に自分のアカウントを教えた覚えはない。アカウント名は『飛んで火に入る夏の虫』。同業者がぶちまけている不平不満に「いいね」を押すことはあるが、書店員であることも明かしていない。書き込みなんて数日に一度の「ああ、つかれた」や「もう辞めたい」がせいぜいだ。親父はいったい何を知っているというのだろう。

すでに暖簾《のれん》の下ろされた、実家〈美晴〉のカウンター。となりで大好物だというホヤを肴《さかな》に日本酒をちびりとやっている石野恵奈子さんが、親父を意味もなく持ち上げる。

「それわかるなぁ。私も前から大将ってインフルエンザーっぽいところがあるなって思ってたのよね。まさかここまでインフルエンザーだったなんて思ってなかったけど。京子ちゃんも負けてられないわねぇ」

親父は石野さんの言い間違いに若干困惑しつつ、しっかりと気は良くして「これ、どうぞ」と石野さんにさらなるホヤをサービスする。

「お前はな、京子。SNSが何かっていうことをそもそもわかってない」

「何よ」と、まったく興味は湧《わ》かないのに、私はうっかり応じてしまう。親父は誇らしげにうなずいた。

「数は力ということだ。世に何かを訴えたいなら、まずフォロワーを獲得して、足場を固めなきゃいけないんだよ。俺だってべつに好きこのんで料理の写真をアップしたり、レシピを公開したり、神楽坂の他の店を紹介しているわけじゃない」

「え、違うの？」

「何がだよ」

「いや、好きこのんで料理の写真撮ったりしてるわけじゃないんだ？」

「当たり前だろう。なんでわざわざそんな面倒くさいことしなきゃいけないんだよ。敵に塩を送るのも腹が立って仕方がないよ」

親父は平然と口にする。「じゃあ、なんでSNSなんて——」と言いかけた私を手で制し、親父は自慢げに胸を張った。

「書店員としてのお前にだって、俺でいうレシピのような武器があるんだろう？　もしないというなら、それはお前の怠慢だし、それでもフォロワーが欲しいというなら、特定のイデオロギーでも声高に叫ぶんだな。べつにそれが右でも左でもかまわない。とにかくブレずに、一貫した主義主張を述べ続けろよ」

「イヤだよ、そんなの。なんのためにそんな面倒くさいことをしなくちゃいけないのよ」

「だから言ってるだろうが。お前が力を有するためだ」

「うーん、お父さん。カッコいい！」と、ベロベロに酔っ払った石野さんの手元の皿はすでに空になっている。

調子に乗った親父は「へへへ」と、少年漫画の主人公のように鼻の下をこする仕草をして、三皿目となるホヤを出してきた。

「石野さん、おもしろいもん見ます？」

「見る見るー！」

「いやね、こいつにも武器はあるんですよ。ただ不満を抱いているだけじゃない。叫ぶときは叫ぶし、やるときはやる女なんです」

この時点でイヤな予感しかしなかった。親父が嬉《うれ》しそうにスマホを触りだしたときには予感は確信に変わっていたし、案の定、石野さんに見せたスマホの画面にはいろいろな人からあの手この手で見せられた動画のページが開かれていた。

「ええ、何これー？」と、徹底的にネットに疎い石野さんは老眼鏡をかけ、興味深そうに覗《のぞ》き込む。

『カリスマ書店員Tさん激怒！「社長のジュニアがビンビンだ！」笑』というタイトルがつけられた動画。〈再生回数　９４０２７８回〉などというおそろしい文字も目に入った。

あの日いたお客様がアップした動画らしい。もちろん私は「ビンビンだ！」なんて言っていない。面白おかしく編集され、上手に「社長のジュニアが公衆の面前で見境なくいきり立ってんじゃねぇぞ！」が強調された映像は、タイトルの破壊力も相まってしっかり拡散されている。

私は全身が汗ばむのを感じながらビールを呷《あお》った。親父と石野さんが目を見合わせ、競うように下品な笑みを浮かべている。

「京子ちゃん、どうしてビンビンだなんて言っちゃったの？」

「言ってません。よく映像見てください」

「ストレスがすごいわけ？」

「だから言ってないって言ってるじゃないですか。ストレスがすごいのは間違いないですけど、私は言ってないんです」と、私が強気でいられたのはここまでだった。再び視界を捉《とら》えた再生回数が先ほどより200も増えていて、泣きたくなる。

「もうイヤです。どうしてこんなことになるんですかね。なんでこんなにやることなすこと上手《うま》くいかないんですか。私はただ後輩を守ろうとしただけなのに」

「なんでよ。ウケてるんだからいいじゃない。うらやましいわ」

それが小説家という人種の特性なのかは知らないけれど、石野さんには本気でおもしろければなんでもいいと思っている節がある。

「イヤですよ」

「何が？」

「こんなふうに目立ちたくないんです。私は淡々と毎日を過ごしていたいだけなのに」

「えー、そんなのつまらなくなーい？」

「全然つまらなくないです」

「つまらないよー」

「だから、つまらなくないんですってば。派手なことばかりがもて囃《はや》された石野さんの頃《ころ》とは時代が違うんです！」

軽々しい口調にムッとして、思わず言い放ってしまった。さすがに失礼だったろうかと気を揉《も》んだが、石野さんに気にする様子は見られない。

「そうかなぁ。つまりこれの何がイヤなの？」

石野さんは動画の再生ボタンをあらためてタップする。

「こんなのが公開されてしまったことに決まってるじゃないですか」

「だから、それの何がイヤ？」

「いや、だから……。なんて言うんだろう、お嫁に行けなくなっちゃう？」

理由を即答できなくて、私は心にもないことを口走る。言ってすぐに、それは違う、と自分自身に突っ込んだが、ときすでに遅しだった。石野さんの鼻がひくひくしている。

本当に心にもないことだった。でも、何を言っても言い訳にしかならないとわかっていて、ならばいっそと開き直る。

「もういいんです。私、一日も早く仕事なんて辞めたいんです。仕事辞めて結婚したい。早くお嫁に行きたいんです」

石野さんは我慢の限界というふうに吹き出した。

「いやいや、ちょっと待ってよ！　私の頃とは時代が違うんじゃなかったの？　一周回ってずいぶん古いところに立ち返ってきたじゃない」

何がそんなにおもしろいのか知らないけれど、石野さんはカウンターを激しく叩《たた》きながら一人で大笑いしている。

ふと目を向けた親父の方はまったく笑っていなかった。それどころかもう何年も見たことがないような厳しい表情を浮かべ、カウンター越しにじっと私を見つめている。

その視線があまりにも鋭くて、私はなんとなくスマホに目を逸《そ》らした。みんな何を求めているのだろう。

このほんのわずか数十分の間に親父はさらなるフォロワーを獲得していて、その数は6600人を超えていた。

べつに必死に結婚について考えないようにしてきたわけではない。好んで読むことは少ないけれど、ヒットしていたり、誰《だれ》かにお薦《すす》めされたりした恋愛小説は目を通すようにしているし、心もきちんと弾んでいる。結婚がテーマのネットニュースも気になるし、人並みに感心したり、憤ったりもしている。

でも、あいかわらず結婚は他人事《ひとごと》だ。以前はその理由を「まだ契約社員で生活が安定していないから」と捉えていて、いまはそれが「正社員になったからといって給料はあまり変わらないから」に置き換わった。

結局は他人事だと切り離し、いつまでも切実になりきれない私自身の問題だ。何かきっかけでもなければ切実になる日など来ないのだろうと思っていたし、そんなきっかけなど自分から遮二無二望まなければやって来ないとも思っていた。それなのに……。

そんな私が結婚を意識せずにはいられないような出来事が、あの〈美晴〉の夜をきっかけとするように立て続けに起きた。

第二ラウンドのゴングを鳴らしたのは店長だ。

「そうなんですよね。谷原京子さんもあと三年で三十五歳になるのですね」

ちなみにではあるけれど、直前まで「そうなんですよね」としみじみするような話はしていなかったし、何なら話そのものをしていない。難しそうな顔をして近づいてきたと思った瞬間にかけられた言葉だったし、だから年齢のことを切り出されても咄嗟《とっさ》に失礼と思えなかった。

問題は、なぜ「もう三十二歳」や「あと何ヶ月かで三十三歳」ではなく、三年も先のことをいきなり指摘してきたかということだ。

「なんですか、突然」

そんなことを言いながら、私は意外にも「三十五歳」という言葉の響きに動揺した。店長は平然とうなずいた。

「ここだけの話、私がここの店長になったのが三十五歳だったのです」

「知らないですけど」

「私は焦っているのですよ、谷原京子さん。あとたった三年であなたを立派な店長にしなければなりません。いや、私レベルで収まってくれては困るのです。これからさらに激流に飲み込まれていくであろう出版界の、光り輝く船の舵《かじ》を取る一流の船頭になるべく、私はあなたに帝王学を授けていかなければなりません。楽しみにしつつ、覚悟していてくださいよ」

たったこれだけのセリフの中に、イラッとすることが山のようにあった。べつにあんたが焦る必要はないとか、前提としてあんたは立派な店長ではないだろうとか、光り輝く船とはなんのことかとか、あんたが持っている帝王学なんてろくなもんじゃないだとか、体感的には心の中で十も二十も突っ込んだ。

それなのに、そのどれ一つ声にならなかった。

「これ、ささやかながら私からのプレゼントです。私が店長になることが決まった日に購入して以来、貪《むさぼ》るように読み返してきた本です。残酷さと慈悲深さについて知りたいときや、敬愛されるのと恐れられるのとではどちらが良いのかと悩んだとき、あるいは人間世界に対して運命の持つ力とそれに対抗する方法について知りたいときなど、つまりはリーダーとして混乱しそうになるときに必ずヒントを求めてきた本です」

こっちの方が混乱しそうだ。

「ひょっとしたら谷原京子さんもすでに読んでいるのかもしれません。その場合でも、自分がいつかリーダーになるのだという視点を持って、あらためて読んでみてください。女性にプレゼントするのは柄でなく、気恥ずかしいのですけどね。受け取っていただけますか？」

自分で包装したのだろうか。店長は本当に恥ずかしそうな素振りを見せながら、見るに堪《た》えない下手くそなラッピングが施された本を渡してきた。

私には直前の言葉が壮大な前振りとしか感じられなかった。「ありがとうございます」と、大切そうに受け取る素振りを見せながらも、もちろん中の本に期待などしていなかった。

どうせ過去に何回も薦められてきた店長お気に入りの自己啓発本か、もしくは絶賛大ヒット中のコミックス、下手をすればかつて私の方が薦めた小説の可能性だってあると思っていた。

しかし、店長の思考はいつも私の想像の斜め上を行く。さわやかに微笑《ほほえ》み、去っていった店長の背中を見届けてから、私はその場で〈武蔵野書店〉のロゴが親の敵《かたき》のように入った包装紙を解いていった。

中から一冊の文庫本が出てきたとき、私は何を感じただろう。

静かに表紙を凝視する。

店長の、店長になることが決まった日以来の愛読書。

作者名は〈ニッコロ・マキァヴェッリ〉とある。

タイトルは『君主論』――。


新型ウイルスの新規感染者数が一段落したことが理由だろうか、久しぶりに大変な賑《にぎ》わいの一日だった。常連のお客様が次々とやって来ては、示し合わせたように私に声をかけてきた。

「谷原さん、あなたって本当に素敵よねぇ」

第三ラウンドの鐘が鳴った。基本的に午前中しか来店されないはずなのに、本気で私を養女に迎え入れようと目論《もくろ》んでいる神様Cが、学校帰りの高校生やサラリーマンでごった返す十七時過ぎにやって来た。

ちなみにこのとき、私はすでに電話で問い合わせを受けた本を探しているときに、他のお客様に声をかけられて他の本を探していた、その間に迷子の男の子を見つけてしまうという混沌《こんとん》の状況下にあった。

触れてくれるなというオーラをこれ以上ないほど発していたはずの私に、神様Cは容赦なく用件を切り出してくる。

「あのね、今日はね、私、あなたに肉豆腐を作ってきたのよ。ほら、いまってタンパク質がもて囃されている時代でしょう？　私も谷原さんはもう少し筋肉をつけた方がいいと前から思っていたから、どうかしらと思って」

神様Cは手提げカバンをごそごそと漁《あさ》り、唐草模様の巾着《きんちゃく》袋に入ったそれを「お口に合うといいんだけど」と渡してきた。

神様Cが料理を作ってきてくれるときは、不思議と仕事終わりに食事に行く約束が入っていることが多い。どちらも月に一、二度程度しかないことなのに。

たとえどんなに忙しくても、話しかけられてしまった以上は聞こえていないフリをしないと決めている。それでも、普段だったら立ち止まって愛想《あいそ》の一つでも見せたかもしれないけれど、さすがにそこまではつき合えなかった。

「申し訳ございません、お客様。ちょっといまいくつか急ぎの仕事を頼まれておりまして。少しだけお待ちいただけますでしょうか？」

「少しってどれくらいかしら？」

「ごめんなさい！　本当に少しです！」

ちなみに神様Cが最後に本を購入してくれたのはもう一年以上前のことである。だからといって、そのことに対する不満はない。たとえ本を買う気がなかったとしても、定期的に通っていただける場所が〈武蔵野書店〉であるのは光栄なことだ。街の中にふらりと足を運べる場所として機能することは、リアルの書店がネット書店と戦える数少ない武器の一つであると信じている。神様Cだけでなく、常連のお客様たちの姿をある日ピタリと見かけなくなったりでもしたら、私は気が気でなくなるに違いない。

問題は、神様Cはなぜ私を見初めてくれたのかということだ。あとでそのことについて尋ねてみようかと思いながら、私は満面に笑みを浮かべてみせた。

「とりあえず先に仕事を片づけてきますね！　ちょっとだけお待ちください！」

迷子の男の子のお父さんを真っ先に見つけ、お客様に探して欲しいと頼まれていた本をお届けし、在庫の確認を済ませてから取った電話はもうすでに切れていた。

小さく息を吐いて、受話器を置いた。すると、間を置かずして再び外線が着信した。先ほどのお客様が間違って切ってしまったのだろうか。なぜかディスプレイの表示が〈非通知設定〉に変わっているのを不思議に思いながら、受話器を取った。

「ありがとうございます。〈武蔵野書店〉吉祥寺本店でございます」

以前は名前まできちんと名乗っていたが、一度アルバイトの女の子に強烈なファンがついてしまったことがあり、以来ルールを変更した。

『本の在庫を調べていただきたいのですが、よろしいでしょうか？』

先ほどのお客様とは声質が違う。年輩の男性であるようだけれど、電話でありがちな居丈高な感じはしない。そのことに安心しながら、私はペンを手に取った。

「もちろんです。どちらの本でしょう？」

『ちょっとタイトルが長いので復唱してもらってもいいですか？』

「承知いたしました。どうぞ」

一気に仕事が降りかかってきたことで、私はアップアップになっていた。冷静に考えればこれもまた電話でありがちなやり取りであったにもかかわらず、そのことに思いは至らなかった。

電話の男性がすうっと息をのむのがわかった。

『ええと、そうしたら読み上げますね。タイトルが「美人若女将《わかおかみ》の卑猥《ひわい》な昼下がり　太陽の下で露《あら》わな情事　夜這《よば》いで究極のお・も・て・な・し」です』

「……は？」

『いや、は？　じゃなくて、聞き取ってもらえましたか？』

「あの、お客様？」

『ちょっと長いのでもう一度言いますね。ちゃんと復唱してもらえますか？　「美人若女将の卑猥な昼下がり　太陽の下で露わな――」』と、男性は先ほどよりもねっとりとした声色でタイトルを口にした。

小さなため息が自然と漏れる。何よりも悲しいのは、こうした電話が決してめずらしいものではないということだ。

書店員という仕事に大きな夢と希望を抱いて入社してすぐの頃、同じような電話を取ってしまったことがある。

そのときに告げられたタイトルはもっといかがわしい単語だらけで、きっと相手が新人だと見抜かれてしまったのだろう、男の態度もその後巡り合っていないほどひどいものだった。

『おい、早く復唱しろよ。そうやってモタモタしている間に、お前は客の時間を奪ってるんだからな。っていうか、一発でいまのタイトル覚えられたのかよ。覚えられないなら復唱するのが普通だろう。客を待たせるな！　早くしろ！』

次々と煽《あお》られ、あっという間に泣きべそをかいた私は、言われるままメモを取ったタイトルを読み上げた。

「あ、あ、あなたのナマズが、私の入道雲を突き破る　なめくじ女体の淫《みだ》らな日常　わ、わ、私の究極のカピバラ体験……でございますか」

『聞こえないよ』

「で、で、ですから！　あなたのナマズが――」と、ついに涙をこぼしながら叫ぼうとした私から、樫原《かしはら》さんという当時いた五十代のアルバイト女性が受話器を奪った。

「ああ、はいはい、すみませんね、お客様。担当代わりました。もう一度タイトルをおっしゃっていただけますか？　ハッキリとおっしゃってくださいね」

樫原さんがすべて言い切る前に、男は何も言わずに電話を切ったという。小柄で、色白で、一見するだけなら繊細そうに見える樫原さんは呆《あき》れたように受話器を見つめ、そして厳しい口調で私に言った。

「ええと、あなた、たしか谷原さんって言ったかしらね？」

「は、はい」

「あなたのいまの対応は最悪中の最悪よ」

「はい……」

「こういう男って女の困っている声を聞いて喜んでいるだけなんだから。顔を見せることもできない卑劣な男を喜ばせるようなマネはしないでちょうだい」

「はい」

「こういう連中はこっちが堂々としていれば自分の行動が恥ずかしくなってすぐに切るものだからね。それができないというなら『担当者に代わります』って言って、誰でもいいから近くの男性スタッフを呼びなさい」

「はい」

「図太くなりなさいよ、谷原さん」

「はい。すみませんでした」

「べつにあなたが悪いわけじゃない！　そうやってすぐに謝らない！」

「はい！　すみませんでした！」

あの日、号泣しながら聞いた樫原さんの言葉は、いまでも胸に刻まれている。以来、同様の電話があったときは基本的に男性スタッフに対応してもらうようにしてきたし、困惑している後輩たちには同じことを伝えてきた。

あれから十年という時間をこの店で過ごしてきて、まだまだ当時の彼女ほどとは言わないけれど、私もずいぶん図太くなった。

受話器から興奮した男の息づかいが聞こえてくる。私は突き放すことを意識しながら口を開いた。

「はい、復唱させていただきます。美人若女将の、卑猥な昼下がり、太陽の下で、露わな情事、夜這いで究極のお・も・て・な・し。こちら『太陽の下』と『夜這い』が矛盾しているように思われますが、タイトルに間違いはございませんでしょうか」

レジ打ちしていたアルバイトの男の子がギョッとした顔をしてこちらを見る。大学生の彼に愛想笑いを浮かべたところで、電話の相手は舌打ちの音を置き去りにするだけで、何も言わずに電話を切った。

いったい何を考えているのだろう……とは感じない。そう感じられなくなっている自分に、私は少し失望する。

以前はハッキリと気持ち悪いと思ったはずだ。女性店員を大人しいものと決めつけ、姿の見えない安全圏から自分の欲望を満たそうとする男の卑劣さが許せなかったし、男性という生き物に対して絶望しそうになったこともある。

それが、いつの頃からかこの手の電話をかけてくる人間を「特殊なもの」と割り切れるようになっていた。気持ち悪さは変わらないのに、怒ることはなくなった。笑い話として同僚たちとの会話のテーマになることもない。きっとさびしい毎日を過ごしているのだろうと、男の日常生活に思いを馳《は》せては、同情したこともある。気持ち悪さはとうに「日常茶飯事」になっている。

でも、果たしてそれは正しいことなのだろうか。私が時間をかけて身につけていったこのふてぶてしさは、緩やかな諦《あきら》めでしかないのではないだろうか。現にこの手の電話は一向に数を減らさない。男たちはどんどん増長している気がするし、不慣れな若い女の子を平然と傷つけている。世界はちっとも良くなっていない。

そうして傷ついてしまった、夢や希望を持ってこの業界に来てくれた若い子たちに、私は相も変わらず声をかけている。

「図太くなれ」

彼女たちにそう伝えることは本当に正解なのだろうか。そんな疑問を抱いたとき、胸の中のモヤモヤの姿をほんの一瞬捉えた気がした。世界がどうこうなど関係ない。そうして図太くあろうとした私自身が、結局のところいま幸せなのかどうかでしかないのではないだろうか。

自分はいったいどの立場からモノを語っているのだろう。心を鈍くさせ、現状と緩やかに折り合っているうちに、私自身がすっかり錆《さ》びついてしまった。少なくとも、自分のやり方が正解だったと信じ込むことはできないはずだ。

だとすれば、傷つく彼女たちに先輩としてどんな言葉をかけるのが正しいのか。「叫べ」だろうか、あるいは「怒れ」か。それは、まさに店長が私に言い続けていることである。

「腹が立つなら、腹が立つと大声で叫べばいいんです──」

それに煽られるようにして、私は柏木雄太郎専務に大声で叫んだ。その結果、生まれたのはついに再生回数が一〇〇万の大台を超えてしまった動画であって、いつかできるかもしれない夫や子どもに絶対に見せたくない過去である。やっぱり怒ればいいっていうものじゃない。

たった一本の腹立たしい電話のせいで、思考が深く、どちらかというとネガティブな方に落ちていった。

だから、私は自分が呼びかけられていることにしばらく気づけていなかった。

「谷原さん！　だから谷原さん！」

ふと我に返ったとき、私はようやく自分が受話器を握りしめたままであることに気がついた。

「え……？　ああ、ごめん。どうかした？」

あわてて受話器を置いて、笑みを取り繕う。声をかけてきたのは秋山千晴《あきやまちはる》さんという、まさに私が「図太くなれ」と言い続けてきた後輩の契約社員だ。「相談に乗ってもらいたいことがあります」と、今日の仕事終わりに一緒に食事に行くことになっている。

「どうかした、じゃないですよ。ずっと声かけてたのに。なんか電話持ってボーッとして、不気味すぎます」

「ごめん、ごめん。で、何？」

「例のお客様が呼んでますよ」

「あ、そうか。うっかりしてた」

「もう、しっかりしてくださいよ。私がつかまってたんですからね」

苦笑する秋山さんに手を引かれて、レジの死角に位置する〈趣味・実用〉のコーナーに足を運んだ。神様Cは先ほどとまったく同じ笑みを浮かべながら、唐草模様の巾着袋を手に待ってくれていた。

「悪いわねぇ。急《せ》かしちゃったみたいで。今日はちょっとこのあと予定が入っていて。はい、これね。良かったら食べて」と、神様Cは巾着袋を手渡してくる。

「ありがとうございます。肉豆腐でしたよね？　嬉しいです」

神様Cは料理が上手だ。どんな生活をされているのか想像できず、最初の頃は「知らない人からおかずをもらう」ということに対して不安を感じていたが、いまではそれもなくなった。

秋山さんが「では、ごゆっくりしていってください」と、笑顔を残して去っていく。

「ありがとうね」と、神様Cは秋山さんの姿が見えなくなるまで手を振り続け、目を細くしたまま私を見た。

「あの子もとてもいい子ね」

「そうなんです。あの子〝も〟って言われちゃうと照れくさいんですけど、とてもいい子です」

「谷原さんだってもちろんいい子よ」

「そうですかねぇ。田中さんにそう言っていただけると嬉しいですけど、自分が〝いい子〟とは思いませんし、そもそも〝子〟っていう年齢でもありません」

推定年齢七十五歳、神様Cこと田中道子《みちこ》さんは本当に楽しそうに身体《からだ》を揺らす。ずっと胸にあった疑問を問おうと、私は口を開いた。

「あの、すみません。一つだけうかがってよろしいですか？　ずっと気になっていたことがあるんです」

他のスタッフたちの仕事が落ち着いているのを確認して、私は切り出した。田中さんの目もとがさらに綻《ほころ》ぶ。

「まぁ、嬉しいわ。谷原さんの方からそんなふうに質問してくれるなんて」

「いえ……。あの、どうしてこんなに私に良くしてくれるんですか？　私以外にも若いスタッフはたくさんいますし、どうして私にばかりこんなふうに料理を作ってくれたりするのか、あまりよくわかっていなくて」

「あ、ごめんなさい。ひょっとして迷惑だったかしら？」

「いえ、そういうことじゃありません」

「本当に？　なら、良かったけど。そうねぇ、谷原さんに良くする理由か。そんなこと考えたこともなかったわ」と、田中さんは映画に出てくる探偵のようにあごに手を乗せ、難しそうな顔をする。

まさか生き別れた娘さんの影を私に重ね合わせているなどと思ったわけではないけれど、こんなふうに考え込まれるのも意外だった。

「あの、すみません。理由なんてないんだったらいいんです。変な質問をしてすみません」

ひどく自意識過剰である気がして、私はあわてて頭を下げた。田中さんはさらにあわてたように手を振った。

「ううん、違うのよ。昔のことを考えてたの。あのね、ちょっと突拍子もないことを話してもいいかしら？　私ね、若い頃、小学校の先生をしていたの。教育に対して熱い思いはあったし、教師という仕事が大好きだったんだけど、やむにやまれない事情があって、辞めるしかなかった。二十七歳のときだったわ」

「へぇ、学校の先生だったんですか！　やむにやまれない事情って、どんな——」と、私がすべてを言い終える前に、田中さんはまた手を振った。

「あ、ごめんなさいね。そんな大げさなことでもないの。結婚したのよ」

「結婚？」

「そう。教師というのは当時でもわりと女が続けやすい仕事ではあったんだけどね。結婚した相手がいただけなかった。夫もさることながら、お舅《しゆうと》とかお姑《しゆうとめ》とか小姑《こじゆうと》とか、もうとにかく相手の実家が寄ってたかってプレッシャーをかけてきて、私は何一つ抗《あらが》うことができなくて、大好きな仕事を辞めてしまったの。二十代で屈してしまった女の末路は悲惨よ。もうずっとあの人たちの言いなりだった。子育ては楽しかったし、基本的には幸せな人生だったと思ってるんだけど、心はなんとなく充《み》たされないままだった。そうこうしているうちに、かつての同僚たちが定年を迎えてしまったりしてね。しかも、その何年かあとに主人がポックリと逝《い》ってしまって。私の人生って何だったのかなぁって」

田中さんはそこまで言ってくすりと笑った。どういう心境で話しているのか想像できず、そもそもこの話のどこに自分が関係しているのか見えてこなくて、私はどう反応していいかわからなかった。

田中さんは上目遣いに私を見た。

「それから、どれくらい経《た》った頃だったかしらね。この店であなたを見つけたのよ」

「私ですか？」

「まるでかつての自分の姿を見ているようだったし、かつての自分が持っていないものを全部持っているようだった」

「あの、それって……」

「かつての私のように仕事にプライドを持っていて、働くことが大好きで、でもかつての私が持っていなかった抗う力を持っていて、戦っている。気がついたら、この子いいなぁって目で追っていたわ。こういう子なら結婚しようが、子どもを産もうがきちんと自己実現していくんだろうって。谷原さんには迷惑だったかもしれないけど、私はあなたの大ファンなのよ」

田中さんの言葉はすごくやさしく、私という人間の存在を全肯定してくれるかのようであったけれど、私は笑えなかった。それどころか、かすかな嫌悪感さえ抱いてしまった。

その感情の正体をうまくつかめないでいると、ある記憶がよみがえった。いまから二年ほど前のあるとき、神様Aから突然しゃべりかけられた日のことだ。

「あなたもそろそろ三十歳くらいですか？」

いつも通りの開店直後、まだ人気《ひとけ》もまばらな店内で、神様Aは棚の整理をしていた私に話しかけてきた。

ちょうど三日前に誕生日を迎えたばかりで、そのタイミングの良さに驚きながらも、私は素直に返事をした。

「はい。先日ちょうど三十歳になりました」

神様Aは読んでいた本をゆっくり閉じ、私に顔を向けてきた。かつての荒々しさがウソのように、その目には穏やかな笑みが浮かんでいた。

「そうですか。でしたら、そろそろ結婚して、家に入らなきゃいけない頃合《ころあ》いですね。いつまでも好きなことをしているわけにはいかないでしょう。早く結婚して、お父さんを安心させてあげてください」

うちの親父はそんなことで安心するようなタマじゃない。真っ先に抱いたのはそんな気持ちだった。神様Aに悪気がないのはわかっている。いつかの時代では揺るぎなく正しいことだったのだろうし、私を傷つける意図はないのだろう。

もちろん釈然とはしなかったが、不思議とムッともしなかった。ただ、その日の最後に胸に居残っていたのは、なんとも形容のしがたい嫌悪感に似た思いだった。

話の内容は正反対と言っていいものなのに、神様Aに抱いた感情と、田中さんに対して芽生えた気持ちとは少し似ている。

何が共通しているのだろう。一つだけわかるのは、どちらの意見にも自分が等しくリアリティを感じられないということだ。結婚し、子どもを育てながら仕事をして、その「自己実現」なるものを叶《かな》えていく自分の姿も想像できなければ、仕事を辞めて家に入るということにもイメージは湧かない。

私にとって仕事とは、しなければ生きていけないというものでしかない。少しでも人間らしい生活を手に入れるために一日も早く正社員になりたくて、だからそれこそ人間の尊厳を奪われるかのような屈辱的な思いにも、途方に暮れるようなルーティーンの作業にも耐えてきた。

「自己実現」という言葉にはどこか空虚な、あるいは時代錯誤なニュアンスが含まれている気がしてならない。一方で、結婚して家に入ったらどうして自分で稼がなくて済むようになるのかわからないし、そもそもその「入った家」の中で何をしているのかということを思い描くこともできない。

そんなことをボンヤリと思ったとき、少しだけ嫌悪感の正体に触れた気がした。正社員になって以来、私にはかすかなうしろめたさがずっとある。間違いなく、恋い焦がれた立場だった。正社員にさえなれば、パッとしない自分の人生のすべてが好転するものと信じ切っていた。それなのにいざその立場に身を置いてみると、何も変わらない日常の風景に私はひどく動揺した。

　たいして上がることのなかった給料に、さらに難易度を増した人間関係、感染症騒動を経てまるで見通せなくなった将来と、一向に得られない安定した日常……。そう、結局自分の将来に対する不安がちっとも解消されないことに私は愕然《がくぜん》とし、そしてなぜかうしろめたさを抱くようになったのだ。

かつてはまだ「正社員になる」「正社員になりさえすればやっていける」という思いだけで戦うことができていた。

いまの私にはそれさえない。あれほど憧《あこが》れた正社員という立場に身を置くことができたというのに、そこで何かが終わるわけではなかった。その瞬間からさらに途方もない何かがまた始まったし、その何かがわからないまま「生きるため」ということ以上の仕事の意味を見出《みいだ》せなくなってしまった。

一部の契約社員たちの「なんで谷原ばっかり」「元店長のラブだから」「女なのに」「私たちは登用試験すら受けさせてもらえないのに」といった陰口が聞こえてくる。そんなスタッフたちの気持ちは痛いほど理解できる。みんなに文句を言われないように奮い立つべきということも頭ではわかっているが、そうすることができないのだ。

結婚というものをすれば、そんな自分の何かが劇的に変わるものなのか――。

神様たちにかけられた言葉に甘美な何かを感じてしまった。そんな自分自身に対する嫌悪感だったと思う。

「谷原さん、今日は本当にありがとうございました。小柳さんも、わざわざ駆けつけてくださって、嬉しかったです」

そう言って律儀に頭を下げる〈武蔵野書店〉吉祥寺本店の契約社員、秋山千晴さんの顔には一点の曇りもない。

「ううん、こちらこそ呼んでくれてありがとう。秋山さんはずっと力になってくれたからね」と応じた小柳さんも、満面に笑みを浮かべている。

「それで？　仕事はいつ辞めるの？」

「今月中には」

「すぐに入籍？」

「いいえ、籍を入れるまではもう少し時間があるんですけど、大学を出てからずっと働いていたので、少しだけ休ませてもらおうかなって」

「なるほど。それもいいかもね」

「こんなふうに自由でいられるのもあとちょっとなんだよなぁとわかっているので、少しでも楽しめたらいいなって」

あいかわらず透き通った笑みを浮かべ、秋山さんは温かい紅茶に口をつけた。その優雅な所作を、私は見るともなく眺めている。

数日前に「相談に乗ってもらいたいことがあります」と告げられたときから、そんな予感はしていた。

だから、五つ年下の秋山さんから「やっと結婚することになりました」「来月には退社することになっています」「谷原さんには本当にお世話になったので、真っ先にお伝えしたいと思っていました」と言われたときは、それって相談ではなく報告だよねと思いはしたが、べつに衝撃は受けなかった。

同じように「実はお腹《なか》の中に赤ちゃんもいるんです」と言われたときも驚きはしなかった。ただ、あわてて行く店を変えただけだ。

「旦那《だんな》さんになる人が十五歳上のドクターということもあって、早く赤ちゃんが欲しいなとは考えていたんです。まさかこんなに早く授かるとは夢にも思っていませんでしたけど、これも運命なのかなって」

大前提の話をすると、秋山さんは他人の気持ちがわからない人ではない。窮地に立たされていた店長時代の小柳さんに誰より理解を示していたのは秋山さんだったし、私がイレギュラーに正社員に登用されたときも、同じ契約社員という立場でありながら「おめでとうございます！」と喜んでくれた。

もちろん、私だって秋山さんの報告を嬉しいと思っている。苦しい時期を同じように乗り切ってきた戦友の門出だ。嬉しくないはずがない。

それなのに、どうしてだろう。自分は喜んでいるに決まっている、カワイイ後輩の門出じゃないか、喜ばないはずがない。そう言い聞かせていなければ、いまにもどす黒い闇《やみ》に飲み込まれてしまいそうでこわかった。

「今日は本当にありがとうございました。ご馳走《ちそう》にまでなってしまって。残りわずかな書店員生活ですけど、よろしくお願いいたします」

一気に人の往来が戻ってきたサンロード商店街の入り口で、秋山さんは名残惜しそうに振り返った。そして丁寧に頭を下げると、「では、私はここで。今日は本当にありがとうございました」と、颯爽《さっそう》とタクシー乗り場へ向かっていった。

秋山さんは最後まで私たちに手を振りながら、タクシーに乗り込んだ。やはり笑顔で秋山さんを見送って、小柳さんはポツリと言った。

「あの子の家って、たしか国分寺《こくぶんじ》とかだったよね？　すごいよね。タクシーとかで帰っちゃうんだね。まぁ、妊婦さんだしね。旦那〝ドクター〟だしね」

私も同じように手を振ったまま、久しぶりに口を開いた。

「本当はいつもの〈くるまや一番〉に行く予定だったんです」

「だろうね」

「秋山さんとも何度か行ったお店だったたし、あの子お酒はのまないですけど、気に入ってるって言ってたんで。でも、妊娠しているっていう話を聞かされて、だったらあんなタバコの煙が充満している店に連れていくわけにいかないと思って、あわてて店を変えたんです。あの子の行きつけだっていうイタリアンに」

「うん、うん」

「そうしたら、想像を超えて値段が高くて。いや、もちろんあの子を責めてるわけじゃないんです。ネットで調べておかなかった私の不手際だし、そもそも言うほど高いわけじゃなくて、ただ私の甲斐性《かいしよう》がないだけの話で」

「甲斐性って、谷原……」

「いずれにしても、私にはどうしたって太刀打ちできるお店じゃなくて。なんか気が動転しちゃって、気がついたときには小柳さんを呼んでました。本当にごめんなさい」

「そんなのはどうでもいいよ」

「絶対に返しますから」

「まぁ、それもいつでもいい。私も久しぶりに秋山さんと会えて嬉しかったしね。あんたに会えるのも嬉しいよ」

小柳さんらしいやさしい言葉に、凝り固まっていた心が一気に緩む。

「うぃいぃ、小柳さん」と、私は自分でも意味不明の言葉を発し、それでも涙の方はなんとか堪《こら》え、小柳さんの肩にしなだれかかる。

私は本当に自分自身の気持ちを正確に把握することができなかった。それなのに、小柳さんの方は私に挙動不審の理由を尋ねてこようとしなかった。

「さてと、どうする？　もちろん、もう一軒行くでしょう？」

「いいんですか？」

「それはそうでしょう。落ち込んでいる後輩を一人で帰すわけにはいかないよ」

「やっぱり落ち込んでるんですかね、私」

「違うの？」

「さぁ、自分でもよくわからないんです」

小柳さんは呆れたように息を漏らし、私の背中を叩いてくれた。どこへ行こうと話し合ったわけでもないのに、私たちはどちらからともなく駅に向かって歩き出した。

「なんだよ。お前、最近よく来るな。もう暖簾下ろすぞ」

仏頂面で親父が言う。たしかにここのところ私はことあるごとに実家の〈美晴〉に帰ってきている。おいしい料理やお酒をほぼ原価で飲み食いさせてくれるという圧倒的理由に加えて、たぶんSNSでの評判のせいか、最近は一緒にご飯を食べる人たちがリクエストしてくることが多い。

「ああ、大丈夫。ご飯は食べてきたから。なんか適当に三、四品出してくれればいい」

「結構出させるつもりなんだな」

「お父さん、こんばんは。突然押しかけてしまってすみません。迷惑でしたよね？」

小柳さんがしおらしくこうべを垂れる。もともと親父好みの品のある容姿であるし、近頃は小柳さん自身もそのことを自覚しているようで、親父をたぶらかす術《すべ》を完璧《かんぺき》に身につけた。

「いやいや、小柳さん。迷惑だなんて、そんな」

「ホントにもうあまり気にしないでくださいね。私たちは二、三品で充分なので」

「それくらいなら、まぁ……」

「ちゃんと片づけて帰りますし、お父さんは遠慮せずに休んでください」

そう言われると逆に居座ろうとする親父の特性をよく知っている。

「そんなこと、小柳さんが気にしなくていいんですよ。さぁさ、早く座って。すぐにおいしいもん用意するから」

カウンターチェアに腰を下ろし、冷えた瓶ビールで乾杯する。私はここ最近抱き続けているモヤモヤの正体について、具体的に言えば結婚というものについて小柳さんに聞いてみたかった。それなのに、アルバイトを含めたスタッフとの関係性や店長との一連のやり取り、感染症以降のお客様の入り具合に正社員という自分の立場についてなど、気づけば仕事のことばかり話していた。

決して退屈そうにするわけでもなく、かといって途中で口を挟むこともなく、小柳さんは酒の肴に手を伸ばしながら静かに話を聞いてくれる。

「正直、最近疲れるよなぁって思うことが多いんです。なんていうか、ずっと無間地獄の中にいるっていうか、自分が何を目指して、何と戦っているのかよくわからなくて。いつまでこんな生活が続くんだろうって」

「そんなの、べつにいま始まったことじゃないでしょう?」

「いや、あきらかに何かがちょっと違うんです。前みたいにただ腹が立つだけとか、イライラするだけとか、そういう感じじゃなくなってきていて、なんていうんだろう、不満の質がもっと重いっていうか、カラッとしてないっていうか。不満をぶちまけられるスタッフがどんどん辞めていってしまうのも大きいのかもしれませんけど」

「それは、ごめん」

「べつに小柳さんを責めたいわけじゃないんですけど、自分だけが取り残されているという気はします。今日の秋山さんの話だって、なんか素直に聞けませんでした。『大学を出てからずっと働いていた』ってたった数年じゃんとか、『旦那は十五歳上のドクターだから早く子どもが欲しかった』って、早く子どもが欲しい理由に『ドクター』関係なくない? とか、そんなことばっかり引っかかるんです。本当に素直に、もっと手放しで喜んでいたいのに。これって何なんですかね。私ってそんなに性格の悪いヤツでした?」

「うーん。それは、まぁ。私からはいいとも悪いとも言えないけど」

「私は書店員になることだったり、正社員になったりすることに憧れたことはあったかもしれないけど、結婚を夢見たことなんてないんですよ。結婚したら仕事を辞める女の気持ちがわからないって思ってたくらいなのに、何なんですかね、これ。なんで秋山さんの話を聞いて私はモヤモヤしてるんですかね」

いつの間にか小柳さんはビールから日本酒に切り替えていた。それをちびりとやりながら、思わずというふうに鼻を鳴らす。

「やっぱりモヤモヤしてるんじゃん」

「認めたくはないんですけど。っていうか、おめでとうっていう気持ちは本当にあるんですけど」

「まぁ、わかるよ。私だってちょっとモヤモヤしたもん」

「小柳さんも?」

「うん。あの〝ドクター〟っていう言い方なのかな。実際にドクターなんだろうし、あの子に他意はなかったのもわかってたけど、本当にちょっとだけね」

「私、医者と結婚したいなんて思ったことないんですよ」

「私もだよ」

「じゃあ、なんでですかね。どうして私は彼女に対してこんなにも敗北感を抱いているんでしょうかね、小柳さん」

「モヤモヤの正体って敗北感なんだ？」

「違うんですか？」

「知らないよ。知らないけど、あんたのそういう素直なところ好きだよ、私」

「店長は三十五歳までに私を店長にしようとしているんです」

「お、急に話が変わった」

「三十五歳までに〈武蔵野書店〉の店長になっている未来と、三十五歳までに結婚して仕事を辞めている未来とが、たとえばいま崖《がけ》の上でこうなっているとしますよね？　で、そのうち一つしか救うことができないんだとしたら、私はどっちを引き上げるべきなんですかね、小柳さん」

　右手に店長になる未来、左手に結婚している未来をつかみ、崖の上で運命の二者択一を迫られているという私の迫真の演技を、小柳さんは見ようともしなかった。

「私はそのどっちもの手を引き上げる方法はあると思っているし、両方を放す選択肢だってあると思っている。肝心なのは、何をどう選択したところで、あんたのその後の人生は続いていくっていうことだよ。そこで何も終わらないし、意外と何も始まらない。何を選び取ろうが、取るまいが、苦しさは少し姿を変えるだけで三十五歳のあんたにきちんと降りかかってくる。結局、何も閉じたりしない」

そう、本当に何も閉じたりしないんだ。小柳さんは自分に言い聞かせるように繰り返して、親父が出してくれた六品目のショウガの漬物《つけもの》を嚙《か》みしだいた。

私は思わずカッとなる。

「そんなの、あまりにも希望がないじゃないですか」

小柳さんは飄々《ひょうひょう》とした態度を崩さない。

「そこにしか希望はないとは思えない？」

「どういう意味ですか？」

「次のステージに行くのって楽しいじゃん」

「わかりません。次のステージも楽しくないっていう話をしているんですよね？」

「ううん。苦しみは続くって言っているだけ。楽しくないとは言っていない」

二人ともすっかり酔っていた。いつもお酒が深くなると、禅問答のようなやり取りが始まる。さぞや呆れているだろうと目を向けた親父は、意外にも真剣な眼差《まなざ》しで七品目を作ってくれていた。

「実際のとこどうなんですか、結婚って」

私も手酌で日本酒を注《つ》いで、唇を湿らせた。小柳さんはあいかわらず涼しい表情を浮かべたままだ。

「べつに。なんてことないよ。卑下するほど悪いものでもないし、ＳＮＳでアピールするほどいいものとも思わない。さっきも言った通り、思いのほかそれまでの人生と地続きだし、旦那もそのことに面食らったみたい。子どもでもいればまた違うのかもしれないけどね」と、自分で話して首をひねって、小柳さんはしみじみと言い直した。

「いや、違うのか。子どもがいてもきっと変わらないんだろうね。その意味では、秋山さんも私たちと同じ、自分にとって未知の状況に憧れを抱いているだけなのかもね。何かが始まるって思い過ぎているだけなのかも」

小柳さんはようやく私をちらりと見やった。

「っていうか、何？　あんたカレシでもできたの？」

「そんなのいるわけないじゃないですか」

「じゃあ、好きな人とか？」

「いませんよ。もうどうやって男の人と出会うのかもわからなくなりました」

「それなのに結婚結婚言ってるんだ？」

「小柳さんの旦那さんとかなんとかならないものですかね」

「何が？」

「私の結婚相手」

「ああ。それはならないし、知り合いの誰かとか面倒くさいから絶対にやめときな」

「だってもうホントに出会いがないんですもん。小柳さんくらいしか頼る人いないし、ちょっともうホントになんとかしてくださいよー」

わかっている。私だってべつに本気では言っていない。小柳さんもちゃんとそのことを理解してくれている。二人で深酒するときに必ず帰着するお決まりの寸劇だ。

しかし、私は一つ大きな過ちを犯していた。いつもの寸劇を、いつもとは違う場所で繰り広げてしまったということだ。〈美晴〉でのむときだけは、私は悪酔いしないよう心がけている。むろん、親父に醜態をさらさないためである。

甘ったれるなと、もしくは小柳さんに迷惑かけるなと説教されることを覚悟しながら、おずおずと顔を上げた。不思議と親父に怒っている気配はない。

それどころかなぜか哀愁を帯びた瞳でじっと私を見下ろし、ゆっくりと料理を出してきた。

「食え。お前はとにかく食って元気を出せ。いまのお前は食うことだ」

いつの日か背後に店長の影を感じ、私が〈美晴〉の堕落《だらく》の証《あかし》と声高に糾弾したポテトサラダ。

新生〈美晴〉の象徴的な一品に、おそるおそる口をつける。

ちきしょー、うめぇ！

口の中に真っ先に広がったのはジャガイモそのものの甘みだ。この豊潤な甘さを誇るジャガイモは、キタアカリだろうか、それともインカのめざめか。パッと見はジャガイモにキュウリ、そしてわずかなハムのみで構成されたシンプルなポテトサラダである。そこに自家製のマヨネーズと塩胡椒《しおこしょう》のみで味付けしているものと思わせつつ、親父の料理で育ってきた私の舌は簡単にはごまかされない。マヨネーズのみでは決して出せない濃厚な風味の奥に、かすかなバターの香りを探り当てる。

それよりも特筆すべきは白トリュフのインパクトだ。親父は本当に腕を上げた。高級食材だからといって、トリュフを削って振りかけるような無粋なことはしない。さっき何かをサイの目状に切っていた。ジャガイモにそっと忍ばせた白トリュフこそが、このポテトサラダの根幹であり、正体だ。

舌の上で甘みと風味が混ざり合う。

口の中に北海道の豊かな大地と、イタリア・アルバ地方の緑の風景が果てしなく広がる。これは味の日伊同盟。日本とイタリアの間にかつてこれほど強固な結びつきがあっただろうか。舌の上でコロンブスが大いなる航海に乗り出して、日出づる国でついに雪舟《せっしゅう》と出会ったのだ。いや、知らないけれど。

いずれにしても、飲み込むのが惜しいほどだった。いつまでも噛みしめていたい。そんなことを思っていたら、私の頰《ほお》を前触れもなく涙が伝った。

「ありがとう、親父」

ゆっくりと箸《はし》を置き、私は声を絞り出した。たった一皿のポテトサラダに込められた親父の思いを、熱いメッセージを、私はしっかりと受け止めた。

悔いは残すな。やるべきことは全部やれ。やるだけやって、それでも朽ち果てるというのならば、そのときは俺がお前の骸《むくろ》をしっかりと抱きしめてやるからな、だ。

「おいしかった。本当においしかったよ。私がんばるから」

気づけば、ポテトサラダから店長の影が消えていた。

親父は何も応じずに目もとを拭《ぬぐ》う。

言葉数の少ない父と娘のやり取りを直視しながら、小柳さんはただ一人顔を伏せて泣きじゃくっていた。


その日の帰り、私たちはとんでもない額を親父から請求された。

「ふざけんな！　いつから〈美晴〉はぼったくり店になったんだ！」

そんな私の抗議に、親父も顔を真っ赤にして言い返してきた。

「ふざけんなはこっちのセリフだ！　ほとんど原価だ、バカ野郎！」

「何が原価だ！　見損なった！」と、小柳さんも参戦する。親父は小柳さんにも食ってかかった。

「舐《な》めんな！　トリュフは刻むと削ったときの三倍くらいの量が必要になるんだよ！　あの一皿で優に原価一万円を超えてんだ。安いくらいだ、バカ野郎！」

どうにも腑《ふ》に落ちない思いと、妙に晴れ晴れとした気持ちとが複雑に胸で入り乱れる中、私は酔いに任せて久しぶりに……、というか、ほとんどはじめてSNSに思いの丈をぶちまけた。

『今夜岳、今夜に私に叫ばせて欲しい！』

『私、今夜にすべてを吐き出させてもらいます！』

『世間に告ぐ！　これは名もなき書店員、これは反撃の狼煙《のろし》だ！』

そんな誤字だらけの文言を皮切りに、私は小柳さんにぶつけたのと同じ気持ちを、つまりは愚痴と不満と苛立《いらだ》ちを、ネット上の、顔を知っているのか知らないのかもわからない人たちにぶちまけた。

翌朝、いつ、どうやって帰宅したのかも記憶にない三鷹の安アパートで目を覚ましたとき、全身の毛穴という毛穴から冷たい汗が吹きこぼれた。

お酒をのんだらネットに触れるな。某お笑い事務所で新人がまず叩き込まれることだという。しかし、それはお笑い芸人のみならず、芸能人に限らず、おそらくは全人類に当てはまる。

何かとんでもない過ちを犯した気がしてならなかった。ほとんど確信に近い不安を胸に抱きながら、鈍く痛む頭を押さえ、私は布団の中からスマホに手を伸ばした。

幸いなことに〈武蔵野書店〉という固有名詞や、自分がその吉祥寺店で働く〈谷原京子〉であること、あるいは〈大西賢也先生の『店長がバカ過ぎる』のモデルである〉ことなどには触れられておらず、〈結婚ってなんだよ？〉とか〈私の伴侶はどこにいる？〉といった嘆きのつぶやきには心の底から辟易《へきえき》したが、ひとまずは安心する。

フォロワーは一晩で三人も減り、七十六人になっていた。厳密に言えば六人を失っていて、なぜか新たに三人を獲得した上での数字だ。

六名のフォロワーと引き換えに私が得たのは、久しぶりの解放感だった。現実の世界では小柳さんにあらんかぎりの愚痴をぶちまけ、仮想空間では匿名の書店員としてありったけのくだを撒《ま》き散らした。

もうそれで充分だった。意外にも切り替えが早いのは私の密《ひそ》かな取り柄である。狭い湯船に熱々のお湯を溜《た》め、下半身のみを浸して滝のような汗をかき、前夜の酒と全身のむくみを可能な限り取り除いて出社した私に向けて、店長が声をかけてきた。

「私に秘策があります。大丈夫です。谷山京子さんの悪いようにはしませんので」

一瞬、何を言われているのかわからなかった。名前の誤りを指摘しようとも思わない。この数日、店長に持ちかけた相談事などあっただろうか。そんなことを考えた次の瞬間、胸がとくんと音を立てた。

「いや、ちょっと待ってください。なんのことですか？」

店長は不敵に微笑むだけだ。

「大丈夫です。大船に乗ったつもりでいてください」

いやいやいやいや、お願いだからホントに待って！　店長の口にする「大船」にいい記憶は一つもない。たいてい一人で勝手に突っ走って、穏やかな海を荒らすだけ荒らし、迷惑そうにする他の人たちからなぜか私が冷たい目を向けられるというオチだ。

危うくみんなから嫌われかけたことがあるし、仕事を辞めかけたこともある。店長が不敵な笑みを浮かべるのは、決まって問題が一段落したあとだ。その渦中にいるときは問題に気づこうともせず、おおよそ解決したあとに深刻そうにしゃしゃり出てくる。そして勇ましく問題を蒸し返して、最後はまとまりかけていた状況を混沌へと落とし込む。

「大丈夫なんで。私、本当に何も問題ないんで。店長のその秘策は秘策のまま胸に留《とど》めておいてください」

それとも、なんだろう。私の思う「大船」は、世間一般の認識とは違う意味を持つのだろうか。

ひょっとしたら「大船」の本当の意味は「心配事のない気持ちで」などといったものではなく、「問題が蒸し返され、まとまりかけていた状況が混沌に落とし込まれる事態に、気が気じゃない思いで」なのかもしれない。

そばの棚の辞書に手を伸ばそうとして、私はようやく正気を取り戻す。違う、違う。いま私が疑問に思うべきはそれじゃない。目下の問題は、店長が私の何を危惧《きぐ》した上で「秘策がある」と言い出したかということだ。

こいつ、まさか私のSNSを割り出しているんじゃないだろうな？

「あの、店長——」

そう口を開こうとした私を、店長はさっと手で制した。そして「大丈夫ですので。私に任せておけば絶対に大丈夫」と言い残し、颯爽ときびすを返した。

かつてはシンガーソングライターを目指していた人だ。しかし、店長が「超」のつく音痴であることを〈武蔵野書店〉の古参はみんな知っている。振り向きざま口ずさんだ鼻歌がなんの曲か、私には認識できなかった。

ふんふふんふふんふふーん……♪と、なんとなく『てんとう虫のサンバ』であるような気がしてならなくて、どうか違うことを祈らずにはいられなかった。


それから数週間、私は絶対に気を抜かず、何事に対しても油断せず、常に脇《わき》を締めて行動していた。店長の放つ矢がどこから飛んでくるかわからない。五感をこれ以上なく研ぎ澄まし、小さな変化にも神経を集中させた。

まるで自分に何者かが乗り移ったかのようだった。迷子の泣き声が柱の陰から聞こえてくれば風のような速さで迎えにいき、神様Aのクレームに対しては林のように静かに構え、本部や取次への配本の要求は火の如《ごと》き激しさで、神様Bのクレームに対しては山のように腰を据え、動かない。

陰でスタッフから「武田信玄」と命名されていないのが不思議なほどだった。いや、陰で言われているから私の耳に届いていないだけなのかもしれないけれど、いずれにしても私はとんでもない気の張り方で仕事に向き合っていたし、そんな私を磯田さんをはじめとするスタッフや、神様Cら常連のお客様は「最近の谷原さんはすごくいい」と評価してくれた。

だから、一瞬気が抜けたのか。いや、私はそう思わない。あれを油断と捉えられてしまうのならば、この世はあまりにも無情すぎる。

私はただ本を読んでいただけだった。久しぶりに早上がりで帰宅し、給料日直後でめずらしく財布にも余裕があったので、スーパーで最近お気に入りの缶酎《ちゅう》ハイを三本と、おつまみを買って帰宅した。

のどの渇《かわ》きを我慢し、先に掃除をしたし、洗濯もした。とんでもなく面倒くさかったけれどメイクを落とし、シャワーも浴びて、万全の状態で酎ハイの蓋《ふた》を開けた。

そしてマヨネーズをトッピングしたゲソの唐揚げをつまみながら、私は楽しみにしていた本を開いた。二度目となる『ステイフーリッシュ・ビッグパイン』だ。

最初に見つけてきた磯田さんから「二周目はもっとすごいですから。いいから早く読んでください！」とたびたび勧められていて、積ん読中の本も、溜まっているゲラも山のようにありながら、数日前から手をつけた。

もともとおもしろい小説とは感じていたが、磯田さんの言う通り、たしかに二周目はおもしろさに「凄《すご》み」が増していた。

一度目は気づけなかった様々な仕掛けに気づく。辿《たど》り着くラストを知った上で読むと、この物語がいかに綿密な計算の上に成り立っているかということが理解できる。

一つ一つの表現に意味がある。マーク江本という新人作家が、どれほど神経を尖《とが》らせて言葉を選んでいるか理解できた。

冷蔵庫に立った記憶もないのに、気づけば酎ハイは三本しっかり空けられていた。買ってきたお惣菜《そうざい》もすべてキレイに平らげている。

二度目とは思えぬほど……、いや、最初に読んだときよりもはるかに集中して私は小説の世界に没頭していた。そして、物語はいよいよ佳境に、私が最初に読んだときにとんでもなく感動した第五章に突入した。

それまで主人公と思っていたキャラクターが脇役に過ぎず、脇役かと思われていた人物が本当の主人公だったと明かされる。世界の色が白から黒に反転したときには、私はここ最近の店長に対する疑念はおろか、いまここにいる自分という存在さえ忘れかけていた。

果たしてそれは「気の緩み」と裁かれるべきことなのだろうか。神はどうしてこうもすぐに私を見捨てようとするのだろう。

スマホが立て続けに二回鳴った。あまり聞き覚えのないその音を、私は何かの始まりを告げる鐘の音と認識した。それでも意識をなんとか物語の世界に引き戻そうとしたが、何かが妙に気になった。

ふと壁の時計に目を向ける。午前〇時。物語が始まるのにふさわしい時間だ。そんなことを思った矢先、スマホが壊れたように鳴り始めた。

「え、何これ、ヤダ、めちゃくちゃこわい」

誰もいない部屋の中で、私はか弱い少女のように声を漏らす。恐怖を押し殺しながらスマホを手に取った。『フォロワーが増えました！』『フォロワーが増えました！』『フォロワーが増えました！』『フォロワーが増えました！』……。モニターを同じ文言が埋め尽くしている。

なぜだろう。このときには私には何が起きているのかピンと来ていた。呆然《ぼうぜん》と目を見開いたままSNSのアプリを立ち上げる。案の定、タイムラインは親父の書き込みで溢《あふ》れていた。

今夜最初のつぶやきは二十三時半のこれだ。

『フォロワーついに1万人突破。みんな、本当にありがとう！』

そこにいっせいについた「いいね」に気を良くしたのだろうか。少しの沈黙のあと、親父のつぶやきは一気に続いた。

『今夜だけ俺に叫ばせて欲しい！』

『皆さまに愛された神楽坂・美晴、今夜は叫ばせていただきます！』

『ミシュランに告ぐ！　これが名もなき料理人、反撃の狼煙だ！』

スマホによって感電しないのが不思議なくらい、手が汗で湿っている。揶揄《やゆ》している気配はないけれど、親父が先日の私のつぶやきを意識しているのは間違いない。

以降も親父の魂の叫びが続いた。『これまで神楽坂の他店を紹介してきたのは他でもない』『それは幅広く、かつ多くのフォロワーを獲得するためだった』『その数を自分は最初から1万人と定めていた』『1万人のフォロワーに向けて、俺にはどうしても伝えたい思いがあった』『でも、その前に一つだけ言わせて欲しい』『紹介してきた他のどの店の、どんな料理よりも俺の料理の方が絶対にうまい！』『皆さんのご来店を心よりお待ち申し上げます』……。

その間も私のスマホには『フォロワーが増えました！』の通知が入ってくる。きっとこの先の親父のつぶやきに関係してのことだろう。そう緊迫しながら、私はゆっくりとモニターをスクロールしていった。

驚異的な数の「いいね」のついた破壊力満点の投稿が、すべて写真つきで三つ続いている。

最初は『新作　高野豆腐のミルフィーユ仕立て　香川県産のキャビアに炭火で焼いたバ

ラを添えて』という文章に、それらしい料理の写真。ハッキリ言って、私の目には得体の知れない粘土細工にしか見えなかったが、山のように「おいしそう！」「さすが！」といったコメントが寄せられている。

二つ目は『〈美晴〉の反撃の狼煙に舌鼓を打つ、二人の売れっ子作家』という文章だ。添付された画像には、大西賢也先生こと石野恵奈子さんと、もう一人、背後からの撮影で顔までは確認できないが、若い雰囲気をたたえた女性が写し出されていた。

石野さんから小説家の友人がいるなんて話を聞いたことがない。ましてやこんなにも若い女の人だなんて。彼女も本当に小説家なのだろうか。親父が勘違いしているのではないのだろうか。それよりも親父は石野さんからSNSに写真をアップする許可を得ているのか。石野さんの表情は私には見せたことがないほど真に迫ったものだ。とてもじゃないが「舌鼓を打っている」ようには見えない。

それ以外にも、何かが無性に引っかかる写真だった。自分はこの画像のいったい何に引っかかっているのだろう……というモヤモヤとした疑問は、しかし目に入った次の一文であっという間に吹き飛んだ。

その書き込みを目にした瞬間、まるで走馬灯が駆け巡るように、様々な場面の親父の顔が脳裏を過《よぎ》った。

まだ「パパ」と呼んでいた頃から、親父のことが好きだった。女性にだらしなく、だけど母のことが大好きで、そんな二人がカウンターに立つ〈美晴〉を私は物心がついたときから愛していた。

以前〈美晴〉に勤めてくれていた板前さんをマネし、はじめて「親父」と呼んだ日のこと。卒業するどの学生よりも親父が号泣していた高校の卒業式。大学を出て、書店員となった私にかけてくれたやさしい言葉。反対に、夢見ていた書店員生活と勝手が違い、不満ばかり漏らしていた私にぶつけてきた厳しい言葉。

そうしたすべての光景を打ち破るようにして、母を荼毘《だび》に付した日、いまからもう十一年も前のことだ。棺《ひつぎ》に語りかけていた親父の姿が目の前にちらついた。

「美晴、任せとけよ。京子は俺が責任持って幸せにしてみせるからな。安心して向こうで見守っていてくれ。母ちゃん、ありがとう。美晴、本当にありがとう！」

なるほど。つまり親父が考える「娘の幸せ」とはこういうことなのだ。母の亡骸《なきがら》に語りかけていたあの日が伏線であったとでもいうふうに、最後の書き込みはこうあった。

『婿、急募！　当店での見合い代、無料。カップルが成立した暁には、三食、給与、さらにはこの店の権利つき！』

そこにも添付された一枚の写真。

否、動画！

信じられないことに、親父は『最愛の娘。拡散希望』の一文つきで、いいように編集された『カリスマ書店員Tさん激怒！　「社長のジュニアがビンビンだ！」笑』の動画を添付していた。

親父はSNSのこわさをわかっていない。世が世なら訴えていい案件だ。というか、私がその気になれば本当に親父を社会的に抹殺することができるだろう。

覚悟を決めて自分のアカウントを見てみると、フォロワーの数は一気に300人にまで膨らんでいた。

これがフォロワー1万人の威力なのか。そんな疑問を抱いたとき、「いや、でも違う……」と、私は誰にともなく独りごちた。

親父が「カリスマ書店員T」を娘と認め、その「T」の夫を「急募」していたとしても、私のフォロワーが増えることにはつながらない。親父が「カリスマ書店員T」と『飛んで火に入る夏の虫』とを紐付《ひもづ》けしていないからだ。

その紐付け作業をしている輩《やから》がいる――？

そんなことを思ったときには私は親父のアカウントを漁っていたし、瞬《また》く間に割り出した。ある一人の人物が、親父にコメントを寄せている人たちを、あるいは「いいね」を押している人たちを、せっせと私のアカウントに誘導している。

これがあの男の言うところの「秘策」なのか。なんて地道な作業なのだろうと、私はなかば感心しながらその姿を思い描く。

アカウント名は『吉祥寺の君主』とある。42000というその圧倒的なフォロワー数を、私はどう捉えていいのか計りかねる。

ポンポポンポポンポポーン……♪

フォロワー獲得の通知音が、見事な『てんとう虫のサンバ』を奏でていた。

第四話　社長のジュニアがバカすぎて

店長が叱《しか》られている。

「あなた、たしか山本猛さんっておっしゃいましたよね?」

優に四十歳を超えたおじさんが、窓ガラスを割った昭和の少年のように説教されている。

「私はミス自体を指摘しているわけではありません。あなたのそのヘラヘラとした態度に不満があると言っているのです」

信じられないほど叱られている。

「ちゃんと聞いているのですか! 山本店長!」

わりと最近入社してきたばかりの〈武蔵野書店〉の社長の一人息子に。そろそろ代替わりするという噂《うわさ》のある、きっと店長とそう年齢の変わらない専務に。いかにも上等そうなダブルのスーツを着て、真四角な黒縁メガネをかけ、前髪をこれでもかと固めた「ザ・六本木」といった風貌《ふうぼう》の男性に。

「ええ、ええ、もちろんですとも! 柏木雄太郎専務! 私、山本猛、柏木雄太郎専務のお言葉を一言たりとも聞き逃したことはございませんよ！」

入社して二十年を迎えようとしている〈武蔵野書店〉吉祥寺本店のベテラン店長が、社内での出世を貪欲《どんよく》に目指している男が、直視するのが憚《はばか》られるようなヘラヘラとした笑みを浮かべ、マンガでしか見たことのないような揉《も》み手をしながら。

「だから、そういった言動について私は頭に来ると言っているのです！」

叱られている。

店長が、ど派手に専務から叱られている。

朝の忙しい時間帯、朝礼の最中、店長が昨夜読んだビジネス書についてああだこうだと雄弁に語っているところに、専務は前触れもなくやって来た。

たまに店の様子を見にくる人ではあるが、いつだって営業時間中のことであるし、最近は姿をあまり見ていなかった。

専務が店を訪ねてきたのは、私が食ってかかったあの日以来だ。もはや自分が何に対して怒ったのかも定かじゃないが、まさに営業時間中に白目をむいて「社長のジュニアが公衆の面前で見境なくいきり立ってんじゃねぇぞ！」と声高に叫んだあの日以来、専務の姿を見かけたことは一度もなかった。

自動扉が開いた瞬間、店の空気は凍りついた。そもそも怒りやすい人であることに加え、その高そうなスーツも、醸し出す雰囲気も、書店という場所にそぐわない。スタッフはみなあきらかに専務を苦手に思っているし、私は件《くだん》の出来事をまだ謝罪できていない。

店長の背後で腕組みをし、専務は無言で朝礼を見学し始めた。相対する八名のスタッフは一様に背筋を伸ばした。

その異変を店長がめずらしく悟ってしまった。自動ドアが開いたことにも、専務が来店したことにも微塵《みじん》も気づかず、直前までと何も変わらず「自己啓発」の「啓発」の語源などという極めてどうでもいい話をうっとりした目で語りながら、店長は吸い寄せられるように振り返ってしまったのだ。

「本当に最近のみなさんの覇気のなさには呆《あき》れます。だいたい私が毎朝口を酸っぱくして言っている〝自己啓発〟という言葉。この中の〝啓発〟という単語の正確な意味をみなさんはご存じなのですか？　これはですね、もともとは『論語』の中で孔子《こうし》が柏木雄太郎専務ではございませんかぁ！」

店長の切り替えは見事だった。スピーチ→気づき→振り返り→揉み手→歩み寄り→おべんちゃら……までにかかった時間はコンマ数秒だったという気がする。

専務はうんざりしたように目もとに手を当てた。

「私のことはお気になさらず。ちょっと確認したいことがあっただけです。朝の貴重な時間を奪うつもりはありません」

とてもまともな言葉が店長の耳には届かない。

「いえいえいえ、何を滅相《めっそう》もないことをおっしゃいますことやら！　わざわざ柏木雄三専務がこんな店にまで査察に来てくださったのです。何を差し置いてもご挨拶《あいさつ》はさせてください。いえ、それよりもぜひ柏木雄三専務のお言葉をこちらのスタッフどもにお聞かせいただけませんでしょうか？」

突然の専務の来訪に、この人なりに混乱をしているのかもしれない。紙に起こしたらわずか数行で済みそうなこれだけの言葉の中に、突っ込みポイントはいくつもあった。「滅相もない」という言葉の使い方に、「柏木雄三」は雄太郎専務の父の社長であること、「査察」は百歩譲って許してあげることにしたとしても、「スタッフども」という表現には目をつぶれない。

専務はまたべつの言葉に反応し、顔をしかめた。

「こんな店……とは、どういう意味でしょう？」

専務のメガネが光った気がした。店の空気がさらに一段冷たくなる。普段の店長の様子を知っている私たちは当然のこと、入社したばかりの十九歳のアルバイトの男の子まで祈るような目で二人の様子を見守っている。

専務が爆発寸前であるのは明白だった。〈武蔵野書店〉吉祥寺本店のほぼ全スタッフがそのことに気づいていたが、私たちを統《す》べる船頭だけがそのことを悟ろうとしなかった。

「ハッハハッ。それは、だからまぁ見たままのことですよ。こんなむさ苦しい店を視察してくれてありがとうございます、という意味です」

宇宙かと思った。

いきなり宇宙に放《ほう》り込まれたかと思うほどの、静けさと、息苦しさ。

店長は何もわかっていない。「むさ苦しい」と卑下するその場所は、自分の店である前に柏木家の店であり、ひいては専務の店なのだ。

むろん店長に悪気はない。そのことを入社したばかりのアルバイトスタッフを含め、私たちはみんな知っている。

店長の洗礼を受け始めたばかりの十九歳の彼が言っていた。

「つまり、四歳児と思えば話は早いわけですよ。僕、大学で幼児教育について学んでいるので大丈夫そうです」

なるほど、たしかに思ったことをそのまま口にするし、感じたままを言い放つ。そこらへんの四歳児の方が話が通じる気がしないでもないが、私は妙に納得した。

専務の目は見開かれたままだった。若いスタッフに対してネチネチとやった前回とは違い、今回はあきらかに専務に分がある。そんなことを思った矢先、専務の目がすっと私に向けられた。

何かを問いかけてくるかのようなその眼差《まなざ》しに、私は気圧《けお》されそうになる。思わずこくりとうなずくと、なぜか専務は安堵《あんど》したように微笑《ほほえ》んだ。

そして、専務による店長への激しい説教が始まったのだ。

「もしこの店がむさ苦しいのだとすれば、それはここの責任者であるあなた自身がむさ苦しいということです。だいたいなんですか、その『スタッフども』という言い方は。不快です。彼女ら、彼らはあなたの所有物ではございません。そもそも柏木雄三は私の父であり、我が社の社長です。断じて専務ではありません！」

とても真っ当な説教だった。これがあの社長のジュニアか……とうっかり感心しそうになるほど、その指摘は的を射ており、しばらくは感情的になることもなく、専務は自分の思いを口にしていた。

少なくとも私には専務の言いたいことが伝わった。その上で、理解の及ばないことが二つあった。

一つは、店長が「はっはーん」や「ほほぅ」などと大げさな合いの手を入れながら、エプロンのポケットから取り出したメモ帳に何やら書き留め始めたことだ。

そのメモにはいったい何が綴《つづ》られているのだろう。私には見当もつかない。まさか『むさ苦しいのは自分自身』や『スタッフは私の所有物にあらず』といった文言が記されているわけではあるまい。そのわざとらしい合いの手も、専務を苛立《いらだ》たせるためにわざとやっているのではないかと疑いたくなるものだった。

店長が相づちを打ったびに、専務の怒りは増していく。わからないことの二つ目は、その専務が何か口を開こうとするたびに私を見てくることだった。

「ちょっと、何なんですか。専務、谷原さんのこと見てますよね？」

磯田さんが背後から尋ねてくる。「い、いや、そんなことないでしょう」と否定しながらも、私も同様のことを感じていた。

専務は間違いなく私を見ていた。その視線は、あたかも「あのブランコに乗っていい？」と問いかけてくる少年のようで、「ええ、いいわよ」と、母親が応じるように私がうなずいてみせるたびに、やはり専務は安堵するような表情を浮かべるのだ。

「いや、絶対に谷原さんのこと見てますって。何なんですか、あれ。気持ち悪い」

磯田さんが吐き捨てるように口にする。

その声を意識の外で聞きながら、「あなた、たしか山本猛さんっておっしゃいましたよね――」と叫ぶ専務の姿を、私は目で追っていた。


基本的には代わり映えのしない毎日を嘆いている人生だ。朝起きて、出社して、魂をすり減らして、退社する。お惣菜《そうざい》を買ってきて、お酒をのみながら、本を読む。そして、寝る。そんな退屈な毎日を粛々と過ごしているのは間違いないのに、ごく稀《まれ》に、私はこんなふうに思うことがある。

人生って何が起こるかわからない――。

朝、ところ狭しと本の置かれた三鷹の安アパートでいつも通り目を覚ましたとき、私はこんな夜を微塵も想像していなかった。

店長が信じられないほど叱られたその日の夜、私は六本木の高層ビルのバーラウンジから東京の夜景を見下ろしていた。

「ここに来るとね、やっと深く息を吸うことができるんです」

本当に人生は何が起こるかわからない。私の人生に縁もゆかりもなかったセリフが、まったく心を震わせることなく身体《からだ》を通り過ぎていく。

専務はリラックスした様子でグラスに口をつけている。バーという場所に行ったことはあるけれど、ブランデーをのむ人を目にするのははじめてだ。

「そ、そうなんですね」

私の方は窒息しそうなほど息苦しい。団子状に適当にまとめた髪の毛も、アジア雑貨店で一目惚《ひとめぼ》れした八百円のワンピースも、割り勘ということはないと信じているけれど、財布の中に四百円しかないことも何もかも恨めしい。

三鷹の安アパートで目を覚ました朝、ほんのわずかでも夜に六本木の高層ビルのバーラウンジにいることを予想できていれば、もちろんそんな予想はできるはずがないのだけれど、少なくともこんな格好はしてこなかった。

何がどう転がった結果、こんなところでお酒をのむはめになっているのか。いったい何を間違ったのかと、私は今日一日の出来事に思いを馳《は》せる。

朝、スタッフの前で店長をどやしつけたあとも、専務は店に居残った。

「ただの視察です。もしこの店に問題点があるのだとしたら、それを是正するのは私たち幹部の仕事ですので」

全スタッフの前で発せられた言葉さえ、どういうわけか私に向けられている気がしてならなかった。

これまでも幹部たちによる本店の視察は何度もあった。たった五分で終わるワンマン社長ほどではないとはいえ、誰《だれ》が来たところで電光石火の早業で帰っていく。

他のどの幹部よりも携帯がよく鳴り、逐一メールを返し、ときにはバックヤードでパソコンやタブレットを開いている専務のことだ。見るからに多忙そうなこの人だってどうせすぐに帰るに違いない。

期待にも似たそんなスタッフたちの予想を裏切り、専務は店に居続けた。いったい何を見ているのか。棚をくまなくチェックしたり、入り口近くから店を見渡してみたり、ご来店するお客様に話しかけてみたり。

むろん、スタッフ一人ひとりの動きに対しても目を光らせていた。いつかのように営業中に注意してくることはなかったけれど、じっと観察され、何やらメモを取る姿が目に入ってしまえば精神は摩耗する。

一度、左の柱の陰から専務がメモを取りながら、右の柱の陰から店長が意味もなく見つめている時間帯があって、レジでとなりに立つ磯田さんの「ちょっと、谷原さん。なんか一人増えてます」という声を無視しながら、私は「頼むからちょっと勘弁してくれ」と心の中で辟易《へきえき》していた。

結局、専務は私が退社する夕方まで店にいた。なんとなくイヤな予感を抱き、私は挨拶もせずに家路に就こうとした。

しかし、専務を撒《ま》くことは叶《かな》わなかった。案の定……と言うべきだろう。サンロード商店街を小走りで突き進む私の耳に、「谷原さん！　待ってください、谷原さん！」という絶望的な叫び声が飛び込んできた。

テレビ番組のロケかとでもいうふうに「谷原さん」を探す街の人たちの中で、声を無視することはできなかった。

ちょっともう何なんですか！　という思いを押し殺して振り返った私の肩を、専務は鷲《わし》づかみにしてきた。

「本当に申し訳ございません。ですが、谷原さんに聞いてもらいたい話があるんです。行きつけの店を予約しました。おつき合いいただけますか？」

聞いたこともない銘柄のお酒をちびりとやって、専務は窓の外に目を向ける。

「月が——」

「え？」

「月が、とてもキレイですね」

いやいやいやいや、違う、違う。窓の外にハッキリと見えている東京タワー、のとなりにボンヤリと月が見えている。そのことを言っているだけだ。

「そ、そうですね。月が出てますね」

「出ているというより、キレイですね」

「そうですかね。あの、私にはまだよくわかりませんけど」

専務は不思議そうに首をひねる。私の方がよっぽど不思議でいっぱいだ。サンロード商店街で声をかけられ、有無を言わさぬ調子でタクシーに乗せられ、人生初となる六本木に到着し、ハゲかけた化粧と安っぽい衣服にあまりに似つかわしくないホテルに足を踏み入れたかと思うと、絶対に親父《おやじ》の作るものの方がおいしいのに〈美晴〉の四倍くらいする価格設定の料理をホテル内の割烹《かっぽう》で食べて、次の瞬間には頭がクラクラするような東京の夜景を見下ろしながら、私はクソ高いビールをのんでいる。

「あ、あの、専務。お話って……」

自意識過剰かと思いながらも、変なムードにならないように気をつけた。値段のせいかビールは進まず、専務の顔も見られない。

専務はくすりと笑って、ゆっくりとグラスをカウンターに置いた。

「つまらない話ですけど、聞いていただけますか?」

「はい。そのつもりでここへ来たので」

「ありがとうございます。いえ、本当につまらない話なのですが」と、切り出されて始まった専務の話は、彼の生い立ちにまつわるものだった。

〈武蔵野書店〉を創業した柏木雄三社長には、先妻がいた。しかし、その妻との間に子どもには恵まれず、それを理由に離婚、そして四十近くになって再婚した二十歳も歳の離れた妻との間にできた一人息子が、雄太郎と名づけられた専務だった。

「ひどく甘やかされて育ちました。谷原さんの目にどう映っているかわかりませんが、親父はとにかく僕に甘く、オフクロも自己主張するようなタイプではなくて、基本的に親父の言いなりという人で、やっぱり僕には甘かったんです。おかげで何も苦労せず、僕は好きなように生きてきました」

専務は自嘲《じちよう》するように口にする。私はどう反応していいかわからない。これが「谷原さんに聞いてもらいたい話」なのかという疑問が湧《わ》く程度で、おもしろいとも、つまらないとも感じなかった。

「そうなんですね」

「その〝甘さ〟の延長線上にあるのかはわかりませんが、進路について口出しされたことでした」

「そうなんですね」

「僕は若い頃《ころ》から斜に構えた人間で、ハッキリ言って書店を継ぐつもりなんて微塵もなかったんです。まだまだ本に勢いのある時代ではありましたけど、正直、興味はありませんでした」

「そうなんですね」

「高校も、大学も自分で選択しました。留学したのも、シリコンバレーでアメリカのいい時代のIT企業でインターンを経験したのも、帰国して創業して間もないAI関連企業のダイナミズムに身を置いたのも、すべて自分で選び取ったことでした。親父から何かを強制されたことは本当になかったし、それはオフクロを早くに亡くしたあとも変わりませんでした。実際、入社した会社での仕事は楽しかったんです。早々に社内起業も許され、結果も残しました。本当に毎日が充実していましたし、当然のこととして独立することを考えていました」

「はぁ、そうなんですね」と、延々と気のない返事を口にしながら、私ははじめて専務の話に興味を示した。

「専務って、いまおいくつなんですか？」

「三十四になりました」

「え？　そんなに若いんですか？」

「アハハ。ずいぶんストレートな言い方ですね。老けて見えます？」

「いや、そういうわけじゃないんですけど……。でも、そうなんですね。専務ってまだ三十代だったんですね」

真っ先に胸を過《よぎ》ったのは、ずっと上だと思っていた男性の年齢が自分とそう変わらないという事実への驚きよりも、そんな若い人間にあそこまでへりくだり、にもかかわらず顔を合わせるたびに叱られている店長に対する憐憫《れんびん》だ。

専務は満足そうに微笑み、おもむろに窓の外に目を向ける。

「出版不況はイメージしていましたが、まさかここまでとは想像していませんでした。社員のみなさんの前でどう振る舞っていたかわかりませんが、親父も常にどこか諦《あきら》めたような雰囲気を漂わせていましたし」

「そうなんですか？」

「ええ、もう言っていいでしょう。ここ数年は本当に元気がありませんでした。そして、はじめて僕に仕事について話してきたのです」

「なんて？」

「俺《おれ》からお前に残してやれるものはほとんどない。もし少しでも書店をやっていく未来を思い描いているのだとしたら、それはいますぐ打ち消しなさいって」

「はぁ」

「それでね、そのあとにポロッと続けたんですよ。笑いながら『ま、俺と違って頭のいいお前のことだ。そんなこと考えているはずはないか』って。その言葉がとにかく頼りなくって、でも重くて。はじめて親父の人生に思いを馳せた瞬間だったかもしれません」

「そうだったんですね。だから専務はうちの会社に入社してきたんですね。ずっと不思議だったんです」

ようやく本題に触れられた。そんなふうに思ったとき、直前まで私の身体を縛っていた縄が不意に解《ほど》けた。

一杯千円を軽く超えるビールを遠慮なくおかわりして、身体に流し込む。「ぷはぁ」という声も自然と漏れた。

「それ、おいしいんですか？」

私は専務に気安い調子で問いかけた。

「うん、とても。吉祥寺あたりではなかなか見かけないお酒なので、谷原さんも良かったら是非。いける口に見えますし」と、専務も楽しそうに数杯目のブランデーに口をつける。

妙にリラックスした空気が流れた。油断した瞬間に軽やかに足をすくわれる。私が〈武蔵野書店〉に就職して、何より学んだのはそれだった。

私が不慣れなブランデーを舐《な》めるのを横目で見て、専務は楽しそうに肩を揺らした。

「何か勘違いしていますね」

「へ？」

「谷原さん、勘違いしています。たしかに親父の言葉は頼りなくて、そのことに思うところはありましたけど、それが理由で跡を継ごうと思ったわけではありません」

その表情にも、口調にも変化はなかったが、空気は間違いなく切り替わった。何か良からぬことがこれから語られるという直感が芽生え、あわてて雰囲気を元に戻そうと思ったけれど、タッチの差で専務の口が先に開く。

「僕、はじめてだったんです。三十四年も生きてきて、お恥ずかしいんですけど」

「はじめてって、何が……」と尋ねながら、不思議なもので私にはなんとなく専務が何を言おうとしているのか想像できた。

「あんなふうに怒られたのが、です。谷原さん、僕を叱ってくれたじゃないですか。さっきも言った通り、父にも、母にもほとんど怒られたことがなかっただけに、あれは傷つきました。傷つきましたけど、どこか赦《ゆる》された気持ちにもなりました。ああ、自分の見る目は間違っていなかったって安堵もしました」

「見る目？」

「ええ。それこそが家業を継ごうと思った理由です。僕、親父の頼りない告白を聞いてから、何度か本店を見学にいっているんです。さぞや覇気のない職場なのだろうと一方的に思っていました。事実、改善すべき点は山のようにあると思いましたが、そんな中で僕は見つけてしまったんです」

「何を？」と、言ってからすぐ尋ねるべきはそうじゃないと思い直す。なんとか想像しないようにしていたけれど、私の数少ない恋愛経験からでも推察できた。私が気のない誰かから告白を受けるときは、いつも必ずこの流れに乗せられている。

「戦う女性がそこにいました」と、専務は真顔のままうなずいた。私はもう何も言えなくなったし、専務も私の返事を求めてこない。

「僕を正しく導いてくれる女性を、つまりはあなたを……、谷原京子さんを見つけてしまったんです。それが、僕が〈武蔵野書店〉に入社した一番の理由です」

思えば、すべてそうだった。私が告白された二、三の例は、漏れなく相手は私がブチ切れたことのある人だった。

それって、つまりどういうことなのだろう？　男の人には女性に怒られたいという願望があるということか。試しにつき合ってみた二、三の男たちは、全員見事にマザコンと呼ばれるタイプだった。ひどく甘ったれていて、泣き言ばかり言う人たちで、いずれも長続きしなかった。

以来、私は怒られて瞳《ひとみ》を輝かせる男性を警戒するようになった。私は「戦う女」の称号が嬉《うれ》しくない。少なくともいつの日か出会うパートナーには、抗《あらが》っている姿なんかじゃなく、しおらしく、可憐《かれん》な表情を見ていて欲しいと思っている。

専務がすっと息をのんだ。これまでよりも居心地の悪い職場にするわけにはいかず、だからこれ以上専務に何かを言わせるわけにはいかなくて、私が先に口を開いた。

「私はいまの仕事が大好きです。私が入社したときにはすでに本なんて簡単に売れる状況じゃなくて、だから先輩たちが二言目に言う『出版不況』というものを肌で感じたこともないんですけど、そんなことよりやっぱり本に囲まれて仕事をできるのが幸せです」

口からでまかせというつもりはなかったが、仕事に対する百ある不満は隠し、私は目を輝かせてみせた。

さすがに専務は店長よりずっと察しがいい。

「あなたのような方がそう言ってくれるのは、会社の幹部として幸せです」

「私なんて、そんな――」

「そうしたら谷原さん、結婚なんかは？」

「まだ考えている余裕はありません」

「やっぱりすごいな。そこまで仕事に徹しているんだ」

「徹しているっていうか……、でも、まぁ、そうなんですかね。毎日毎日自分が働くことの意味を考えたりはするんですけど、お店に出て、インクの匂《にお》いを嗅《か》ぐたびにそうした雑念が消えていくような気がします。ひょっとしたらそれだって問題を先送りにしているだけなのかもしれないですけど、でもやっぱり私はどうしようもなく本が好きなんです。好きっていう気持ちにつけ込まれているようで、それはそれで癪《しゃく》なんですけど、本が好きだからこそ続けられる仕事なんだと思います」

話しているうちに、どんどん口がなめらかになっていく。今日はじめて腰を据えて話をする専務には、大半が意味不明の内容だったに違いない。

それでも、専務はやはり察しが良かった。

「最近は何かおもしろい本がありましたか?」

「ありますよ。最近のイチオシは『ステイフーリッシュ・ビッグパイン』っていう小説です。マーク江本さんっていう新人作家の作品で」

「へぇ、まったく知らないや」

「だと思います。まだ本当に一部の人にしか知られてなくて、それがすごく歯がゆいんです。私と、私にその本を教えてくれたうちのお店の女の子はどうやってこの本を売ろうかっていうことばかり考えています」

「それって磯田真紀子さん?」

「えっ、すごい。専務、みんなの名前を覚えてるんですか?」

「それはもちろん覚えてるよ。とりあえず最後に入ったアルバイトの男の子が廣原龍太郎《ひろはらりゅうたろう》くんということまではつかんでる」

「それは、ホントにちょっと尊敬します」

「いやいや。それで？　その『ステイフーリッシュ・ビッグパイン』っていう本はどういうところがおもしろいの？　書店経営には興味なかったけど、書店を経営する親父のもとで育った身だからさ。こう見えて小説は大好きなんだ」と独り言のように口にして、専務は件のメモ帳を革製のバッグから取り出した。

表紙にある「vol.8」の文字の意味は正確にはわからないが、おそらくは〈武蔵野書店〉に入社して八冊目のノートということなのだろう。

だとすれば、本当に尊敬に値する。いよいよほだされそうになるのを自覚して、私は誰にともなく首を振った。

「本当にすごい本なんです。あんまり先にすごさを伝えちゃうと、実際読んだときにガッカリすることが多いからあまり言いたくないんですけど――」

「おっ、谷原効果」

「え？」

「もちろん大西賢也先生の『店長がバカ過ぎる』も読んでるからね。『おもしろい』ってハードルを上げすぎてしまうと『それほどでもない』ってことになって、『つまらない』とハードルを下げておくと『意外とおもしろかった』というふうになる。あの本には〝谷口効果〟って書かれていたけど、実際のところは〝谷原効果〟なんだろうって。それにしてもあの本はすごかった。親父のこともよく書かれてた」

「第三章ですね」

「うん。『弊社の社長がバカ過ぎる』」

「なんかごめんなさい」

「いいんだよ。そもそも谷原さんが謝ることじゃないと思うし、俺はむしろ胸のすく気持ちだった。経営者としての親父の姿もはじめて知れた気がしたし、あの本もやっぱり家業を継ごうと思った理由の一つだったかもしれない」

「なら良かったです」

「そんなことより『ステイフーリッシュ・ビッグパイン』について教えてよ」

「あ、そうですね。じゃあ、もう〝谷原効果〟をおそれずにオススメしちゃうんですけど、とにかく仕掛けがすごいんです。私が一番ビックリしちゃったのは突然主役が変わる第五章です」

「主役が？」

「はい。主役が変わって、世界が反転するんです。それまで脇役《わきやく》だと思っていたキャラクターがいきなり主役になって、主役だった人が脇役になる。それによって、第四章まで見えていた世界が第五章から突然色を変えるんです」

「何それ、すげぇ。めちゃくちゃおもしろそう。俺、絶対読むわ」

「はい！　お買い求めの際は是非当店にいらしてください！　磯田さんも喜びますので」

結局、私が不満を抱えながらも書店員を続けてきた一番の理由はこれだ。本が好きな人と、好きな本の話をしているときが何より楽しい。自分の好きな本を、自分の好きな人が好きになってくれたらこんなに嬉しいことはない。

いつの間にか専務の一人称は「俺」になっていたし、私の警戒心も解けていた。眼下の夜景が輝きを増している。東京タワーも、ビル群のネオンも。いや、きっと輝きは変わらないのだ。私の目から曇りが消えただけのことだ。

「これも、ここだけの話にしてください」

専務は少しだけ声のトーンを落とした。

「近く、親父は引退すると思います。その上で、僕が〈武蔵野書店〉を引き継ぐことになる。もちろん、まだまだ実力不足だし、スタッフのみなさんにはご迷惑をおかけすることになるでしょう。でも、働いてくれるみなさんのため、書店業界のため、何よりもこの時代に店に足を運んでくれるお客様のために、いい本屋さんを作りたいと思っています」

「それは楽しみです。たぶん専務が想像する以上に大変なことばかりだと思いますけど、めげないでください」

そんな私の軽口に、専務もおどけたように肩をすくめる。

「トップに立ったらやりたいと思っていたことが二つありました。一つは、この街に〈武蔵野書店〉を作ること」

「うん。この街って、六本木に？」

「この時代に新しい店を立ち上げることは中規模書店のアクションとして悪くないと思うんだ。これまでみたいに下手な広告を打つより、メディアが無視できない構えの書店を作る。たとえばパンデミック後の社会を見据えて、外国人が集まるような店を作る。なら、いまの東京を象徴する街に店を作るべきだと考えていて、いまはまだ六本木かなって。もちろん、これはすぐにっていうわけにはいかないけれど」

「そうですね。話の規模が大きすぎて、私にはちょっとイメージが湧きませんが、この街で働いてきた専務が勝機を感じるなら間違いないと思います」

専務は怪訝《けげん》そうに眉《まゆ》をひそめた。

「僕、谷原さんに六本木で働いてたって言ったっけ？」

「ああ、いや、なんとなく職種的に六本木なのかなって。そんなことより、二つ目の野望はなんですか？」と、私はあわてて話題を変えた。

専務は尚《なお》も不思議そうな表情を浮かべていたが、気を取り直すように微笑んだ。

「二つ目はまだ言えない。ただ、あなたに関係する話です。とりあえず僕は今日あなたとお話できてすごく良かった。あなたの考えが聞けて良かったです」

そう言って腕時計に目を落とした男性から、社長の息子という立場や、専務という肩書きが消えて、柏木雄太郎という個人が立ち上った。

あれ、ちょっと悪くないのかも……。

降って湧いたその気持ちを、私はもう打ち消そうとしなかった。

「そうですか。では、楽しみにしています。専務のその二つ目の野望、いつか私に聞かせてくださいね」

ゆっくりと窓の外に目を向けた。

東京の空に浮かぶ月がさっきよりキレイに見えている。


店長が荒ぶっている。

「柏木雄太郎専務がおっしゃっている意味は、それはよーくわかりますよ！　ですがですね、だからといって、専務のおっしゃっていることをすべて受け入れるほど私はお人好《ひとよ》しではございませんよ！」

優に四十を超えたおじさんが、昭和の駄々っ子のように興奮している。

「あなたはさっきから何をおっしゃっているんですか？　山本店長」

専務の額の血管がひくひくしている。ダブルのスーツを品のいいジャケットに着替え、四角いメガネを柔らかい雰囲気の丸眼鏡に変え、髪の毛をさっぱりと刈り上げた「ザ・吉祥寺」という風貌となって久しい専務が、しばらくぶりに怒っている。

店長に動じる気配は見られない。

「ですから、専務のおっしゃっていることはよくわかると言っているのです!」

「でしたら、私はいま何を叱られているのでしょう?」

私のとなりに立つ最年少のアルバイトスタッフ、廣原龍太郎くんがつぶらな目をパチクリさせる。

「僕も専務と同じ意見です。店長はいったい何を怒っているんですか?」

三十二歳の正社員である私は手を動かしながら息を漏らす。

「見ちゃダメ。飛び火する」

十九歳の可愛《かわい》い男性スタッフにそんな注意をしながら、これはきっと自分が引き起こした茶番劇なのだろうと、私は人知れず反省する。

人生初の六本木で慣れないブランデーをのんだ翌日、前夜の専務とのやり取りのせいか私はどこか浮かれていて、それを店長に見抜かれた。

「あれ、何かございましたね、谷内京子さん。今朝はずいぶん機嫌がいいじゃないですか。昨晩何かございました?」

いったい何年つき合ってきたというのだろう。この期に及んでまだ名前を間違えていることになど意識は向かず、私はひどく動揺した。

「は? なんですか、急に。はぁ? べつに何かなんてありませんけど」

「いえいえ、私と谷山さんがいったい何年つき合ってきたと思っているのですか。可愛い部下の異変を見逃すほど、私は耄碌《もうろく》しておりませんよ」

数多《あまた》ある仕事上の重要な何かはことごとく見逃すほど耄碌しているくせに、店長はこういうところばかり敏感だ。

「本当に何もありませんから。それより店長、私、耳よりの情報をつかみましたよ。知りたくありませんか？」と、話題を変えたい一心で、私は自分でも思ってもみないことを口にする。

店長の瞳が妖《あや》しく光った。

「耳よりの？　ほほぅ、それは気になりますね。なんでしょう？」

「専務の好きなタイプの社員です。専務がどういう社員を重宝していて、どんな人間を抜《ばっ》擢《てき》しようとしているのか、興味ありませんか？」

「それはもちろんありますよ！」

恥も外聞もなく貪欲に出世を目指す人である。店長はやはり恥じらう素振りも見せず、メモ帳を開き、早くもペン先を舐めていた。

私はため息を押し殺す。

「戦う人間が好きだそうです」

「戦うとはどういうことでしょう？」

「いつか私が専務にキレてしまったことがありましたよね？」

「ええ。社長のジュニアがどうしたこうしたっていうやつですよね？　ＳＮＳがとんでもなくバズった、例の卑猥《ひわい》な」

「それはどうでもいいんですけど、あのときの私の態度が専務には好印象だったらしく、評価してくれているみたいなんです」

「それはまたどうして？　あんな暴言を？」

「だから、私の闘争心を買ってくれているんだそうですよ。ああいうふうに目上の人間にも怯《ひる》まない姿勢を評価してくれたそうなんです」

「へぇ、なるほどですね。それはたしかにわかります。私も自分の部下として、谷原京子さんのあの迫力はなかなか頼もしかったですから。なるほど、戦う社員ですね」

そんなやり取りをして以来、専務のはじめての来訪だ。店長は私の話をずっと覚えていたのだろうし、戦う姿勢の見せ方をはき違えているのだろう。

店長を見つめる専務の視線はいつだって冷たい。

「もう一度聞きますよ。私はいま何を叱られているのですか？」

店長は不敵な笑みを打ち消さない。

「叱っているわけではございません。私は自分の気概を柏木雄太郎専務に見ていただきたいと思っているだけです。これが私の戦う姿勢です」

「何をおっしゃっているのかさっぱりわかりません」

「ですから、私は必要とあらば誰に対してもハッキリと物言える人間だということをお見せしているのです。そこには上司も部下も、筆者もお客様も関係ございません。私は怯む人間ではないのです」

「いえ、それは大変結構なこととは思うのですが、ですから、私はいま何を物言われているのかと尋ねているのです」

「ですから、何度も言っているじゃないですか。私は目上の人にも臆《おく》さない人間だということですよ」

「だから何を臆していないのかと聞いてるんです！」

「ああ、もうですから――！」

頭が煮えたぎりそうだ。二人が同時に私を見てくる。「なぜか話が通じません」という顔をする店長には「もうやめときましょう」と、「この人はいったい何なんですか」と困惑する専務に対しては「マジメに話すだけ無駄です」という意味を込め、私は大きくかぶりを振った。首尾良く朝礼の時間となり、二人の不毛な論争はようやく終わりを告げてくれた。

スタッフを前に、店長は何度か咳払《せきばら》いをする。いくらマスクをしているとはいえ、可能なら我慢してもらいたい。店長がこうして咳払いをするとき、私は決まって某スーパーコンピューターの、例の映像を思い出す。

私にとって某スーパーコンピューターは、飛沫《ひまつ》をシミュレートするための機械でしかない。はじめてニュースであの強烈な映像を目にしたとき、私は自分の印象に深く刻まれてしまったことを瞬時に理解した。そして案の定、店長が咳払いをするたびに私の目にはハッキリと赤だの黄色だのが見えてしまう。

朝っぱらから心の萎《な》える私にかまわず、店長は今日も雄弁にまくし立てる。

「いつも言っているように、私たちは戦う集団です！」

しんと静まり返る店内。不審そうにする専務。「いやいや、ちょっと勘弁してください。みなさん、またですか？」と、ナゾの笑みを浮かべる店長。

七人いるスタッフの顔を順に見つめ、店長は呆れたように息を漏らした。

「みなさんのあいかわらずのシャイさには本当に呆れてしまいます。朝の時間を大切にできない人間が、この出版不況の荒波に抗えるはずがありません。何度言ったらわかるんですか。いいですか？　それっ！　私たちは戦う戦闘集団です！」

その間、店長は何かをアピールするように専務の方をチラチラと見た。「あの、谷原さん。これって、ひょっとして僕たちがあとに続かなくちゃいけないパターンじゃないですか？」と、廣原くんが小声で尋ねてくる。

「僕、こういう系の居酒屋で少しだけバイトしていたから知ってるんです。たぶん、店長は僕たちにあとに続けって言ってるんだと思います」

「廣原くん、どうしてそのバイト辞めたの？」

「どうしてって……」

「その店の雰囲気に馴染《なじ》まなかったからじゃない？　だとしたら、ごめんね。変な心配はしなくていいから」

私にも似たような経験があるからよくわかる。そのために書店で働いていると言うつもりはないけれど、大学生の頃にはじめてアルバイトをしたチェーンの洋食店は、そのしゃれた装いとは裏腹に、オーナーが苛烈《かれつ》な体育会系の人だった。

営業中も、営業後も、とにかく笑顔と大声を求められた。そのことは面接でも説明を受けていたし、そのときの「谷原さんはちょっと元気が足りないかな。まだ若いんだし、仕事ができないのは仕方がない。でもね、たとえ経験がなくても大きな声だけは出せるはずだよ。その笑顔と元気がきっと実力不足の君の窮状を救うはずだ」という若い店長の言葉には感銘を受けたくらいだった。

でも、私は笑顔を作ることも、大声を出すことも絶望的に苦手だった。そのことを入社して三日ほどの間に何度となく突きつけられた。

何よりもキツかったのは、十人近くいた同世代のアルバイトスタッフが、みんな見事に潑剌《はつらつ》としていたことだ。

彼らは常に私を励ましてくれた。事あるごとに「がんばろう、谷原さん」「谷原さん、笑顔、笑顔」と声をかけてくれ、たとえ私が仕事でミスを犯しても誰も責めようとしなかった。

朝礼のスピーチではなぜか毎回指名され、それは彼らにしてみれば「指名してあげている」ことであって、我ながら信じられないほどつまらないと思う話を披露しても、彼らは拍手を送ってくれた。

むろん、そのことを否定するつもりは微塵もない。彼らは間違いなくいい人たちだったし、友だちも多そうで、プライベートも充実しているようだった。

でも、彼らに笑顔で「笑おう」と言われるたびに、私は笑い方を忘れていった。自分という人間が大切な何かを持ちあわせていないようで絶望した。自分はただ笑うこともできないのかと、実家の洗面台で必死に笑顔の練習をしたことがある。ブサイクに引きつる自分の笑顔を見て号泣して、親父をギョッとさせたこともあった。

結局そのアルバイトを一ヶ月と経《た》たずに辞めたのは、ある日の仕事前、私が仲間の輪を離れて一人で本を読んでいたことがきっかけだった。

バイトのリーダーだった女の人が「谷原さん、さっきから一人で何してるの?」と尋ねてきた。私はなぜかひどく動揺して「あ、すみません。ちょっと読みたい本があって」などと言いながら、読んでいた本を素早く隠した。

遠くから笑い声が聞こえてきた。「なんで本なんて読んでるんだよ！」というムードメーカーの先輩の声に、仲間たちは「だから谷原さんは暗いんだよ」「本なんて読んでたらもっと暗くなっちゃうよ」と、いっせいに囃《はや》し立ててきた。

バイトリーダーはみんなと一緒になって笑いはしなかったが、困惑した面持ちで「本なんてべつに一人でいるときに読めばいいじゃん。いまはみんなと一緒にいよう。その方が絶対に楽しいよ」と明るい声で言ってきた。

すごくキレイで、面倒見が良く、入ったばかりの私でさえリーダーが男女を問わずアルバイトスタッフの憧《あこが》れの的であるのに気づいていた。

数日後、その彼女が名前も知らない大学に通っていると知ったとき、私はバイトを辞めようと決意した。

いまにも安堵しそうになっている自分に気づいたからだ。自分はこんなに性格の悪いヤツだったのかと、とんでもない自己嫌悪に陥った。このまま店に居続けたら、いつか本当に自分を許せなくなる。もっと笑うのが苦手になる。そんな確信があったからだ。

笑顔も、元気も、大きな声も、仕事をする上で大切なものに決まっている。できない自分が正しいと開き直るつもりはない。でも、多くの人にとって朝飯前のことだったとしても、あの頃の私は楽しくなければ笑えなかったし、気分が乗らなければ元気になれなかった。何よりも、それらを強要されるたびにどんどん心が鬱《ふさ》いでいった。

その時期を経て、人から何かを強要されるのが極端に苦手になった。スタッフを笑顔にさせるのも、元気を出させるのも、まず上の人間がそういう環境を作るべきだ。いつか、万が一でも自分が上に立つ日が来たら、私は自然な笑いがあふれる店を作りたい。

「いや、ごめんって……」と、廣原くんはビックリしたように私を見つめてくる。その視線には気づいていたが、私は前を見たままうなずいた。

「絶対にあとになんて続かなくていい。店長が何かを強要してくるなら、私があなたを守るから」

いつになく勇ましい言葉だったと思う。その声に気づいたとでもいうふうに、専務が私を一瞥《いちべつ》し、店長に歩み寄った。

「もういいです。もう結構です、山本店長」

まるで用済みだといわんばかりに、専務は店長の肩に手を置いた。店長は信じられないというふうに首をひねる。

「いえいえ、柏木雄太郎専務。お目にかけたい朝礼はまさにこれから――」

「聞こえませんでしたか？　もう結構だと言っているのです。こんなことになんの意味もありません」

専務の言葉が重く響く。さすがに呆気《あっけ》に取られた様子の店長を押しのけて、専務が私たちの前に立った。

常に仕事に対しては厳しい人ではあるが、その表情はかつて見たことがないほど険しい。こうして朝礼の時間にスタッフの前に立つのもはじめてだ。何か重大なことが切り出されるのだろうと、身構える。

それは私だけでなく、磯田さんも、山本多佳恵さんも、廣原くんも、店長も一緒だ。みな固唾《かたず》をのんで状況を見守っている。

専務は単刀直入に言い放った。

「年内いっぱいで現社長は退き、私が〈武蔵野書店〉を引き継ぐことになりました。まだまだ力不足ですし、みなさんの足を引っ張る点も多々あるかと思います。どうかお力添えをいただければ嬉しく思います。私はみなさんに心から期待しています。本当によろしくお願いいたします」

深々と頭を下げた専務の姿に、スタッフたちが息をのむ。専務の言葉に動揺しないでいられたのは、前もって近い話を聞いていた私と、なぜか店長の二人だけだった。

年内いっぱいということは、あと三ヶ月弱ということだ。創業時から一貫して会社を経営してきた先代が退き、ずっと書店という仕事に可能性を感じていなかった二代目が舵取《かじと》りを引き継ぐことになる。

書店という場に似つかわしくない緊張感が立ち込めた。専務は瞬《まばた》きもせずに、淡々と言葉を紡いでいく。

「この話を知っているのは一部の幹部のみです。本部の社員より先に、真っ先にみなさんに伝えるべきだと思いました」

「なぜですか？」と、磯田さんが思わずというふうに声を上げる。

「なぜとはどういう意味でしょうか？　磯田真紀子さん」と、専務は磯田さんのフルネームをわざわざ口にして問いかけた。

「あ、いえ、すみません……。あの、どうして私たちに先に教えてくれるのかなって……」

専務はそんなことかというふうに鼻で笑う。

「それは、もちろん〈武蔵野書店〉が本を売る会社であるからです。その本店で働いてくれているみなさんは、言うなれば最前線で命を張ってくださっている同志だと私は思っています。まずはみなさんに伝えるのが筋だろうと考えました」

思ってもみない答えだったのだろう。磯田さんは言葉を詰まらせ、それどころか瞳まで潤ませた。

専務は厳しい表情を取り戻す。

「これから一つ一つ、みなさんから不満や要望を聞いていきたいと思っています。決して高くない給料でありながら、それでもここで働くことを選択してくれた理由を聞かせて欲しいと願っています。可能な限りスタッフに寄り添える経営者でありたいと本気で思っていますので、みなさんも少しでも心を開いてくださると嬉しいです」

私は誇らしく専務を見つめていた。社長譲りの頑固さで、きっと誤解されることも多いだろうが、こんな人が経営する書店という場所がいま以上に悪くなるはずがない。

専務の話は終わらなかった。

「これは、ひょっとするとみなさんの不興を買うかもしれませんが、私の独断で本店をリニューアルすることに決めました。本当は違う街に新店舗を立ち上げたいという考えもあったのですが、それはまだ時期尚早ということで、今回はこういう形になりました。時期は来年度のはじめ。二週間ほどリニューアル期間を設けようと思っています。メディアを巻き込み、生まれ変わる〈武蔵野書店〉をアピールする店を作りたいと思っています。みなさんの意見もどんどん採用したいと思いますので、そちらの意見もください。あ、それともう一つ――」

専務はそこまで一息で言うと、強い視線を私に向けてきた。私はこくりと一度うなずく。いまならどんな言葉だったとしても、まっすぐみんなに届くはずだ。そんな気持ちを込めて、専務を勇気づけるようにうなずいた。

しかし、専務はなぜか二の句を継ごうとしなかった。お互いがお互いの目を見つめ合う時間がしばらく続き、専務の方が先にすっと視線を逸《そ》らした。

「いえ、それはまだやめておきましょう。ひとまずいまお伝えしたいのは、私がみなさんに強く期待しているということです。これからともに〈武蔵野書店〉のために、さらには出版業界のためにがんばっていきましょう！」

『はいっ！』

開店前の書店に、まるで真夏の野球場のような一糸乱れぬ声が轟《とどろ》いた。

専務はようやく満足そうに目を細めた。

途中から一人蚊帳《かや》の外に追いやられていた店長の「さぁ、さぁ、今日も張り切ってまいりましょう！　私たちは戦う集団ですよ！」というかけ声がむなしく響き渡っていた。

「大切なお話があります。谷原さん、近くお時間をいただけませんか？」

朝礼が終わった直後、一人で棚の整理をしていた私のもとに専務がやって来た。ついに来たか……と、胸がとくんと音を立てた。

六本木の夜から一ヶ月、決して首を長くして待っていたつもりはないけれど、いつかこんな日が来るとは思っていた。

いつ声をかけられてもいいように服装には気を配っていたし、マスクをしているのをいいことに化粧を手抜きしようともしなかった。

そんな自分らしくない行動を一ヶ月も続けていた理由は、他でもない。あの夜に胸に芽生えたほのかな衝動、自分の気持ちが専務に傾きかけているかもしれないという思いを確認したいと考えていたからだ。

「今夜ですか？　私はべつに――」

専務は力なく首をひねり、私の言葉を遮った。

「いえ、谷原さんと話をする前にいろいろと状況を整理しておきたいので」

「状況……ですか？」

「うん。これは二人だけの問題じゃないから。親父にも報告しておかなきゃならないし、可能なら店のみんなにも。やっぱりちゃんと祝福してもらいたいから」

顔が熱くなるのが自分でもわかった。六本木のバーで聞いた専務の気持ちがニセモノだったとは思っていない。けれど、なぜここまでストレートに自分のことを想ってもらえるのかは不思議だった。自分が大した人間でないことを、私は誰よりも知っている。

「私、専務が思っているような人間じゃありませんよ」

「なんだよ、いまさら。そんなこと言いっこなしだ」

「でも、もっとよく知ってもらってからの方がいいんじゃないかと思うんです」

「いやいや、僕はもうずっと君を見てきたから」

「だとしてもです。働いていないときの私も見て欲しいです。お義父様《とう》に報告するのはさすがに少し早いですよ」

つい最近まで目の敵にしていた社長を「お義父様」などと言っている自分に赤面する。

専務は意味がわからないという顔をした。

「いや、それでもまず先に親父に報告しないと。頭の固い人ではあるけどさ。でも、歓迎してもらいたいと思っている」

本当に純粋で、家族思いで、気持ちのまっすぐな人なのだろう。専務の瞳がいつも以上に輝いて見える。

「わかりました。では、あらためて誘っていただけるのを待っています」

それまでに自分も気持ちを固めなければ。柏木の姓を背負う覚悟が自分にあるのか。まだ早すぎるという気持ちは当然あるけれど、唯一の肉親である社長に報告するというのはそういうことなのだ。

専務はさっぱりとした笑みを浮かべた。

「うん、ありがとう。そう遠い日のことじゃないと思う。あらためて誘うので、そのときはよろしくお願いいたします」


その日から、実際に誘ってもらうまでの二週間、寝ても覚めても……はさすがに言い過ぎかもしれないけれど、私は専務のことばかり考えていた。

むろん社長への報告の件も含め、専務がどんなことを伝えてくれるのかという楽しみが大きかった。でも、それ以上に気になっていたのは、専務が私との場を設ける前に本店のスタッフたちと面談を始めたことだ。

その場で何が話し合われているのかは聞いていない。どうやら専務が「他のスタッフには自分から話します」と口止めしているらしく、スタッフ同士でもどこかソワソワした空気が流れていた。

加えて、私に対してはどこかよそよそしい様子を見せるようになった。まさか「谷原さんとおつき合いすることになりました」などと言っているわけはないだろうが、面談を終えたスタッフたちはなぜか一様に私を遠巻きに眺めるようになったのだ。磯田さんなど専務との面談があって以来、口さえほとんど利いてくれない。

大抵のスタッフが不穏な空気を漂わせる中、山本多佳恵、山本猛の〈武蔵野書店〉が誇る〝ダブル山本〟だけは、違った挙動を見せた。

山本多佳恵さんは面談を終えたその足で、私のもとへやって来た。

「谷原さんー、おめでとうございますー。良かったですねー」

祝福される理由が思いつかず、胸の高鳴りを抑え込んで、私は慎重に質問した。

「おめでとうって、何？　山本さん、専務とどんな話をしたの？」

山本さんの顔色は変わらない。

「あ、それは言っちゃいけないんですよー。口止めされているので」

「いや、口止めって。だったら――」

「でも、私は大賛成ですよー。すごくお似合いだと思いました。専務にも『応援します』って伝えたんです。谷原さん、ホントにおめでとうございますー」

山本さんは悪意のない笑みを浮かべた。私は『口止め』の意味を辞書で調べたくなる。いったい何が「お似合い」で「おめでとう」なのだろう。本当に専務がつき合う旨をみんなに話しているのではないだろうか。想像できることはそれくらいしかない。

ただでさえ混乱する私をさらに惑わせたのは、同じように専務との面談を終えた直後の店長の態度だった。

途端によそよそしくなった磯田さんをはじめとする大半のスタッフに、なぜか祝福してきた山本さん。店長の反応はそんな彼女たちとも一線を画し、どういうわけか唐突に私を敵対視するようになったのだ。

「谷原京子さん、あの仕事をしておいてくださいませんか。もっとテキパキ動いてくれなきゃ困ります。谷原京子さん、この仕事の進捗具合はどうなっているんですか。言われたことだけやっているようでは務まりませんよ。谷原京子さん、谷原京子さん、谷原京子さん──」。

店長はわざわざ私のいる場所までやってきて、本来は自分がすべきはずの仕事を次々と投げてきては、イヤミを言った。

ハッキリ言って、それらは無理難題といえるようなものばかりだった。最初は専務との間に何があったのかと動揺し、次第にたとえ何が話し合われたとしてもこの仕打ちはないだろうという怒りに変わった。

「ふざけんな！　それは全部店長のあんたの仕事だろうが！　何があったか知らないけど、自分の仕事を放棄するな！」

本当にのど元まで出かかった。あの朝礼の日から二週間、ようやく私にも専務から声がかかったのは、そんな矢先のことだった。

「谷原さん、大変お待たせいたしました。すべての準備が整いました。近くお時間をいただけますか」

専務に対してもとっくに腹を立てている。陰でこそこそ何をしているのか知らないけれど、おかげで私はずっと針のむしろだ。

「それは仕事終わりということなんですよね？」

他のみんなとの面談は勤務時間中、バックヤードで行われていた。

「ええ、そうですね。谷原さんにはきちんとお話をしなければならないと思っていますので」

「だったら今日がいいです。今日にしましょう」

「え？　今夜ですか？　さすがにそれは――」

「私はもうずっと待っていたんです。専務だけのことじゃありません。私にだって私の考えがあります。もう待っていられません」

私たちの間に冷たい沈黙が立ち込めた。近くにいたスタッフがこちらを見ているのに気づいていたが、不思議なほど気にならない。

専務が先に息を漏らした。ずいぶん高そうな腕時計に目を落とし、最後は覚悟を決めたようにうなずいた。

「わかりました。私はちょっと遅れるかもしれませんが、店を予約しておきます。だいたいのことは想像がついているとは思いますが、今夜きちんとお話しいたします。我々の未来についての話です」

専務からメールで指示されたのは、吉祥寺の街中にあるイタリア料理店だった。私が気軽に行けるようなお店ではないけれど、前回のような浮世離れした雰囲気ではないことに安堵する。

「柏木さんの名前で……」と告げただけで、スタッフの女性は首尾良く理解してくれた。案内されたのは店の最奥部にある個室だ。なぜか四人分の食器とグラスがセットされてあって、ただならぬ緊張感を漂わせている。

「しばらくしたらみなさまいらっしゃるとうかがっております。それまで、ごゆっくりしていてください」

唐突に出てきた「みなさま」の意味がわからなかったが、私の質問を許すまいとするように女性は颯爽《さっそう》と去っていった。

しばらくは呆然《ぼうぜん》としたままメニューを眺めるなどして過ごしていた。あと二人、誰が来るというのだろう。まさか社長が立ち会うわけではあるまいな。え、今日って私も親父を連れてこなくちゃいけない日なんだっけ……？　と、そんなことまで一瞬考えた。

まったく頭が働かず、仕方なく持ってきた本を開いた。どんなに苦しい失恋をしたときも、母を亡くした直後でも、私は不思議と本だけは読めた。いつか小柳さんにそんなことを話したら、「それって谷原の特技だよね。私は頭に入らないもん。延々と文字が滑っていく」と、楽しそうに笑っていた。

案の定、三周目となる『ステイフーリッシュ・ビッグパイン』の世界にすっと入れた。いつ専務とこの本の話になってもいいようにと、常にバッグに忍ばせていたものだ。だから、私は異変に気づくのに少し遅れた。ふと我に返って横を見ると、まだ幼稚園児くらいの男の子が個室の戸を開き、不思議そうに私を見つめていた。

「うん？　どうかしたの、僕。お母さんは？」と、店で迷子を見つけたときと同じ感覚で問いかける。

男の子はなぜか呆れたように肩をすくめた。

「どうしたの、じゃねぇよ。だから、お前が谷原京子かって何度も聞いてるんだよ」

「はぁ？」

「はぁ、じゃねぇよ。聞こえないのかよ」

そう言った男の子の口を、遅れてやって来た女性があわててふさいだ。「バカ！　何やってるのよ、ユウスケ！」と声を張った女性の姿に、私は男の子の存在を忘れて見惚《みと》れてしまう。

一七〇センチはありそうな身長に、目を惹《ひ》くのはその顔の小ささだ。ボブにした髪型も、身につけているものも何もかも品が良く、明るい雰囲気を纏《まと》っている。さらに言えば気の良さのようなものも感じさせた。

え、何これ。どういう状況……？

母親らしき女性に促されて、少年が渋々というふうに自己紹介してくる。

「カシワギユウスケ。五歳」

「は？」

「だから、は？　じゃねぇんだよ。なんで何回も聞き返すんだよ」と悪態を吐《つ》くユウスケに、女性は「おい、お前。そろそろいい加減にしとけよ」と、笑顔のままドスを利かせる。

女性はその笑みを今度は私に向けてきた。

「生意気な子どもでごめんなさいね、谷原さん。主人がいつもお世話になっております。柏木の妻の由香里《ゆかり》です」

ユウスケが挑発的な顔をして見上げている。妻……？　と聞き返したくなる衝動を、私は懸命に押し殺した。

ゆっくりと少年を見返して、息をのんだ。目もとなんてそっくりだ。雄三から雄太郎に、そして雄介《ゆうすけ》にということか。

私の頭の中で、ようやく「カシワギユウスケ」が「柏木雄介」に変換された。

由香里さんもたびたび訪れている店らしく、件の女性スタッフと楽しそうに挨拶を交わしたあと、オーダーまでしてくれた。

「谷原さん、嫌いなものは？」

「い、いえ、私は」

「そう？　そうしたら適当に注文するわね。ここ、パスタやピザはもちろんだけど、お肉料理がおいしいのよ。あの人のお金だし、いっぱい食べちゃいましょう」

先にオーダーしていたビールで乾杯して、ナゾの食事会が始まった。由香里さんは終始楽しそうに私に仕事の話を振ってきて、私はおどおどしながらもそれに応じる。雄介は意外にも静かに絵本を読みながら料理をつまんでいて、個室から少しずつ緊迫感は消えていった。

とはいえ、私は一向にこれがなんの会なのかわからなかった。前提として、私は今日専務と二人きりで話をすると思っていたのだ。もっと言えば、告白されるつもりでいた。

既婚者で、子どもがいるだなんて聞いていない。だとしたら、専務の言った「親父にもきちんと報告しておきたい」とはなんだったのだろう。山本多佳恵さんの口にした「おめでとう」とは何を指してのことなのか、店長の唐突な悪意の意味は……？　考えてもさっぱりわからない。

なんとか平静を装っているつもりでいたが、動揺は隠し切れていなかった。

「ごめんなさいね、谷原さん。突然押しかけたりして。私たち、やっぱり迷惑だったかしらね」

食事が始まって一時間ほどしたところで、由香里さんがポツリと言った。よく食べ、よくのむ人だ。年はきっと専務よりも五、六歳上、四十歳くらいだろう。頼りがいを感じさせ、笑顔が素敵で、こんな形での出会いでなければ私は簡単に懐いていたに違いない。

「いえ、私はそんなこと……」と口にするが、続きの言葉は引っ込んでしまう。由香里さんは弱々しく微笑んだ。

「あの人、本当に大切な決断を下すときにこうして私に判断を仰ごうとすることがあるの。彼の見る目に大抵間違いはないし、結局背中を押してもらいたいだけだと思うんだけどね」

「あの、すみません。専務はいったい私に何を――」

思わず前のめりになった私の声は、由香里さんの耳に届かなかったようだ。「あ、その本」と口にし、途端に表情を輝かせて、テーブルの端に置いてあった『ステイフーリッシュ──』に手を伸ばした。

「あ、読まれましたか？」と、私も直前までのモヤモヤが一瞬消えて、思わず気分が乗ってしまう。

由香里さんは切れ長の目を細くした。

「これはおもしろかったわ。柏木に勧められて読んでみたんだけどね。すごかった。すごかったし、それ以上におもしろかった」

「ですよね、ですよね！」

「あの第五章がすごいのよね」

「それまでの四章がすべてひっくり返るところですよね」

「うんうん。あそこで主人公が突然変わるじゃない？　主人公っていうか、視点人物っていうのかしら。私、あれ本当にビックリしちゃった。四章までの世界観が一変するんだもん」

「タイトルの意味もいきなり解き明かされますしね」

「ああ、そうだったわね。あれも良かったな」

由香里さんはしみじみ「おもしろかったなぁ」と繰り返すと、本をパラパラとめくりながら続けた。

「この本、谷原さんが柏木に勧めてくれたんですってね」

「はい、そうなんです。どうしても専務に読んでもらいたくて」

「あの人、会社のスタッフにオススメされたんだって嬉しそうに話してたわ。柏木があんなふうに仕事の話をするの、めずらしいから」

「へぇ、そうなんですね」と応じながら、私はまったく関係のないことを思っていた。由香里さんの口にする「柏木」が、元中日の落合《おちあい》選手の妻が口にする「落合」とよく似ていて、それがすごくいいと思ったのだ。

私はそのまま口走った。

「なんかすごくいいですね。由香里さんの口にされる『柏木』っていう言い方、落合の奥さんが口にする『落合』と似ていて、すごくいいです」

「うん？　何それ？　落合？」

「え？　ああ、はい。あの、元中日の落合選手です……。その、博満《ひろみつ》の方の……。英二《えいじ》じゃなくて……」

ふと我に返る思いがして、私は頰《ほお》を熱くさせた。英二ってなんだよ、と思わず自分に突っ込みたくなる。

由香里さんの顔に意地悪そうな笑みが広がった。そして目が合った次の瞬間、由香里さんはたまらなくなったように吹き出した。専務がやって来たのはそのときだ。

なぜか大笑いしている妻を怪訝そうに見つめ、専務はその目を私に向けてくる。胸がドキドキと高鳴った。絶対に誰にも明かすつもりはないけれど、今日、私は告白されるつもりでここに来た。先に父親の許可を取り、ひょっとするとスタッフたちにまでつき合う旨を伝えたかもしれない独身の専務から告白されるつもりでいたし、それにどう応じようか悩んでいた。

いや、本当のことを言えば受け入れるつもりでここへ来た。仕事に対して想像を超えてまっすぐな専務となら、同じ夢を見られるかもしれないと感じていた。

不意に目頭が熱くなる。女心を弄《もてあそ》びやがって――。そんな負け犬のような不満が胸のど真ん中を貫いた。

瞬きすることも堪《こら》え、絶対に泣くまいと自分に言い聞かせる。だとしたら専務の「話したいこと」とは何なのか、聞かせてもらおうか。うかつなことだったら許さない。おい、こらジュニア……と、私はその目を睨《にら》み続ける。

その圧力に屈するかのように、専務は再び妻に視線を移した。それを受けた由香里さんは食後のケーキを切りながら、うんうんと二度うなずいた。

「私は素晴らしいと思いました。間違いないんじゃないでしょうか」

由香里さんの言っている意味がわからない。「いや、ちょっと――」と声を上げようとした私を制するように、絵本を読んでいた雄介も同意する。

「オレもいいと思うぜ、パパ」

「どうしてそう思った？」と、専務は不思議そうに首をひねる。雄介は当然だというふうに口を開いた。

「本への愛情がすごいから。それまでママとの話に全然乗ってなかったくせに、本の話になったら顔が変わった」

専務はその場に立ちすくんだまま、あらためて私を見つめてくる。この期に及んで、私はまだ家族公認の上、新恋人として見定められているのではないかという気持ちを拭《ぬぐ》えなかった。

専務はゆっくりと目を瞬かせた。そしてようやく席に着いた直後、切り出されたのは私のまったく想像していない言葉だった。

「気を揉ませて申し訳なかった。いや、でも谷原さんはとっくに気づいているのかもしれないけど、僕が前回の食事で話したことって覚えてる？　自分がトップになったらやりたいことが二つあるって」

「覚えています。一つは六本木に新店舗を作ることでしたよね。結果的にそれは本店のリニューアルという形に落ち着きましたけど。二つ目はいまはまだ言えないけど、私に関《かか》わることだっておっしゃっていました」

そうなのだ。だから私は告白されるものと思っていた。専務は由香里さんのワインでのどを潤し、忙《せわ》しなくうなずいた。

「うん。その通りだ。本当は君に六本木店を任せたいと思っていた」

「……はい？」

「それは叶わなかったけど、来年度のはじめ、リニューアル直後から君を……、谷原京子さんを〈武蔵野書店〉吉祥寺本店の店長に起用します。事前に伝えたスタッフたちもみんな全員歓迎してくれている。君は胸を張って自分の店を作ってくれればいい」

父親である現社長の許可、磯田さんをはじめとするスタッフたちのよそよそしい態度、天然キャラの山本多佳恵さんがかけてきた「おめでとうございます」、妻である由香里さんの見立て、息子・雄介の評価……。伏せられていたカードが次々とめくられていく。

「ちょ、ちょっと待ってくださいよ。店長って……」

雄介が大きなため息を漏らした。

「だから谷原さぁ。同じ言葉を繰り返すなよ」

「でも、だって私、店長なんて……」

「もうこれは決まったことなの！　つべこべ言わずに覚悟を決めろ。女だろ」と可愛げのない雄介の頭を、由香里さんが気持ち良くはたいてくれる。

専務のジュニアが……、いや、近い将来の社長のジュニアがうるせぇぞ！　そんな不満は一瞬にして消し飛んだ。

六本木の夜以降の、様々な場面が脳裏を過《よぎ》る。周囲の反応のほとんどに納得がいく中で、一つだけ、ワケのわからない挙動を見せていた人間がいた。

「ちょっと、谷原さん？」

由香里さんの声が遠いところで漂った。つまりは嫉妬《しっと》ということか。軽く見ていた、あるいは飼い犬とでも思っていたスタッフが、自分がついに食い込めなかった上司の寵愛《ちょうあい》を受け、そして執着していた立場から自分を追いやろうとしている。あの昭和の姑《しゅうとめ》のような陰険さは、そのことに対するジェラシーから来ていたのだ。

谷原京子さん、谷原京子さん、谷原京子さん——。

不快な金切り声がよみがえる。

ああ、もう！　店長がバカ過ぎる！

夫と妻、そして息子の幸せそうな家族の姿を凝視することで、私はその雄叫びを懸命にねじ伏せた。

第五話　新店長がバカすぎて

たとえば「天才」を一人称で描こうと思えば、その小説は大抵破綻《はたん》する。それはそうだ。天才とは私たちのような凡百の人間には思いもつかない思考、思想、行動によって、その天才性が担保されるのだから。一読者である私たちにその思考、思想、行動、経験が理解されてしまっているようであれば、その「天才」は天才性を失うことになる。

同様に「サイコパス」を一人称で描こうとしても、その物語は失敗する。それはそうだ。サイコパスをサイコパスたらしめるものは、私たちのような心を持つ人間には想像もつかない特異性である。その特異性を共感をもって描こうとしても上手《うま》くいくはずがない。

最近話題の『ケニアから見たらそんなのほぼ近所』という恋愛小説を棚に戻して、私は大きく伸びをする。

そのとき、アルバイトの山本多佳恵さんが声をかけてきた。

「ああ、店長さんー。その本、結局立ち読みで読み切っちゃったんですかー？　それは書店の店長さんという立場としてはどうかと思いますよー。それはそうと、その本どうでした？　おもしろかったですかー？」

ひどく暢気《のんき》な山本多佳恵さんの問いかけを、私は毅然《きぜん》とスルーする。

「えぇーっ。もう、ちょっと店長さんって呼んでるじゃないですかぁ。どうして無視するんですかー？　あ、ひょっとしてちゃんと名前をつけないから怒っているんですか？　じゃあ、言い方を変えますね。山本猛店長さんー」

「あのですね、山本多佳恵さん――」と、本人が過ちに気づくまで無視を決め込もうと思っていたが、根のやさしい私のこと、最後まで貫き通すことができなかった。

「いつまでも私のことを店長と思ってもらっては困ります。年が明けたらもう私は店長補佐という役職になるのですよ。むろん、そのことに不満があるわけではございません。給与が変わるわけでも、権限が消え去るわけでもございません。何はともあれ、断じて柏木雄太郎新社長や会社の意向に文句があるわけではございません」

こういう大切なことははじめにビシッと言っておく必要がある。そうでなければ、私が店長というポジションに執着し、さらには新店長にジェラシーを抱いているなどというあらぬ嫌疑をかけられるおそれがある。

同じ名字ということが理由ではないが、山本多佳恵さんには以前から目をかけてきた。なぜか変わり者ばかり揃《そろ》っている〈武蔵野書店〉吉祥寺本店のスタッフにおいて、山本多佳恵さんは多くを語らずとも意思疎通のできる、数少ない頭のキレる従業員の一人である。

「ああ、なるほどですねぇ。なんとなく言いたいことはわかりますぅ」

山本多佳恵さんの声がいつにも増して心地いい。

「わかっていただけましたか」

「はいはい、わかりますよー。つまり店長さんは……、あ、ごめんなさい、店長補佐さんは、谷原さんに嫉妬《しっと》して、ここのところふて腐れていたわけではないということなんですよねー？」

「つまりはそういうことです」

「でも、だとしたら最近ふて腐れている理由はなんですかー？」

「ふて腐れてなんていませんよ」

「ふて腐れてますよー。他のスタッフもみんなやりづらいって言ってますー。それで、これはなぜなのかよくわからないんですけどー、店長さんと私がなんでか親しいというふうにみなさん思ってらっしゃるらしくて……、あ、またごめんなさい、店長補佐さんと私がっていう意味なんですけど、そういう理由で私が代表してふて腐れている理由を聞いてこいっていうふうに頼まれてしまったんですー。店長補佐さんって、いつもニコニコしていて、おおらかで、頼りがいのある人じゃないですかぁ。私もそんな店長補佐さんのことが大好きだったから、いまの店長さ……、補佐さんの顔を見ているのがちょっとつらいんですよねー。あと役職名がちょっと長いので、これからは〝補佐さん〟だけで行かせていただきますー。っていうか、補佐さんってホセさんみたいでちょっとウケますねー」

さすがはこの私が目をかけてきたスタッフだ。仲間思いで、弁も立つ。「補佐さん」や「ホセさん」は少しどうかと思うものの、きちんと新しい役職で言い直そうとする姿勢にも感心する。照れることなく私のことを「大好きだ」と口にできるのも若いのにあっぱれだ。

自然と笑みが滲《にじ》んでいた。でも、心は晴れなかった。指摘されるまで考えてもみなかったが、そうか、私はふて腐れているように見えるのか。

むろん嫉妬などしていないし、会社の考えに文句などあるはずもない。それでも尚《なお》、周囲からそんなふうに見えるのだとすれば、わかっている、その理由は一つしかない。ふて腐れているのではなく、怒っているのだ。

ゆっくりと視線をレジに向ける。山本多佳恵さんの一代前の愛弟子《まなでし》が……、未来の上司がそこにいる。

私が人知れず神様A、B、Cと呼んでいる三人の常連客に見事に囲まれ、谷原京子さんが救いを求めるような目でこちらを見てくる

いつまでも甘えてもらっては困ります。あなた自身が〈武蔵野書店〉吉祥寺本店の店長というエースの座を、いくつもの小賢《こざか》しい手を使って私から奪い取ったのではないのですか。その自覚もなく、いつまでもおろおろと……。

ああ、新店長がバカ過ぎる！

そんな思いを込めて、私はプイッとそっぽを向いた。棚に収められたたくさんの本が視界に捉《とら》えられる。インクの香りが鼻に触れる。結局はこれなのだ。幼い頃《ころ》から私の苦境を救ってくれたのは、いつだって幾千の物語だった。ただ……。

百戦錬磨を自負するスーパー書店員である私にも、当然いくつかの弱点はある。そのうちの一つは、いまだに出勤するたびに便意をもよおしてしまうことだ。

小さい頃から書店に行くと必ずトイレに行きたくなった。そのメカニズムについて、これまでいろいろな説を耳にしてきたが、完全に腑《ふ》に落ちたものは一つもない。

本当に自分の唯一といっていい弱点だ。ひょっとすると神が与えし試練なのか？　そんなことを思いながら、私は足早にトイレに向かった。


物心がついたときから「神童」と呼ばれていたわけではない。出身は神奈川県横浜《よこはま》市。かすかに潮の香りのする丘の上の戸建ての家には、いつも厳粛な空気が流れていた。国文学者の父と、図書館司書をしていた母はなかなか子どもに恵まれなかった。当時としてはまだめずらしかった不妊治療の末、七年かけてできたのが私だった。

念願の妊娠ではあったが、母はひどい悪阻《つわり》に苦しんだ。慢性的な吐き気に、倦怠《けんたい》感。それを乗り越えた先にやってきた妊娠中毒症。両親ともにこれが最初で最後の子どもであるという認識があったという。

そうして授かった珠《たま》のような一人息子に、国文学者の父は「獅子奮迅《ししふんじん》、社会の荒波を打ち破っていく猛々《たけだけ》しい男に育って欲しい」という願いを込めて、当初は「奮迅」という名前をつけようとしたそうだ。それを図書館司書の母が「山本奮迅なんていう名前、聞いたことがありません！　そんなの生まれながらにして荒波にさらされているようなものじゃないですか！」と、泣いて立ち向かったのだという。

結局「猛」と名づけられた珠のような一人息子に、両親はきちんと愛情を注いでくれた。いや、その愛は過剰だったとも言えるだろう。

二人は言葉で語らなかった。本を読む姿勢だけを私に植えつけた。それが二人の教育方針だった。自分たちが教えてやれることなど一つもない。社会を生き抜くための知恵と教養、多種多様な価値観を学びたいと猛が思うのなら、その答えは自身の中にある。多くの書物と向き合うことで、内なる自分と対話しなさい――。二人は背中で語っていた。

それでも……、いや、だからこそ、当時の私は本というものを好きになれなかった。まだ小学生だった私が欲していたのは、ディケンズでもヘッセでも井伏《いぶせ》でもカフカでもなく、短絡的だとしても家族の団らんに他ならなかった。

丘の上の一軒家は、港の汽笛《きてき》が聞こえてきそうなほどの緊張に充《み》ちていた。だから、私は深く息を吸い込む場所を自宅以外に求めた。学校だ。

その頃の私はどちらかというと引っ込み思案で、いまの私を形成するおおらかさや頭の回転の速さ、あるいは頼りがいやユーモアのセンスといったものは周囲に伝わっていなかったと思う。

それでも、私は早い段階から自分の特性に気づいていた。とくにいまの自分を成す最大の長所に気がついたきっかけは、小学一年生のお楽しみ会。不運にもクジを引き当て、教壇に立たされたことだった。

同じようにクジで当てられたクラスメイトたちは、歌を歌ったり、踊ってみせたり、少し気の利いた子はマジックを披露してみたりと、思い思いの出し物をしていた。

それもまた周囲には気づかれていなかったが、当時から私は歌うことも、踊ることも、マジックすらも人並み以上にこなせてしまっていた。もし彼ら、彼女らと同じことをしてしまえば、みんなのプライドを傷つけてしまうことは明白だった。

だから、私はモノマネをしてみせた。正直に言えば、そのときまで私は自分にそんな特技があることなど知らなかった。それはそうだ。歌えて、踊れて、マジックまでできてしまう者に、さらなる特性が備わっているなど誰《だれ》が想像し得るだろう。ある意味において、あれはクラスメイトたちに対するハンデだった。

そうして繰り出した担任の清川瑤子《きよかわようこ》先生のモノマネは、私の想像をはるかに超えた喝采《かっさい》を浴び、当の清川先生も目に涙を浮かべて歓喜していた。

「どうも、ありがとうねぇ。みんな、どうも、ありがとうねぇ」と、イメージとしては「」を多用し、声は高く、早口で。どこか大仰な清川先生の口調を最後まで真似《まね》しながら、私は自らのポテンシャルをまた一つ知った。

もともと物事を俯瞰《ふかん》し、状況を的確に判断する能力には長《た》けていた。自分がどのような人間になりたいのか。どんな人間を魅力的だと感じているのか。そんな視点を持って、はじめてクラスメイトを観察した。

そして、私は見つけ出した。学級委員の西田《にしだ》くんでも、野球の上手い小平《こだいら》くんでもなく、教室の中ではどちらかといえば存在感のない丸谷武智《まるやたけとも》くんという男の子を。

丸谷武智くんの人間性を一言で表現するのは難しい。ある者はマジメな子と言うだろうし、ある者は冷たい子と、ある者は調子がいい子と表現するかもしれないし、人によっては変わり者と語ってもおかしくない。そのように印象をコロコロ変えることこそが、彼に憧《あこが》れた一番の理由だ。他者に心の内を見抜かれないそんな人間になりたいと思った。

以来、私は丸谷武智くんを真似して生きた。学校だけでなく、家でも、一人きりの通学路でも。私は常に丸谷武智くんのように振る舞った。

そんな彼との友情が芽生えたきっかけは、他でもない。あるとき、当の丸谷武智くんが突然話しかけてきたことだ。

「ねぇ、山本猛くんさ。君、僕の真似をしているよね？　僕ずっと知ってたよ。知っていた上で泳がせていたんだ。小一の冬からずっと僕の真似してたでしょう?」

もちろん、私は丸谷武智くんが人をフルネームで呼ぶことを知っていた。絶句した私を上目遣いに見つめ、丸谷武智くんは呆《あき》れたように鼻を鳴らした。

「しらばくれようったってそうはいかないよ。証拠は数え切れないほど揃ってるんだ」

指摘されてしまった以上は仕方がない。そもそも隠していたつもりもないし、絶句したのもモノマネの事実を指摘されたからというわけではない。こうして声をかけられたのが、六年生の秋口だったからだ。

小一の冬に得たという気づきを、彼は五年近くも寝かせていた。

「何年も、何年も他人の真似をし続けるなんてさ。君ってなかなか執念深い人間だよね」

そうほくそ笑む丸谷武智くんに、私は一言一句変わらぬ言葉を送りたかった。この日の出来事を皮切りにして、私たちは長い時間をともに過ごしていくことになる。

母の意向で、私は中高一貫の私立校を受験することが決まっていた。「僕もその学校に行こうかなぁ」と、いたずらっぽく舌を出す丸谷武智くんは、そのための準備をしていなかった。私が受験しようとしていたのは、いわゆる御三家と呼ばれる名門中だ。私自身は四年生から勉強をスタートさせていた。丸谷武智くんの学力の高さは認めていたが、このとき私の胸を過《よぎ》ったのは「舐《な》めるな」という思いだった。

めずらしくムッとした私の心の内を、丸谷武智くんは見透かしていた。

「あれ、ひょっとしてムカついてる？」

「ムカつくって、何？」

「これまでがんばってきた自分と同じ成果を友人が残してしまうことがイヤなのかな。もしくは自分を凌駕《りょうが》する結果を出してしまうこと？」

「いやいや、そんなこと思っていないよ。君と一緒の中学校に進めるのならそんなに嬉《うれ》しいことはない。一緒にがんばろう」

そう右手を差し出しながらも、私はやはりカッカしていた。そんなに簡単なものじゃない。やれるものならやってみろ。自分の積み重ねてきた努力を振り返れば、丸谷武智くんに負ける可能性など微塵《みじん》もないと信じられた。

しかし蓋《ふた》を開けてみれば、わずか半年足らずの勉強のみで丸谷武智くんは見事に難関中に合格してみせた。

いや、私もまた合格したのだから、両者の間で勝ち負けが成立したわけではない。それは頭では理解していたが、心の中ではなぜか敗北感を抱いていた。

もしかすると彼を模倣して生きている自分は、今後、何をするにも彼の後塵《こうじん》を拝し続けるのではないだろうか。そんな漠とした恐怖を感じた。そしてその予感は、当たらずとも遠からずのものだった。

K学園中に入学して以降も丸谷武智くんは小学校時代と変わらず、私以外の特定のクラスメイトとつるむことなく、だからといって孤高を気取る様子もなく、飄々《ひょうひょう》と毎日を過ごしていた。

一方の私はひたすら勉強を続けた。せめて何か一つ、本当に一つでいいから目に見える形で彼に勝てるものを手に入れたい。そんな思いからだった。

それでも勝つことはできなかった。いつも私が学年二位で、彼が一位。中学校を卒業して、エスカレーター式で高校に上がってもその構造は変わらなかった。いや、成績優秀な外部進学組の生徒たちにのまれ、私が少しずつ順位を落としていく中で、丸谷武智くんはバンド活動などしながらもしっかりと成績を維持し続けた。

高校二年生に上がった頃には、見切りをつけられたのか、丸谷武智くんは私にもあまり話しかけてこなくなった。もちろん心はかき乱されたが、一方で私は安堵《あんど》もした。これで無用に傷つく必要がなくなったからだ。そう思い込むことで、私は唯一の友人から見切られたことと折り合いをつけようとしていた。

この頃、私は心の空白を埋めるように本を読みあさった。一方の丸谷武智くんは一人でペンを走らせている時間が多くなった。さらなる高みを目指して受験態勢に切り替えたのか。となりのクラスで一人鬼気迫る表情を浮かべていて、うかつに声をかけることも躊躇《ためら》われるほどだった。

私の方は本を読む以外、何もやる気になれなかった。いや、丸谷武智くんが勉強に本腰を入れ始めたのがわかったからこそ、自分も一緒に……と思うことができなかった。彼と違う大学に進むことで、私はさらなる安心を手に入れようとしていた。

彼を意識しないで済む人生に憧れた。しかし、丸谷武智くんはそんな私を逃がそうとはしてくれなかった。高二の夏休みが明け、キンモクセイの香りが鼻につき始めたある日のことだ。

「やっと来たね。おはよう、山本猛くん」

さわやかな秋の風が吹いていた登校時。校門のそばで待ち伏せしていた丸谷武智くんの、久しぶりに目にする笑顔だった。

「え？　ああ、おはよう」

私は思わず呆気《あっけ》に取られた。それに気づかぬ丸谷武智くんではないはずだが、彼は逸《はや》る気持ちを抑えきれないという様子だった。

一緒に来て欲しいという彼に連れていかれたのは、まだ誰もいない図書室だった。

「どうかしたの？　丸谷武智くん」

厚い遮光カーテンを開け放つと、鮮やかな朝の光が差し込んできた。その逆光となって表情は見えなかったが、丸谷武智くんが肩を揺らすのがわかった。

「見て欲しいものがあるんだ。いや、読んで欲しいものかな」

そう言われたときには、なんとなく予想ができた。悪い予感が脳裏を巡ったと言った方が正しいだろう。

案の定、丸谷武智くんはスクールバッグから数百枚に及ぶ原稿用紙の束を取り出した。それをめくるでもなく、私に押しつけてくる。

「これは？」

なんとか冷静になろうと息を吸った。

「小説だよ。はじめて書いてみたんだ。とりあえず読んでみてくれないか」

誇らしげな彼をすぐに見ていられなくなり、受け取った原稿の束に目を落とした。タイトルなのだろう。一枚目に『僕たちが回す、僕たちの舞台』と記されている。名前はない。

胸の昂《たか》ぶりを抑えることができなかった。その昂ぶりの正体は、数年ぶりに感じる憤りだった気がする。

「わかった。読ませてもらうよ」

その感情を抑え込み、足早に図書室をあとにしようとした私に、丸谷武智くんがおもむろに声をかけてきた。

「ここにある本を押しのける価値があると思うなら――」

彼らしくない、何かを懇願するような口調だった。「何？」と、思わず足を止めた私に、丸谷武智くんは我に返ったように目をパチクリさせた。

「ああ、ごめん。あのさ、ちょっと青臭いこと言ってもいいかな？」

「もちろん」

「いやさ、世の中に本っていっぱいあるだろう？　たいして大きくもないこの学校の図書室にさえ、こんなにたくさんの本がある。今日から気合を入れて、たとえば一日一冊ずつ読んでいったとしても、たぶん死ぬまでに読み切れないと思うんだ。世界にはこの数千倍、数万倍という数の本がすでに存在するはずで、さらに毎日のように新しい本が出版されている。ワケがわからないよね。それなのに、何かを書いてみたいという欲求がたしかに僕の中にもあった。そんな自分を、僕は正しく図々しいと思っていて――」

「ちょ、ちょっと待ってよ。……図々しい？」

私はたまらず口を挟んだ。普段は強気な丸谷武智くんらしくない言葉だと思ったし、その真意さえわからなかった。

「図々しいってどういうこと？　何かを書いてみたいという気持ちが図々しいの？」

「そうだね」

「どうして？　何かを表現したい気持ちって、わりと人間の根源的な欲求じゃないのかな」

「どうなんだろう。さっきも言ったように、世の中にはもうこれだけの本が存在している。

そのすべてを読んだわけでもないくせに、自分にしか書けないものがあるはずだと思っていることを傲慢《ごうまん》に感じるのかな。自分を過大評価しているだけだろうって」

「ごめん。全然わからない」

「自分という人間に価値があるって信じているから、文章を書くなんていうナルシスティックなことが平然とできちゃうんだよ。少なくとも僕はそう軽蔑《けいべつ》していた。それなのにさ、驚いたことに僕にもその欲求があったんだ。ためしに何か書いてみようと思ったところから始まって、いざ書いてみたらこれまでの人生では味わったことのない気持ち良さが得られた。脱稿の瞬間なんてエクスタシーに近い快感があったよ」

「どうして書くことを軽蔑していた君が『ためしに』なんて思ったの？」

丸谷武智くんはそんなことかというふうに肩をすくめた。

「いつまで待っても君が書き始めようとしないからだよ」

「え……？」

「気づかれていないとでも思ってた？　君が僕に対して優位性を抱く瞬間って、必ず文学について語っているときなんだよね。チェーホフについて、あるいはドストエフスキーやトルストイについて話しているときの君は、ハッキリと僕を見下している」

丸谷武智くんは淡々と続けた。

「べつにイヤな気持ちはしなかったよ。むしろ山本猛くんの僕に対するコンプレックスを知れる気がして、痛快なくらいだった。そして、いつだったか思ったんだ。あ、この人はいつか書こうとしている人間なんだって。でも、一向に書こうとしない人なんだって。自分には書ける、その価値があると信じ込んでいることこそがアイデンティティで、親友がそんなつまらない思いに支えられているのを見ていられなくなったんだ。ある意味では、山本猛くんに対する引導のつもりで書き始めた」

まるでカードを切るように言い放って、丸谷武智くんははじめて照れくさそうに微笑《ほほえ》んだ。

「一つお願いしてもいい？」

「何？」

「素直な気持ちでそれを読んで欲しい。小説に限らず、創作物っていくらでも難癖をつけられるものだろう？　君が教えてくれた『罪と罰』を、『ドクトル・ジバゴ』を、『白痴』を、僕はいくらだって批判できるよ。それを補って余りあるおもしろさや文章の美しさ、熱量みたいなものをすべて無視して、それらしい批判はできるはずなんだ。今回だけはそういう見方を排除してもらいたい」

「どうして？」

「一つは、そんな読み方をされても意味がないから。そもそもこれは君に対する宣告のつもりで書いたものなんだ。つまらない嫉妬心で自分を保たれても意味がない」

「もう一つは？」と、あふれ出る思いを押し殺し、私は先を促した。丸谷武智くんの表情から笑みが消えた。

「君の物語を読む力を信頼しているからだと思う。これは正直まだ僕もよく理解できていないんだけど、確信めいた思いがある。これまで山本猛くんが僕に勧めてくれた本は、どれもこれも素晴らしかったし、心が震えるものばかりだった。人生を変えられたという面さえあったと思う。間接的にとはいえ、君が僕の人生を変えたんだ」

言葉の一つ一つが胸に迫った。自分の中に渦巻く感情が、感動なのか、興奮なのか、驚愕《きょうがく》なのか、それさえうまく判断することができなかった。

丸谷武智くんは瞬《まばた》きもせずに私を見ていた。

「まっさらな気持ちでそれを読んで、君が打ちのめされたと思うのなら、そのときはすっぱりと書くことを諦《あきら》めてもらいたい」

「ちょっと待ってよ」

「その上で、君には編集者を目指してもらいたい。君が僕の書くものに価値があると言ってくれるのなら、僕はその言葉を信じる。表現して生きていく。君にはその伴走者になって欲しい」

そして丸谷武智くんは最後にこんな言葉をつけ足した。

「君の才能は書くことの方じゃないはずだ。それに作家なんて書けても年に一、二冊くらいのものじゃないか。編集者になれば年に十冊も、二十冊も世に送り出すことができるんだ。僕に多くの本を教えてくれたように、それを世に伝えていくのが君の天職なんじゃないのかな」

私はあらためて紙の束に目を落とした。正直に言えば、読むまでもないと思った。この原稿は自分を傷つけてくるものだという確信があった。

丸谷武智くんが指摘してきた通り、私は漠然と自分を「いつか書く人間」と信じていた。そのあまりに不確かな未来図に、将来をまるごと担保されている気持ちになっていた。同年代の高校生を主人公とした『僕たちが回す、僕たちの舞台』は、そんな私の浅薄な胸の内を見抜き、心をえぐる小説だった。

はじめのうちは紙をめくる指が震えていた。しかし、気づいたときには私は劣等感を感じなくなっていた。唇を嚙《か》みしめ、ひたすら文字を目で追った。昼食時は一人で教室を離れ、トイレの個室で、授業中も先生の目を盗み、純粋に物語の世界に浸っていた。

そうしてすべてを読み終えたとき、私は自宅の勉強机で大きく天を仰いでいた。どう帰宅したのか、いつご飯を食べたのかも曖昧《あいまい》だった。結局、私はその日のうちに一気呵成《いっきかせい》に読み上げてしまった。

「すごいや、本当に」

誰もいない自室で、誰にともなく口にした。勝ちとか、負けとかいう話じゃない。自分にも書けるとか、自分には書けないとか、そんな思いも消えていた。ただただ強い物語を読み終えた直後の興奮が身体《からだ》の芯《しん》に残っていて、居ても立ってもいられないのに、しばらくは立ち上がることもできなかった。

すぐにでもこの物語を誰かと共有したいという思いに駆られた。しかし、丸谷武智くんの「編集者になれ」という言葉は的外れなものに思えてならなかった。

たしかに彼の言う通り、私の才能はまだ世に知られていない物語を見つけ出し、それを周囲と分かち合うことなのかもしれない。自分の信じる物語を誰かとシェアできたとき、私は孤独を癒《い》やされる。

でも、違うのだ。年に一、二作の作家でも、十、二十作の編集者でもない。この世界には、年に百冊も、千冊も手がけられる魅力的な仕事があることを、私はもちろん知っている。

私の人生が決定づけられた夜だった。一億冊を優に超えていると言われる世界中の書籍から、これだという本を厳選する。その一冊一冊を、労をいとわず丁寧に紹介しながら、お客様に直接お届けする。つまり、書店員になる――。

小説家でもなく、編集者でもない。書店員になる自分の姿を想像すると、どうしようもなく身体が疼《うず》いた。それが己の天職だという思いは、ほとんど確信に近かった。

しかし、その旨を丸谷武智くんに報告するまでに二ヶ月ほどの時間を要した。『僕たちが回す、僕たちの舞台』を何度となく読み返し、原稿用紙の四隅からすっかり角が取れた頃、ようやく覚悟を決められた。

場所は、彼から原稿を預けられた学校の図書室だ。

「君がかけてくれた『たくさんの作品を見つけ出して、それを世に伝えていくのが君の役目』という言葉、反芻《はんすう》するたびにその通りだと納得させられた。『僕に書く才能はない』といった言葉にも反論する余地は見つからない。『作家なら年に一、二冊程度、編集者なら年に十冊、二十冊』という言葉も見事だったよ。僕に人生について思索するチャンスを与えてくれた」

深く頭を下げた私を、丸谷武智くんは不思議そうに見つめていた。原稿の感想を二ヶ月も待たせてしまったのだ。逆の立場になれば理解できる。本当はすぐにでも感想を聞きたかったに違いないが、丸谷武智くんは辛抱強く待ち続けてくれた。私を信頼してくれているからだ。

その気持ちは素直にありがたいと思えたし、反面、彼の期待に応じることができないのがもどかしかった。それでも、私は率直に心の内を明かした。

「素晴らしかったよ。本当に素晴らしかった。君の才能には驚かされたよ。見事だった」

「いや、あの、山本猛くん――」

「ごめんね、丸谷武智くん。先に僕に言わせて欲しい。君の才能はたしかにすごかったし、表現者として生きていくべきだと思う。けれど、申し訳ない。僕は君の伴走者にはなれない」

「は、何それ？」

「編集者を目指すことはできないという意味だ。もちろん、これは穿《うが》ちすぎな目で作品と対峙《たいじ》したわけじゃないよ。むしろ逆だ。君の書く本を一人でも多くの読者に届けるのが自分の使命と思えたんだ。それこそ僕が君に数々の古典文学を伝えてきたようにね」

「いや、だからちょっと待ってくれって。君、さっきから何を——」と口にしたところで、丸谷武智くんはハッと息をのみ込んだ。

「そうか。僕、君に何か渡してたよね。そうだ、僕、小説を書いたんだ。うわぁ、もうずいぶん前のことだから忘れてたよ。そうか、あれを読んでくれたのか」

続けられた言葉もまた耳を疑うものだった。

「いや、山本猛くん。なんか熱くなっているところ申し訳ないけれど、僕に小説家になるつもりなんて毛頭ないよ」

「そんな。だって君には表現する才能があるんだよ」

「うん。その評価はありがたく頂戴《ちょうだい》しておく。でも、表現することって、べつに小説じゃなければいけないっていうことはないよね？　べつに文章でどうこうっていうみみっちいことじゃなくて、なんて言うのかな、僕は人生そのものを派手に表現してみたい」

「ごめん。意味不明」

「だから、僕は自分自身を表現するって言ってるんだ。そうだな、たとえばいまは会社を経営することを考えている。起業家になるというイメージがある。実はこの二ヶ月くらいに事業計画書というものを練ってたんだ。現役のK学園の高校生が立ち上げたプロジェクトということで、すでに何人かの投資家の人たちが興味を示してくれてるよ。良かったら、今度君も——」

　丸谷武智くんはそれからたっぷり五分ほど時間をかけて、すぐにでも手がけようとしているビジネスアイディアについて語った。

　私は話についていけなかった。ようやく拓《ひら》けた自分の将来について聞いてもらおうと思っていたのに、いつの間にかまた彼のペースになっている。

　呆《ほう》ける私を見て何かを感じ取ったのだろう。丸谷武智くんはやりづらそうに鼻先をかいた。

「なんかごめんね。僕の話ばかりして。でも、いいかもね。うん、君は書店員になるといい。名物書店員になって僕の本をたくさん売ってくれ」

「僕の本って、だって君は経営者になるんじゃないの？」

「おもしろいことを言うじゃないか。本って、べつに小説がすべてじゃないだろう？　小説家だけが本を書くわけじゃない。物語って、僕はある種の形式美に過ぎないと思うんだ。

本質的にはとても効率の悪いものだと思っている。たとえば何かの小説のテーマが『人間なんだから躓《つまず》いたっていいじゃないか』というものだったりするとしよう。実際、そういう人間賛歌の物語って山のようにあると思うんだけど、でもそんな長い時間と労力を読者に強いる小説家なんかより、たとえば端的に『にんげんだもの』の一言で表した相田《あいだ》みつをさんの方が僕ははるかに優れていると思うんだ」

「それは違うよ」

「何が違う？」

「小説は一つのメッセージを伝えるためだけのものじゃない。そこに至る過程や、キャラクターへの共感を通じて、自分自身と対話する時間が持てることに価値がある。そもそも詩と小説は比較するようなものでさえない」

「それはただの君の価値観でしょう？　少なくとも僕は本に自分との対話なんて求めない。自分が成長するための学びにしか興味がないし、その学びをより最短距離で得られるのなら、僕はそちらの方に値打ちを感じる」

その成長のために必要なことこそが自分との対話なのだ。そう言い返したかったが、丸谷武智くんは聞く耳を持とうとしなかった。

「まぁ、いいよ。いずれにしても僕は自分が必要と思う本を書くだけだ。それがビジネス書なのか、自己啓発本なのか、どういう形式なのかはわからないけれど、君の認めてくれた『表現する才能』を駆使して、より直截《ちよくせつ》的な方法で世に伝えていく。そのときは君が先陣を切って僕の本を売ってくれ」

そんな日が来るはずない。私はこのやり取りに意味を感じなくなっていた。だからこそ、うかつに安請け合いしてしまった。

「そうだね。君が本を出すときは僕が責任持って読者に届けるよ」

これで丸谷武智くんとの縁は途切れたと思った。事実、高校を卒業し、彼がT大学へ、私がK大学へ進んで以降は連絡さえ取らなくなった。

人生のきっかけを与えてくれた友人とは袂《たもと》を分かったものの、書店員となり、自分の信じた物語を読者に届けるという夢は膨らんでいく一方だった。

大学に進学してからは、私はほとんど学校へ通わず、時給のいいアルバイトをしてはそこで得たお金を握りしめ、世界中の書店を歩いて回った。

八百年前の教会をリノベーションしたオランダの〈セレクシス ドミニカネン〉や、J・K・ローリングが『ハリー・ポッター』を書く啓示を与えられたというポルトガルの〈レロ書店〉といった有名店のみならず、インド・コルカタの青空書店も、ブラジル・サンパウロのスラム街にあった古書店も、自らの将来図を描くのに一役買った。

その一方で、私はたくさんの日本の書店も見て回った。北海道から、沖縄まで。地図を塗りつぶすようにして興味を持った一軒、一軒を入念に見学して、そして私は東京・吉祥寺の外れに本店を構える〈武蔵野書店〉に辿《たど》り着いた。

華のある書店だった。吉祥寺という街を象徴するようにメインカルチャーとサブカルチャーが決して大きくない店舗の中で調和していた。ギターを担いだ若者から赤ちゃんを連れたお母さん、水商売風の女性もスーツ姿のサラリーマンも見事に景色に馴染《なじ》んでいて、それぞれが自らにとって必要な一冊を手に取っていた。

思えば、書店というものは不思議なものだ。再販制度のおかげで定価販売が義務づけられ、置かれている本のラインナップにそう違いがあるわけじゃないのに、食指の動く書店とそうじゃない書店というものが間違いなく存在している。当時はそのメカニズムを理解することができなかったけれど、〈武蔵野書店〉は圧倒的に前者であった。

この店で働きたい。店に入った瞬間にそう思った。ぐるりと店内を歩いただけで、売り場に立つ自分の姿をイメージできた。

調べてみると、私が大学を卒業する年に〈武蔵野書店〉は新卒の採用を行っていなかった。だからといって諦めることなどできるはずもなく、私は毎日のように本社に足を運んでは、当時社長だった柏木雄三氏に直談判《じかだんぱん》し続けた。

最初のうちはまるで聞く耳を持たなかった柏木雄三社長が、少しずつ軟化していくのが見て取れた。会社の前でにべもなく門前払いされていたものが、そのうち立って話だけは聞いてくれるようになり、次に移動の車に同乗させてもらえ、最後は三鷹にある自宅にお邪魔させていただくまでになった。

そのときにはもう私の〈武蔵野書店〉への入社は確約されていたのかもしれない。決定打だったのは、普段は引っ込み思案で滅多《めった》に他人に心を開かないというご子息の雄太郎くんが、なぜか私にはよく懐いたことだった。

私にじゃれる長男の姿を見つめながら、雄三社長が問いかけてきた。

「おい、山本。書店員にとって一番必要なものはなんだと思う？」

振り返れば、あれが最初で最後の面接だった。

「愛だと思います」

照れくささなど感じなかった。雄三社長も小馬鹿にする様子も見せず、感心したように鼻だけを鳴らした。

「どういう意味で言っている？」

「世界中のたくさんの書店を見て回って、そう確信しています。地域性や規模の大小にかかわらず、活気のある店には必ず愛がありました。本そのものに対する、物語に対する、お客様に対する、店に対する愛であふれていると感じました」

そこまで言って口をつぐみ、私はイスに深く腰かけ直した。

「いつの日か、私に吉祥寺本店を任せてください。絶対にそういう店を作る自信がありますし、作ってみせます。私は柏木雄三社長に今後も食らいついていくつもりです。そこで身につけるはずの帝王学を、来《きた》るべき日、私がこの人材こそと見込んだスタッフに授けていくつもりです。社長からいつか店長となる私に、その私からさらに未来の店長となるべき者に。いや、そのときにはこの雄太郎お坊ちゃんが〈武蔵野書店〉を統《す》べているかもしれませんね。その日が来るのがいまから楽しみで仕方ありません」

私は胸を張って言い切った。心の内をうかがうように厳しい表情を浮かべていた雄三社長の目もとに、じんわりと笑みが広がっていく。

「まだ採用するとも言ってないのに店長と来たか。いつから来られる？」

「今日からでも」

「バーカ。今日はもう閉店してるわ。実際にいつから来られるのか教えろ」

「大学を卒業するのは三月ですが、働かせていただけるなら本当に明日からでも働けます！」

「ふんっ。いまの気持ちを忘れるなよ」

「気持ち……でございますか？」

「ああ。多かれ少なかれ書店業界に夢を持って入ってきたはずの人間が、数年も経《た》たずに初心を忘れて辞めていってしまうからな。俺《おれ》はこれまでそんな場面を山のように見てきたし、そういうスタッフのうしろ姿をたくさん見てきた。俺はずっと失望し続けてきたんだよ。だから、その意味でお前は――」

そこまで一息で言ったところで、柏木雄三社長の口が不意に止まった。

「いや、違うよな。俺が失望し続けてきたのは、自分自身に対してだ」

「はい？」

「また一人、書店で働くことに絶望させてしまった。また一人、若者の尊い夢を奪ってしまったっていう、自分自身に対する失望だな。俺は本当にふがいない。もし連中が初心を忘れたって言うのなら、それは忘れさせてしまった俺の責任でしかないよなって」

「ですが、それは……」

「いつか本当にお前に本店を任せてやるよ。そのときは、みんなが瞳《ひとみ》を輝かせて働ける環境を作ってやれ。そしてそういう店を作ったお前の目を通して、また新しいリーダーを探してほしい。そうやってポジティブな循環が生まれるのなら、間違いなく〈武蔵野書店〉の未来は明るいよ」

「はい」

「愛にあふれた書店か。陳腐だけど、そんな場所が自分の住む街にあったら最高だよな」

「はいっ」

「そうと決まったら明日から来い。お前と働けるのを楽しみにしている」

「はいっ！」

いまにも涙がこぼれそうなのを懸命に堪《こら》えた。この会社を選んで良かった。自分の死に場所はここなのだ。それこそ恥も外聞もなく、あの日、私はたしかにそう感じた。

書店員としての人生がスタートした。憧れてやまなかった〈武蔵野書店〉で、私は遮二無二働いた。むろん思惑通りにいかないことばかりだったし、先輩社員からも、お客様からも理不尽な目に遭《あ》わされることは少なくなかったが、だからといって仕事に失望するようなことはなかった。

柏木雄三社長の期待に応《こた》えたいという気持ちもあった。しかし、それ以上に私が強く感じていたのは、この仕事にはどこまで行っても終わりがないということだ。

一冊の本を必要とする読者がいて、一冊の本を届けたいと願う著者がいる。求める者と、求められる者とがきちんと存在しているにもかかわらず、両者の間にはあまりにも深い溝が横たわっている。

その不幸な断絶を解消するのは、信頼しかあり得ない。当然、読者がもっとも信じられるものは作家その人ではあるが、その糸はあまりにもか細い。読者は作家のたった一冊の駄作を許さない。いや、本当に駄作であったのならまだしも、自らの心理状態によって受け入れられなかった本をつかまえ、あの作家は終わったと断じ、二度と戻ってくることはない。

それにも増して不幸と感じるのは、本来結ばれるべきはずの両者がマッチングしないことである。切れてしまう縁だとしても、一度もつながらないよりはマシだろう。大半の作家と読者は出会えないまま終わってしまう。たとえある作品がある読者にとって人生の一冊になるものであったとしても、出会えなければ存在しないにも等しいのだ。

その両者を結びつけることが自分の役目だ。作家と読者の信頼関係が希薄だというのなら、自分を信頼させてしまえばいい。読者であるお客様にも、店にやって来る作家にも。山本猛がオススメしてくる本なら読んでみよう、山本猛に自分の本を預けよう。

そう思ってもらえるようにすることを常に心がけていた。それを続けていくことで少しずつ読者の、作家の信頼を勝ち得ていったし、売り上げにも貢献してきたと自負している。

その一方で、私は後輩の育成にも心血を注いだ。彼ら、彼女らのパグのような純粋な気持ちを傷つけないように配慮しつつ、私は懸命に言葉を尽くしながら〈武蔵野書店〉イズムを、ひいては柏木雄三社長の思いを、私の帝王学を授けていった。

やがて採用そのものにも積極的に関《かか》わるようになっていった。偶然出会ったスタッフを育成するより、いっそ自分の眼鏡にかなう人材を採用してしまった方が早いと思ったのだ。

面接にやってくる彼女ら、彼らにとびきりの愛想《あいそ》を振りまきながら、私は必死に未来の山本猛を探し続けた。

そして、見つけた。

不安げで、伏し目がち。決して冴《さ》えた容姿とは言えなかったものの、心の中の獰猛《どうもう》さは隠せていない。

彼女の瞳の中に、ハッキリと私と同質の貪欲《どんよく》さを見て取った。

「ふふっ、やっとドーベルマンが現れましたね」

思わず漏れた心の声に、先輩の面接官たちは不思議そうな顔をした。

彼女だけは驚いた素振りを見せなかった。

ああ、ここにもドーベルマンがいたのかという不敵な表情を浮かべ、ただ私を見つめるだけだった。

ゆっくりと履歴書に目を落とした。

谷原京子——。

将来、自分の首を噛みちぎろうとする猛犬であると知る由もなく、彼女を己の後継者とするのだと思っていた私は、振り返ればずいぶん暢気なものだった。


〈『新店長がバカ過ぎる』第三章・了〉

※

全七章立ての、これでようやく三章だ。

かなり時間も労力も割いて読んできたというのに、まだ半分にも至っていないという事実に、私は心の底から辟易《へきえき》する。

しかも未読の後半部は、おそらく自分が主役級で登場してくるのだろう。『新店長がバカ過ぎる』とは、きっとそういうことなのだ。

猛烈な疲れから目眩《めまい》を覚え、私は原稿から目を逸《そ》らした。

そのとき、コツコツという、まるでピンヒールを履いているかのような足音を響かせて、店長が姿を現した。

「おつかれさまです」

いつにも増してひどい仏頂面を浮かべている店長に私の方から声をかける。指定されたのは私の行きつけの喫茶店〈イザベル〉だ。

向かいのソファに腰をかけていながら、なぜ店長が呼びかけを無視するのか、いまの私は知っている。

店長がそっぽを向いたまま問いかけてくる。

「まだ全部読んでいただいてないのですか？」

「すみません。まだ半分くらいです」

「それって失礼じゃありませんか？」

「失礼とは？」

「たとえば大西賢也先生から新作の原稿を渡されたとしても、谷原京子さんは会うまでにすべて読み切らないのですか？　イエスだと言うなら意識が低すぎますし、ノーだと言うなら私のことを軽く見過ぎです」

「いや、だってこれ昨日渡されたばかりじゃないですか。私は今日も夕方まで出番でしたし、たとえ大西先生の原稿だとしてもそんなにすぐには読めませんよ」

本当は「ここまで読んだだけでも特筆に値する。褒めてもらってもいいくらいだ」と言い返してやりたかったが、口答えするのが得策でないのは火を見るよりあきらかだ。

「そうですか。意識が低いというわけですね」と、思春期ど真ん中の少年のように不機嫌さを露《あら》わにする店長は、いつにも増してタチが悪い。

店長はあいかわらず明後日《あさって》の方向を見つめながら尋ねてくる。

「で？　どうだったんですか？　この際、半分まででもいいですよ。感想は？」

そもそも昨日の帰り際にいきなり渡されたものだった。かれこれ三週間ほど無視を決め込まれている店長に前触れもなく大きな封筒を突きつけられ、「ご存じの通り、明日、私は公休ですので、十八時に〈イザベル〉で感想を聞かせていただきます」と、ちっともご存じでないことを言われたときには何がなんだかわからなかった。

大きなため息が自然と漏れた。

「感想の前に一つうかがいたいんですけど、いいですか」

「手短にどうぞ」

「そもそもこれはなんですか？」

「そんなもの決まっているじゃないですか。小説ですよ」

「店長が書いたものなんですか？」

「他に誰が書いたっていうんですか」

「だって、店長ってたしか千葉の出身でしたよね？」

「そうですよ。山武《さんむ》市です」

「お父様ってたしか酪農をされていましたよね？　お母様もそのお手伝いをされているって聞いた気がするんですけど」

「そうですけど」

「店長ってK学園とかいうところの出身なんですか？」

「違います。千葉県立緑《みどり》が丘《おか》高校です」

「大学時代って音楽活動をされていたんですよね？」

「そうですよ」

「じゃあ、海外の書店巡りって……」

「いや、ちょっと谷原京子さん。あなた、もういい加減にしていただけませんか？　さっきから何をぶつぶつ言ってるんですか。思うことがあるならハッキリ言ったらどうですか！」

突然の金切り声に、私は身体を震わせる。おそるおそる目を開けると、店長はいま尚あらぬ方向を向いていた。こんなにも長いセリフをこちらを見もせずに言い放っていたということに驚きを禁じ得ない。

「あの、すみません。だとしたら、ちょっとよくわからないんです。私はいったい何を読まされていたのでしょうか」

昨夜、店長から渡された『新店長がバカ過ぎる』を読み始めて以来、ずっと気になっていたことだった。私の知っている店長像と相容《あいい》れない。私に刻まれた記憶と違うことが多すぎる。私はドーベルマンを気取ったことなど一度もない。そもそも店長に面接されてさえいない。

店長は退屈そうに耳の穴をほじり始めた。

「本当にわからない人ですね。だから小説と言ってるじゃないですか」

「小説……」

「そうですよ。フィクションです。真実を炙《あぶ》り出すための創作物であり、リアルを抉《えぐ》るための虚構です。それが何か問題ですか？」

「問題っていうか、でも、だとしたらやっぱりわからなくなってしまうんです」

「だから、何がですか？」

「私はいったい何を読まされているんだろうって」

「いや、だからですね──」

店長は思わずといった感じで私を一瞥《いちべつ》して、すぐに視線を元に戻した。私を見たことを悔いたわけではないようだ。ずっと右側を見すぎていたせいで首に激痛が走ったらしい。

店長は首に手を当て、目に涙を浮かべながら言い直した。

「谷原京子さんは小説を読むとき、いつもそんなふうに考えて読んでいるんですか？　私は何を読まされているのだろうって」

「もちろんそんなことないですけど、これはまたちょっと違うじゃないですか。山本猛って実名で出てきますし、谷原京子もいますし」

「べつに私やあなたのことじゃありませんよ。ただのモデルです」

「そんなのおかしいですよ」

「おかしくなんてありませんよ。あなた、ちょっと自意識過剰なんじゃないですか？」

「そういう話じゃないですよ。だって、これ、あきらかに私たちのことですよね。タイトルだって大西先生の『店長がバカ過ぎる』をパクってるんですよね」

「パクったとは失敬な。オマージュとかいうやつです」

「許可を取ってるんですか？」

「べつに商品として売り出そうとしているわけではございませんから」

「私、最初は『新！　店長がバカ過ぎる』なのかと思ってたんですけど、違いますよね。『新店長！　がバカ過ぎる』なんですよね、これ」

「おっしゃっている意味がわかりません」

「わからないはずないです。この小説、この先の四、五、六、七章にはいったい何が書かれてるんですか？　私への誹謗《ひぼう》中傷？　なんでそんなに敵視されなきゃいけないんですか？　一冊の小説を通じて非難されるほど私って悪いことしましたか？」

「べつに。そんなつもりはありませんよ。何を熱くなっているんですか。まずは続きを読んでからジャッジするべきじゃないんですか」

「読むまでもありませんよ」

「は？　あなた何を――」と、首を押さえたままの状態で顔をこちらに向けようとして、店長は再び表情を強《こわ》ばらせる。さらなる痛みが走ったらしい。

私は店長の横顔を睨《にら》み続けた。

「だから、読むまでもないと言ったんです」

「なんでそんなことを言うんですか！」

「新店長は私ではないからですよ」

「ですから、あなたは何を……。へ？」

「数日前に専務に伝えました。いまの私にはまだ店長は務まりませんって。年齢も、経験も、思想も何もかも足りませんって」

「へぇ？」

「だから、私には務まらないんです。店長のような立場に対するプライドもないし、もっと言えば店をどうしたいかと考える余裕もない。まだまだ自分のことに精一杯で、スタッフに目配りする余裕もない。店長が三十五歳までに私を一人前の店長に育てるといった言葉の意味を痛切に感じた三週間でした。いただいた『君主論』も一ページも開いてません。私にはまだ時間が必要なんです。もう少しだけ一介のスタッフでいさせてくださいってお願いしてきました」

「へぇ？」

「新店長は私ではないんです」

「へぇ」

「あなたのまま。山本猛さんのままなんですよ、店長」

「へい！」

へぇへぇへぇ、うるせぇな！　っていうか、最後は「へい！」って言ったよな！

という苛立《いらだ》ちを堪え、私は謙虚に頭を下げた。

「私にはまだ学ぶべきことが多すぎます。もう少しの間、私を鍛えてください。よろしくお願いします、店長」

店長はやっぱり「へい！」と声高に叫んだ。不機嫌からご機嫌に転調するとき、店長の声色はとんでもなく上ずる。

「それにしても驚きましたよ」

テーブルの原稿に手を乗せて、私は続けた。自分が店長に返り咲くことがよほど嬉しいようで、店長の目尻《めじり》は見たことないほど垂れている。「何に驚いたのですか―？」などと言いながら、私の話なんてほとんど聞いていないのだろう。

私もようやく少しリラックスする。

「ここに書いてあることのどれくらいが本当のことなんだろうって」

「ハハハ。小説ですからね。もちろん、大半がフィクションです」

「店長が小説家志望だったという話は？」

「もちろんウソですよ。そんな筆力はありません」

「そうですか？　なんかずいぶんそれっぽい文章でしたけど」

「だから、私はモノマネだけは上手いんです」

「はい？」

「その原稿に書いたじゃないですか。小学生の頃からずっと他人のモノマネをして生きてきました。今回のことで言えば、大西賢也先生の『店長がバカ過ぎる』の文体をマネさせていただいただけです。私の実力ではございません」

「え……。あ、ああ、モノマネのところは本当の話なんですね」と、文体をマネすることなんて簡単にできるのかとか、それはそれでとんでもない才能なのではないかといった疑問を差し置いて、そんな言葉が口をついた。

「ええ、ええ。さすがに何もかもがフィクションというわけではございません」

店長はあいかわらず嬉しそうに目を細めている。私は淡々と畳み込んだ。

「〝神童〟って言われていたのは？」

「それは本当です」

「山本奮迅という名前になりそうだったのは？」

「それも本当ですね」

「カフカやヘッセや井伏を読んでいたのは？」

「それはウソです」

「マジックが得意だったのは？」

「ウソ」

「不妊治療の末の子どもだったというのも」

「それもウソですけど。いや、谷原京子さん――」

しびれを切らしたように顔を上げた店長の目をじっと見つめ、私は懇願する気持ちを込めて切り出した。

「じゃあ、丸谷武智さんなんていう友だちはいなかったんですよね？　もちろん、あれは店長がおもしろがって生み出した架空のキャラクターなんですよね？　さすがに実在したりはしませんよね？」

息を殺す私と、怪訝《けげん》そうな店長。二人を緊迫した空気が覆う。しばらくの間、ただ視線が絡み合っていた。こんなにも長い時間、店長と見つめ合っていたのはきっとはじめてだ。

先に瞬きしたのは店長の方だった。店長はゆっくり身体を動かし、あらためて首を入念に揉《も》みながら、やっぱり不思議そうに口を開いた。

「なんでそんなことを聞くんですか。丸谷武智くんは実在しますよ。実際、似たようなやり取りはありましたし、彼はその本の中で宣言しているようにビジネスマンとして生きています」

「いや、でも……。ちょっとそれは――」とこぼしながら、私は手元の原稿を開き、読んでいる間につけたメモを探した。

だとしたら、これはどういうことなのだろう？

・山本猛＝やまもとたける

・丸谷武智＝まるやたけとも

・竹丸トモヤ＝たけまるともや

どいつもこいつもアナグラムだ。竹丸トモヤの山本猛説さえ解決していないというのに、ここに来て第三の刺客の登場だ。

つまり丸谷武智が竹丸トモヤということか？

高校時代に「君が本を出すときは僕が責任持って読者に届ける」と約束したから、店長はこんなにも竹丸トモヤの本に執着する？

いや、でもちょっと待て。小学校からの友人の名前が自分とアナグラムになっていることなどあり得るのだろうか。そもそも店長はそのことに気がついているのか。

脳みそがぐるぐる回る。そんな私のことなどお構いなしに、店長に返り咲くことに喜びを隠さない山本猛新店長は瞳を輝かせながら声を上げた。

「本店のリニューアルが終わりましたら、作家を呼んでトークショーをいたしましょう！

前回のイベント時、私は宮崎におったので立ち会っていないのです。谷原京子さんはいまのうちに大西賢也先生にお声がけしておいてください。むろん、これは山本猛の新店長就任祝いのトークショーです。いやぁ、これは忙しくなりますよ！」

また何年もこいつの下で働かなければならないのか……。

ああ、もう！

やっぱり店長がバカ過ぎる！

途端に自分の選択が誤っていた気持ちになって、私は拳《こぶし》を握りしめた。

最終話

やっぱり私がバカすぎて

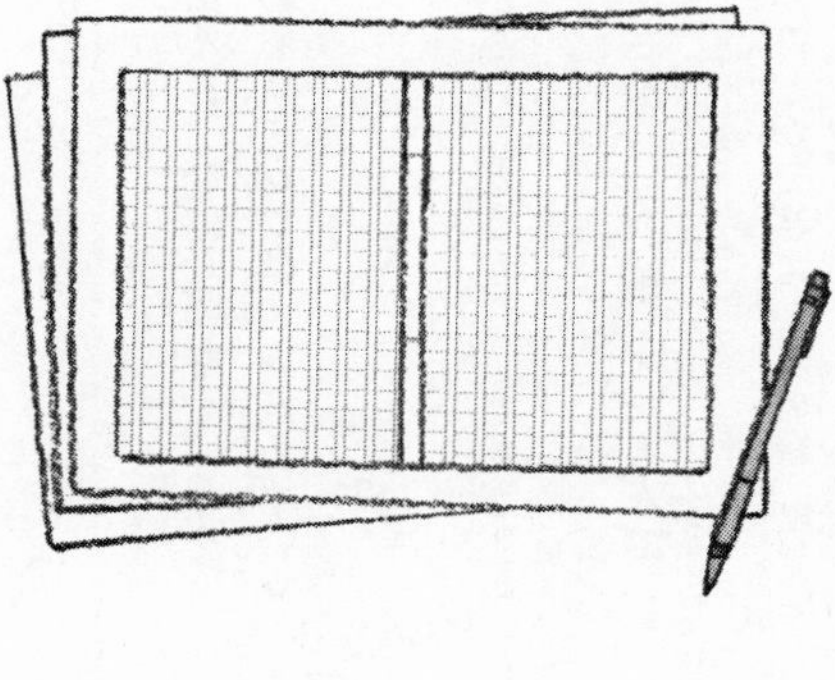

本店リニューアルオープンを一週間後に控えた、三月のある日。ひばりのさえずりを窓の外に聴きながら、私たち〈武蔵野書店〉吉祥寺本店に勤めるスタッフは一人残らず苛立《いらだ》っていた。

「あまりにもたるんでいます――」

朝を告げる『愛のオルゴール』のＢＧＭを消すように指示されたときから、悪い予感はしていた。

「たるんでいます、たるんでいます、たるんでいます。みなさん、一人残らずたるんでいます！」

いつだって長い山本猛新店長の朝礼に、私たちが耐え忍ぶことができているのは、ひとえにフランク・ミルズの作曲した名曲『愛のオルゴール』（原題・Music Box Dancer）のメロディに身を任せていられるからだ。

リニューアルオープンをいよいよ間近に控え、今朝の店長はいつになく滾《たぎ》っている。自分の演説の邪魔をする者は、たとえ世紀の大作曲家であったとしても許さないとでもいうふうに、アルバイトの廣原龍太郎くんにBGMを消させていた。

「あなたのことを言っているのですよ、三津浜風子《みつはまふうこ》さん——」

店内の空気が緊迫する。ちなみに言っておくと〈武蔵野書店〉吉祥寺本店には「三津浜」も「風子」も存在しておらず、もっと言うならリニューアルオープンを目前に控えたいま、たるんでいる者も一人もいない。

私はうんざりした気分で顔を上げた。「まさか……」と「やはり……」が胸の中に入り乱れる。店長がまっすぐ見つめているのは、間違いなく私だった。実際にどういう漢字があてがわれているのかは知らないけれど、「谷原」が「みつはま」で、「京子」は「ふうこ」であるようだ。

「そうですか。それは申し訳ありません」

名前が間違っていることも、絶対にたるんでなどいないことも、何もかも言い返したかったが、私は心を無にして頭を下げた。「ちょっと、谷原さん。さすがに何か言い返した方がいいですよ」と、となりの磯田真紀子さんが小声で身体《からだ》を突《つ》いてきたが、朝の貴重な時間をこれ以上失うわけにはいかない。

店長はこれ見よがしに息を吐いた。

「あなた、一度は店長という大役を引き受けようとした人間なんですよね？　違いますか、谷山遥香《はるか》さん」

「まぁ、そうですね」

「私はドジでのろまな亀だから荷が重いと最後に泣きついてきたとはいえ、一度は重責を引き受けようとした身ですよね？」

「うーん……。まぁ、はい。そうなんですかね」

「そんな人が何なんですか？　一介のスタッフに戻ったからといって、やる気まで一介のスタッフに戻ってもらっては困りますよ」

「はぁ？」

「ですから、他の一介のスタッフのみなさんも迷惑していると言っているのです！」

ああ、やっぱりダメなんだ……。もう一度こいつから店長の肩書きを剝奪《はくだつ》しなくちゃダメみたいだ……。そんなことを思ったときには、私は笑いそうになっていた。

身体中の血がめらりと揺れた。ふっと息を吸い込み、顔を上げる。本当にあと数秒、アルバイトの山本多佳恵さんが「店長！　さすがにその言い方は谷原さんに失礼だと思います！　こんなに長く働いている谷原さんの名前を間違えているのも、私はともかく他の先輩たちを一介のスタッフ呼ばわりするのも失礼です。私は断固抗議します！」と声を上げてくれるのが遅ければ、私はその青白く、細長い首に笑いながらラリアットを食らわせていたに違いない。

山本多佳恵さんが抗議したことに面食らった様子も、ムッとした気配も見せず、店長は当然のようにうなずいた。

「たしかに。謝るべきは謝らなければなりませんね。谷口香子さん、名前を間違えたのは謝ります。ごめんなさい。スタッフのみなさんも申し訳ありません。みなさんは一人残らず私の可愛《かわい》いスタッフです。一介だなんて言い方、たしかに許されるものではありません」

店長はクールに微笑《ほほえ》んでみせた。十九歳の廣原くんまでもが呆《あき》れた表情を浮かべている。店内に渦巻く怨嗟《えんさ》の嵐《あらし》に気づかず、店長はあらためて私に目を向けてくる。

「谷原京子さん、来週のイベントの準備は滞りございませんか?」

「はい。今日の夜、大西先生が何か話があるということで会うことになっていますが。おそらく最終の確認だと思います」

「そうですか。大西賢也先生にはくれぐれもよろしくお伝えください。必要とあらば、私も同席いたしますので」

「あ、それは大丈夫です」

あなたが来たらまとまるものもまとまらなくなります。その言葉をグッと堪《こら》えて、丁重に申し出を断った。

「そうですか。ならば、そちらはあなたにお任せいたします。それではみなさん、今日も一日張り切ってまいりましょう！　モタモタしている時間はございませんよ！　新生〈武蔵野書店〉の転生は目の前に迫っているのです」

ああ、これでやっと解放される——。そんな私の心の声を、本屋の神さまはきっと油断と受け止めた。

「ああ、それから谷原京子さんと、磯田真紀子さん。お二人に近くご来客がございます。ご対応の方よろしくお願いいたします」

「どなたですか？」と、わざわざ尋ねるようなことでもない気がするが、磯田さんが不思議そうに首をひねった。

店長はなぜか誇らしそうに胸を張る。

「五反田パブリッシングの編集さんと営業さんだそうです。まだ本部から話が来ただけですのでくわしくはわかりませんが、敏腕書店員としての私の鼻はひくひくしていますよ。これは何やらただ事ならぬ予感を抱かせます」

高笑いする店長を無視して、磯田さんは私に目を向けてきた。私も強くうなずき返す。〈五反田パブリッシング〉という出版社の名前に、二人とも思うことがあったからだ。

店長が「さ、仕事、仕事です。今日も楽しい仕事です！」と手を叩《たた》きながら去っていくのを見届けてから、磯田さんが震える声で尋ねてきた。

「五反田パブリッシングの営業さんって、谷原さん面識あるんですか？」

「いやいや、ないよ。面識どころか磯田さんに『ステイフーリッシュ・ビッグパイン』を紹介してもらうまで、そんな出版社があることも知らなかった」

「ですよねぇ。創業して間もない版元だそうですし」

「そもそもあれが最初の小説だっていう話だったしね」

「え、その版元の人が何をしに来るんですか？　編集さんと営業さんが二人で来るとか、ちょっと普通じゃないですよね？　『ステイフーリッシュ――』があんまり売れてないから文句を言われたりするんですかね」

「まさか。そんなことないと思うけど」

「じゃあ、なんですか？」

「知らないよ、そんなの。『ステイフーリッシュ――』の続編が出るとか？」

「続編なんて出しようのない本だって谷原さんも知ってるじゃないですか」

「それはそうだけど」

「ええ、なんだろう。超こわいんですけどー」

すべての書店員がそうだとは言わないけれど、少なくとも〈武蔵野書店〉吉祥寺本店のスタッフは揃《そろ》いも揃って人見知りだ。版元の営業が顔を出さなきゃ出さないで不満を言うくせに、初対面の誰《だれ》かがやって来るとなると途端にバタバタしてしまう。

「ああ、イヤだ。憂鬱《ゆううつ》、憂鬱」と呪文《じゅもん》のように唱えながら、磯田さんは逃げるように自分の持ち場へ去っていく。

私は少しの間その場から動けなかった。次なる面倒が舞い込んできたのだという確信があって、私もまた憂鬱を押し殺すことができなかった。

自分にはまだ荷が重い。もう少し経験を積みたい。今回は店長の職を辞退したい。絶対に「ドジでのろまな亀」なんて言っていないが、自分が下したあのときの決断に悔いはない。

しかし、私の選択を仲間たちは支持してくれなかった。磯田さんは「はぁ？　なんですか、それ。めちゃくちゃ冷めるんですけど」と突き放すように口にし、若い廣原くんには「谷原さんが作るお店で働けるの、楽しみだったんですけどねぇ」とガッカリされ、真っ先に報告した小柳真理さんからは「あんたは私の失敗を誰よりも間近で見てたんでしょう。それ以上の経験はないんじゃない？」と諭すように言われ、親山本猛派の筆頭と思っていた山本多佳恵さんにまで、かつて見たことのない顔でこんな言葉をかけられた。

「私は、谷原さんに限らず、誰かが下した決断を批判したいとは思いません。それが本当に自分の頭で考えて、導き出された決断なら、他のみんなが非難することであったとしても支持したいと思っています」

「ちょっと待ってよ……。山本さん？」

「だから、聞きたいんです。それって本当に谷原さんの魂が下した決断なんですか？　荷が重いとか、まだ早いとか、谷原さんっぽいという気がしません。ネットを開けば出てくるような言葉を谷原さんの口からは聞きたくないんです。なんていうか、もっと好きなように荒ぶっていて欲しいんです。私が思い描く谷口香子という人は、そういう女性なんです」

まるで店長が乗り移ったかのような名前の間違いに意識は向かなかった。山本多佳恵さんの口にしたストレートな批判を、私は正面から受け止めた。

壮大な勘違いから気持ちの傾きかけた柏木雄太郎新社長には絵に描《か》いたように失望され、その一人息子である雄介からは「だから谷原はダメなんだよ！　書店員が店を自分色に染められるチャンスなんて下手したら二度とないからな！」と、罵声《ばせい》を浴びせられた。私の決断を認めてくれたのは、店長補佐からの返り咲きが嬉《うれ》しくて仕方のない山本猛店長だけだった。

「そうでしょう、そうでしょう！　だから私は言い続けていたのですよ。いや、私だってあなたに実力がないと言うつもりはございませんよ。ですが、さすがにまだ早い。この私ですら店長の重責を担ったのは三十五歳のときだったんですから。英断ですよ、谷原京子さん！」

天にも昇るような表情で自らの返り咲きを喜んで、店長は次々とリニューアルオープンに向けてのアイディアを出してきた。

「いっそコミックスの専門店にしましょうか」や、「常に私がレジに立っている店なんてどうでしょう?」といった企画には「やれるもんならやってみろ」と思う程度で、リアリティに乏しかったが、作家を呼んでのトークショーだけは気分が乗った。

私が〈武蔵野書店〉に就職して一番盛り上がったイベントは、やはり大西賢也先生を招いてのトークショーだった。スタッフのみならず、お客様や出版社の方々、メディア関係者まで含めての一体感は形容のしがたいものがあった。

あれから四年、自分よりもずっと若いスタッフが何人も入ってきてくれた。この苦しい状況でがんばってくれている彼ら、彼女らにも、あのときのような経験をさせてあげたいという気持ちがある。

そしてもう一つ思うのは、やはりあれから四年ということだ。前回イベントを開催した日からわずか四年で、世界はその色を変えてしまった。あの日、当然のようにたくさんの人たちが店に詰めかけ、その人いきれで息苦しいほどだったことが遠い昔のことのように思える。新種の感染症はその姿形を少しずつ変えながらも、いまも社会のど真ん中に我が物顔で居残っている。

マスクをつけるべきか、外すべきか。出歩かないことが正義なのか、そうじゃないのか。この三年の間に様々な言説が現れては消えていき、その一つ一つに一喜一憂しながらも、私はこの店に留《とど》まり、お客様に本を届けている。

果たしてそれが正しいことなのかもわからない。ひょっとしたら私たちが店を開けていたせいで苦しい思いをした人がいるのかもしれない。「いまは店を閉めるべきだ」と、上の人間に進言するべきだったのかもしれない。

思考だけは停止させまいと自分に言い聞かせつつ、それでも私が店に立ち続けることを選択したのは、他でもない。そういう書き手の存在を知っていたからだ。

親父《おやじ》がかたくなに開け続けた〈美晴〉のカウンターで、あの時期、大西賢也先生こと石野恵奈子さんは鬼の形相で筆を走らせていた。

「すごいですね、石野さん。ほとんど毎日ここにいますね」

同じく毎日のように実家に帰り、なんとなく親父の仕事を手伝っていた私は、あるとき石野さんに尋ねた。

仕事が一段落したときを狙《ねら》ってのことだったが、石野さんは険しい表情を浮かべたまま手元の原稿用紙を見続け、私を一瞥《いちべつ》もしなかった。そして、ポツリと言ったのだ。

「いまの私にできることは書くことしかないから」

石野さんは私の返事を待たずに続けた。

「私、昔から嫌いだったの。何か大きな事件や災害があったときに、心を痛めるのは当然のことだと思う。だけど、自分の無力感を呪《のろ》っているだけで思考停止に陥る人間が苦手だった。ボンヤリしてたって何も突き進んでいかないじゃん。泣いているだけじゃ現状は打破できない。だったら私は書くよ。どっちにしたって書くことでしか切り拓《ひら》くことのできない人生を送ってきたわけだし。書くしかないって知ってるから」

「で、でも、それは——」と、何か言い返したかったわけではなかったのに、思わず口をついて出た。

石野さんがはじめて顔を上げた。その怪訝《けげん》そうな表情に怯《ひる》みそうになったけれど、私は覚悟を持って口を開いた。

「でも、いま物語ってホントに必要とされてるんですか？」

「そんなの知らないよ。されてるんじゃないの」

「だって、いまって現実が空想をはるかに凌駕《りようが》しちゃってるわけじゃないですか。私、去年の今頃《いまごろ》はこんな日常がやって来るなんて想像もしていませんでしたよ。毎日毎日何かを塗り替えられるように新しい情報が入ってきて、なんかずっと浮き足だって生きていて。こんな状況でも物語って本当に求められているんですか？　どうして去年までと同じ物語が、今年も通用するって私たちは思っているんですか？」

「何、京子ちゃん。いま小説読んでないの？」

「すみません。あまり読めていません。私、自分自身にイヤなことがあってもわりと平気で本を読めるタイプなんですけど、すみません。今回はほとんど読めていません」

「そうか。だとしたらそれは私たちの敗北だ」

「敗北」

「そう、書き手の敗北。私はいまこそ物語の出番だとわりと本気で信じているから。内容が直截《ちよくせつ》的なものであるかどうかなんて関係ない。いまの世の中を過去の書き手が見通せていたかもどうでもいいと思ってる。ただ、こういう有事にこそ読者に寄り添っていられる希望の物語を書いていたいって私は思ってやってきたから。私は嘆かないし、怯《おび》えない。嘆きたくなったり、怯えそうになったりしたときにがむしゃらに書いていられる小説家でありたい。読者はいるって信じてるし、次の有事に必要とされる小説をいまこそ書いていたいって本気で思ってる」

いつもの〈美晴〉がまるで違う場所のようだった。しんと張りつめた空気の中で、私は唇を嚙《か》みしめた。

そうしていなければすぐにでも泣いてしまうのがわかったし、いまこのタイミングで涙を見せるわけにはいかないと思ったからだ。

「ごめんなさい。出過ぎたことを言いました」

「全然。読者の生の声が聞けて嬉しいよ」

「やっぱり強いんですね、石野さんって」

「何が？」

「そんなふうに立ち向かうことができて。自分のやるべきことを理解していて。正しく祈っていて。自分を信じられて」

「何それ。そんなの京子ちゃんだって一緒じゃない」

「私は違いますよ。家にいたらテレビばかり見ています。ニュースを見て、震えて、勝手に落ち込んでます。それこそ石野さんの言う通り、自分の無力感を呪うだけで、何も動こうとしないんです。奮い立つことができないんです」

石野さんは呆れたように息を漏らした。

「あのね、京子ちゃん。もし私がそんなに強い人間だったら〈美晴〉なんかで書いてないよ。家にいたらあなたと同じようにテレビを見ちゃうし、テレビを見たらあなたと同じように震えちゃう。それがわかってるから、ここに来る。ここに来て書くしかないの。ね、大将？」

「幸か不幸か、いまは客がほとんどいないからな。石野さんはお友だちということで好きなように使ってもらってるよ」

「ちなみにあなたのお父さんもきっと同じよ。いまは客なんて来ないってわかっているけど、ここに立つのが自分の使命だと信じている。家でただ心を痛めているくらいなら、自分のできることをしようとしている」

「いや、俺は普通に客が来るって信じているだけだぞ」

「いずれにしてもそういうこと。世界がどう変容しようと、私たちにはやるべきことがちゃんとある。無力感を呪ってたって仕方がない。正解かどうかなんて考えても仕方がない。目先のことをするだけなの。そうやって時代と対峙《たいじ》するの。わかるよね、京子ちゃん」

あの頃《ころ》、石野さんは一心不乱と表現するしかない様相でひたすら原稿用紙に言葉を刻んでいた。そして出版元も決めないままに書き下ろされた渾身《こんしん》の一作『爆風《ばくふう》』の初稿を、石野さんはかなり早い段階で私に読ませてくれた。

ハッキリ言って、圧巻の出来だった。内容はテロリストの汚名を着せられた少女が自らの冤罪《えんざい》を晴らすために警察と対峙するというもので、これまでの大西賢也作品と劇的な違いがあるわけではない。時代の特定がされているわけでなく、だから道行く登場人物たちがみんなマスクをつけているわけでもないのだけれど、この物語は間違いなく新しい世界を生きる、生きざるを得ない私たちに向けられたものだった。

石野さんの許可を得て、〈美晴〉でのやり取りを知らない磯田さんにも読ませてみた。磯田さんも似たような感想を口にした。原稿用紙で八百枚を超える初稿を一晩で読み切った上で、デビュー作に近い熱量を感じたと言い、『店長がバカ過ぎる』以降の大西賢也の勢いに言及して、最後にこうつけ足した。

「これって完全に希望の物語ですよね。少なくとも私はそう受け止めました。こんなに悲しい話なのに、なんでだろう、明日もまたがんばろうって思えたんです」

初稿の段階ですでに完成していると思われた作品に、石野さんはひたすら手を入れ続けた。早く読者に届けたいという私たちの心を弄《もてあそ》ぶように版元も発売日もなかなか確定しなかったが、どういう因果か、七百枚弱にまで削られた大西賢也先生の勝負作『爆風』の刊行は、大手の〈往来館《おうらいかん》〉から、〈武蔵野書店〉吉祥寺本店のリニューアルオープンの時期と前後した三月末と決まったのだ。

店長から「作家を呼んでトークショーをしましょう」と声をかけられたのは、そんな情報が伝えられた直後のことだった。

多忙であることや感染症を理由に断られることも覚悟していたが、石野さんには真正面からお願いした。「うん、やるよ。京子ちゃんの新店長就任祝いという形なら美しかったけど」という返事に思うところはあったが、石野さんが大西賢也先生として私たちの店に立ってくれることが幸せに思えてならなかった。

イベントをすること自体には前向きでいてくれるものの、基本的に石野さんからアイディアが提示されることはなかった。「それを考えるのが京子ちゃんたちの仕事」と突き放すように言うだけで、こちらからの「どんなイベントにしたいですか？」「どんなテーマでトークをしたいですか？」といった問いには関心を示さない。

それならばと、私は磯田さんと入念に準備をした。「このような会場設営で」「このくらいのお客様の規模で」「店長からこんな質問を」「可能なら大西先生からこんな話を」といった報告や提案を、石野さんは文句一つ言わずに受け入れてくれていた。

イベント当日まで一週間を切り、あとは当日、大西賢也先生としてステージに上ってもらうだけというところまでお膳立《ぜんだ》てはできていたのだ。それなのに……。

二日前の夜、石野さんの方から突然電話がかかってきた。

『ああ、京子ちゃん。ごめんね、夜遅くに。あのさ、ちょっとイベントのことで話したいことがあるんだけど』

「え、なんですか？」

『電話で説明するのはちょっと難しいから直接会って伝えるよ。ごめんね、だったらもっと早く話せよってことなんだけど、なんか急に思いついちゃって』

石野さんは悪びれる様子もなく用件を伝えると、『それじゃ、明後日《あさって》』と、私の予定も聞かずに一方的に電話を切った。

静かなため息がひとりでに漏れた。かすかに熱を帯びたスマホを握りしめたまま、いったい何を伝えられるのだろうと、私は意味のない想像を巡らせた。

緊迫の打ち合わせを演出するかのように、〈美晴〉のカウンターには石野さんしかいなかった。

を振った。

「すみません。遅くなりました」

石野さんは読んでいた紙の束からあわてたように目を離し、老眼鏡を外しながらかぶりを振った。

「全然。いま京子ちゃんが忙しい時期だってわかってるし。っていうか、もう帰ってきちゃって大丈夫だった?」

「はい。今日はとくに本の持ち運びが多かったので腕がプルプルですけど。やるべきことはやって来ました」

「そうか。そうしたらおいしいものいっぱい食べよう。とりあえずビールでいいよね? それと大将、なんか適当にお刺身と何品かちょうだい。ポテトサラダと、エビチリはマストで」

何屋やねん! という心の声はとっくに聞こえなくなっている。すぐに出されたキンキンに冷えたビールで乾杯して、私は何かに煽《あお》られるように一杯目をのみ干した。

「あら、ヤダ。すごい飲みっぷりね、京子ちゃん」

「いやぁ、今日はめちゃくちゃ汗かいたんで。ビールがおいしいです」と、私は緊張していることを隠して、二杯目に口をつける。

石野さんは微笑ましそうに私を見つめながら、単刀直入に言ってきた。

「ごめん。今日来てもらったのは他でもないの。来週のトークショー、いまさらで申し訳ないんだけど、ちょっと内容を変更してもらっていい？　どうしてもやってみたいことがあって」

「それはかまわないんですけど。どんなことですか？」

「あのね、もう一人小説家を呼んで欲しいの。その人とトークショーをしてみたいの。まだ若い書き手だし、どれくらい話せる人かもわからないんだけど、私がちゃんとリードする。作家を呼ぶのも、トークの内容も私がすべて引き受ける。告知も必要ない。私のファンならたぶんみんな喜んでくれる。あなたたちにとっても悪い話じゃないと思うんだ。必要というなら、私から店長に話をつけるから」

「い、いや、ちょっと待ってくださいよ。なんか一気にいろんなことを言われすぎてパンクしそうなんですけど。あの、大前提としてもう一人作家さんを呼んでトークショーをしてもらうなんて私たちとしては夢のような話です。そこについては問題ないんですけど、その方はどなたなんですか？」

私の問いかけに、石野さんは一瞬躊躇《ちゅうちょ》する素振りを見せた。その反応に息をのんで、私は勢いに任せて続けた。

「だって、石野さんって小説家の友人なんていないんですよね？　できれば関《かか》わっていたくないって言ってたくらいじゃないですか。だとしたら、石野さんはどなたとトークショーをされるんですか？」

石野さんは瞬《まばた》きもせずに私を見ていた。身動《みじろ》ぎ一つ取らず、息まで止めて。それでもふっと小さな息を漏らしたかと思うと、隠しても仕方がないというふうに最後はあっけらかんと言い放った。

「マーク江本」

「は、はぁ？」

「もちろん知ってるでしょ？　『ステイフーリッシュ・ビッグパイン』、京子ちゃんから教えてもらったんだもんね」

「いや、もちろん知ってますけど」

「彼女と、私のファンの前で話がしたい」

「いや、そ、それはもちろんかまわないんですけど……。っていうか、そんな幸せなことがあるのかっていう話ですけど、なんだろう、どんな話をするんですか？」と、尋ねるべきはそんなことではないと頭では理解しながら、言葉を止めることができなかった。

石野さんはつまらなそうに鼻を鳴らす。

「それは、いまは言えないかな」

「そうですか。いや、そうですよね。私に教える義理なんてないですもんね」

そんな卑屈なことを口にしながら、私の頭は大混乱に陥っていた。たしかに『ステイフーリッシュ・ビッグパイン』を石野さんに教えたのは私だった。石野さんがマーク江本という小説家の存在を知っていることには説明がつけられるが、だからといってトークショーの相手に指名することにはつながらない。たとえどれだけ作品に惚《ほ》れ込んだとしてもだ。マーク江本さんの方からおそるおそる大西賢也さんを希望することはあったとしても、その逆などあり得ない。

だとしたら、なぜ大西賢也はマーク江本を指名するのか？

二人はすでにつながっているのか？

なんの話をするつもりか？

マーク江本も覆面作家だ。そのことも関係しているのか？

大西先生が声をかければ、マーク江本は人前で顔を見せるものなのか？

いくつもの「？」で頭の中がごった返し、考えが行ったり来たりを繰り返す。何を尋ねても答えてくれない石野さんとの会話も上の空に、脳みそがフル回転し続けた。

だから私は石野さんの言葉の中に混じっていた異物にしばらく気づくことができなかった。

「ねぇ、親父――」

「うん？」

「さっき〝彼女〟って言ったよね？　石野さん。マーク江本先生のこと、たしか〝彼女〟って言ったよね？」

私がようやくそのことに気づけたのは、石野さんが帰宅してすでに三十分ほどが過ぎてからだった。

「ああ、なんかそんなこと言ってたな」と、親父は興味なさそうに返事する。自分で尋ねておきながら、覚えているはずがないと思っていたので意外だった。

「なんで？　覚えてたの？」

「何がだよ？」

「だから、石野さんがマーク江本先生を〝彼女〟って呼んだこと」

「覚えてたっていうか、まぁ、実際に女だし」

「何が？」

「はぁ？　マークさんのこと話してんだろ？」

「なんで？」

「今度はなんだよ？」

「なんで親父まで知ってるの？　百歩譲って石野さんがマーク江本さんは女性だって情報をどこかでつかんでいたとしても、親父が知ってるはずはない」

「知ってるよ」

「ウソだよ。だって、マーク江本さんも覆面作家だもん」

「そうなのか？　そのことは知らないけど、俺《おれ》は知ってる。だって、ここに来たんだもんよ。いつだったっけ、まさにカウンターのその席に座って、石野さんと二人で話をしてた。内容までは聞こえなかったけど、なんか深刻そうな顔をして話してたぞ」

えっ……という言葉は、声にならなかった。このときになって、私はようやくいつか親父がＳＮＳに書き込んだ『〈美晴〉の反撃の狼煙《のろし》に舌鼓を打つ、二人の売れっ子作家』という文言を思い出した。石野さんと話をしている、誰かのうしろ姿。あの女性こそマーク江本だったのだ。

私は慎重に切り出した。

「マークさん、どんな人だった？」

「えらくキレイな人だったぞ」

「他には？」

「すごく若くて、マジメそうで、かしこそうな人だった。でも、あれは根暗だな。最初から最後まで一度も笑ってなかったもん」

「石野さんとマークさんがどうつながったかなんてわかる？」

「そんなの知るかよ」

「ちなみにマークさんがこの店に来たのってはじめてだったんだよね？」

「本人はそんなこと言ってたけどな」

「何よ、その含みのある言い方」

「いやな、でも俺はなんとなくそれ以前に見たことがあった気がするんだよなぁ。最近は一人で来る若い女の客も少なくないから、なんでもかんでも覚えているわけではないんだけど、あの才気走った感じは印象に残ってるんだよなぁ」

親父は独り言のように「絶対に見たことあるんだよ」と繰り返した。その声を聞き流しながら、私はバッグからペンを取り出し、手元にあったコースターに『マーク江本』と書き記した。

大西賢也先生こと石野恵奈子さんから「イベントの内容を変更してもらいたい」と言われた夜から、仕事をしていても、家にいても、マーク江本さんのことばかり考えていた。

もちろん、その旨は店長に真っ先に伝えた。店長もすでに『ステイフーリッシュ・ビッグパイン』を読んでいる。きっと大騒ぎするのだろうという予想を裏切り、店長はそのことを想像していたとでもいうふうに不敵に笑って、「承知いたしました」と言うだけだった。

磯田真紀子さんの反応は期待通りのものだった。

「は？　なんですか、それ。なんで大西先生とマークさんが？　は？　は？　谷原さん、いったい何が起こっているんですか？」

磯田さんの言いたいことはよくわかる。まったくもって同感だ。どうしてみんなが冷静でいられるかの方がずっと不思議だ。

「本当に。どうして、こう何もかも『ステイフーリッシュ・ビッグパイン』に吸い寄せられていくんだろう」

「私、つい最近読み返したばかりなんですけど、とくに違和感はなかったですよ。あいかわらずおもしろいというくらいで」

「私だってそうだよ。あの本のどこに石野さんが反応したのかもわからない」

「大西先生とマーク江本先生はどこでつながったんですかね」

「さぁ。聞いても教えてくれなかった」

「そもそも大西先生にあの本を教えたのって谷原さんなんですよね？　そのとき何か変わったことってなかったんですか？」

「ええ、そんなこと言われても……」と言いながら、私はあの夜のことを思い出す。〈美晴〉のカウンターだったのは間違いない。たしか直前まで『やるスタ77』や『部下に告ぐ！』の竹丸トモヤについて話していた。

そこまではいつも通りの石野さんだった。しかし、次に『ステイフーリッシュ――』にゆっくり手を伸ばしたその瞬間、石野さんは真顔になったのだ。何かを思案するように口をつぐんだことも覚えている。

「どうして石野さんは真顔になったんですかね」と、磯田さんが怪訝そうに尋ねてくる。

私自身も同じことを思っていた。

「わからない。でも、なんか表紙を凝視していた気がする」

「あのなんの変哲もないパイナップルの？」

「うん。私たちがおもしろくないって扱《こ》き下ろした、あの」

磯田さんはあわてたようにその場を離れ、自分で並べた『ステイフーリッシュ――』を一冊取って戻って来た。

「何かありますかね、これ」

私たちは同時に表紙に視線を落とす。当然のことながら、あいかわらず捻《ひね》りのない装丁だ。大きなパイナップルのイラストと、『ステイフーリッシュ・ビッグパイン』というゴシック体のタイトル、〈マーク江本〉の著者名に、アルファベットの小さなルビ、『ただ世界を認めよ。私自身を認めるために――』という文言の綴《つづ》られた帯。

「何か気づきました？」

磯田さんが尋ねてくる。

「わからない。ひょっとしたら作品の中身に反応していたのかもしれない。石野さんも『おもしろそうだと思っただけ』みたいなこと言ってたし」

「そうなんですか。なんか、気になりますけどね」

「ま、私たちが悩んでたって仕方がないよ。どっちにしたって三日後にはトークショーなんだから、そのときに全部わかるでしょう。それまではとにかく目の前の仕事をがんばろう」

言い聞かせるように強く口にしたが、磯田さんは最後まで釈然としていなかった。

それからリニューアルオープンまでの三日間、私たちは「激流」と表現するのにふさわしい忙しさに見舞われることで、大西先生やマークさんについて思いを巡らさなくて済んだ。棚の配置から本の移し替え、リニューアルフェアの選書とそのPOP作り、トークショーのためのステージの設営……。

何度、もうダメだと思ったかわからない。いや、実際何度となく「これはもう本当にダメかもしれない」と声に出した。

それは私に限らず、磯田さんや廣原龍太郎くん、普段落ち着き払っている山本多佳恵さんまで言っていた。もうダメだ、もうダメだ、もうダメだ……。まるでそれが新生〈武蔵野書店〉のキャッチフレーズであるかのように、誰もが同じ言葉を繰り返していた。もうダメだ！

それでも私たちがなんとか乗り越えられた理由は、他でもない。みんなの足を引っ張り続けていた山本猛店長が体調を崩し、店に出られなくなったからだ。

いや、本人は何がなんでも出勤するのだという気構えを見せていた。

「私の書店員生活の集大成ともいう時期です！　たとえ明日この命が尽き果てようとも、休んでいるわけにはまいりません。いまの私は誰にも止めることができません！」

たったこれだけのことを言う間に、店長は八回も咳《せ》き込んだ。マスクをしているとはいえ、朝礼でその話を聞いている間、スタッフは一人残らず青ざめていた。本人は「昔から喘息《ぜんそく》持ちでして」と釈明し、たしかにこんな時代になる前から咳き込むことは多かったが、さすがにタイミングが悪すぎる。

「ちょっと谷原さん、なんとかしてくださいよ。不安で仕方がないですよ」

まるで私が悪いかのような言い方にはモヤッとしたが、磯田さんたちの不満を解消しないわけにはいかなかった。

とはいえ、いまの店長には私が何を言っても伝わらない。誰よりもリニューアルオープンを楽しみにしていて、それを自分の店長再就任の祝い事と受け止めている節がある。ただし、私は店長の言った「誰にも止めることができない」がウソだということも知っている。

その日の朝礼が終わってすぐ、私は柏木雄太郎新社長に電話をかけた。「こんな朝に、しかもこんなくだらない用件で申し訳ありません――」という切羽詰まった私の声に何かを感じ取ってくれたのだろう。新社長はすぐに本店に顔を出し、店長に自宅で安静にするよう言ってくれた。

店長はめずらしく不満を露《あら》わにした。

「いくら敬愛する柏木雄太郎社長のお言葉とはいえ、さすがにそれは承服いたしかねます」

この丁寧な言い回しの間に、二回の咳《せき》。

「言いたいことはわかります。あなたのやる気も買っています。ですが、いまは時期が時期ですので」

「イヤでございます。承服いたしかねます。私はこの日のために書店員を続けてきたと言っても過言ではないのです。お断りいたします」の間に、咳四回。

「この日のためにって、あなたはいったい何を……」と、新社長は店長に対して申し訳なさそうとも、不憫《ふびん》だともいえない表情を浮かべていたが、その後も、ああだ、こうだと書店員としての矜持《きょうじ》を並べ立てる店長に、いい加減しびれを切らしたようだ。

「いや、あのね、山本さん。さっきからあなたのおっしゃってることは全部自分のことばかりじゃないですか」

「私は私の人生を生きているのです。それの何が問題だと貴殿はおっしゃるのですか?」

「みんな不安がっていると言っているんですよ」

「だから問題ありませんと言っているのです!」

「それを決めるのはあなたではないと言っているのです!」

「貴台が決めることではないと私は申しているのです！」

「ああ、もううるさい！　あなた、こうしてしゃべっている間もずっと咳をしているじゃないですか！」という言葉にはさらに反発する気配をうかがわせたが、新社長が切り札を切るように口にした一言に、店長の勢いははたと消えた。

「だいたいあなたはさっきから誰にモノを言っているんですか！　言葉遣いばかり丁寧で、のらりくらりと。さすがの私も堪忍袋の緒が切れますよ？〈武蔵野書店〉の代表の命令が聞けないというなら遠慮なくここから出ていってください！」

久しぶりに耳にした新社長の怒声だった。店長はそれでもしばらくは頰《ほお》を真っ赤に染め、口をパクパクと動かしていたが、少しすると何かに思い至ったように手を叩いた。

「たしかに。柏木雄太郎社長のおっしゃることはごもっともです。私は少し頭を冷やす必要があるようですね。数日間は谷原京子さんに陣頭指揮を任せたいと思います。谷原京子さんもきっとそれを望んでいることでしょう」

「谷原京子」という文字に「うらぎりもののユダ」というルビが振られていそうな口ぶりだった。店長は微塵《みじん》も納得がいっていないという雰囲気を振りまきながら、最後はどこかの国の軍人か何かのように踵《きびす》を返した。

店長のリニューアルに際する意気込みは本物だ。私はそのことを誰よりも知っている。同情する思いはたしかにあったが、安堵《あんど》する気持ちの方が大きかった。スタッフたちの心配を取り除くという意味だけでなく、作業効率という面においても間違いなくいい方に作用する。

店長代理を任された私は、彼ら、彼女らのやる気をただ削《そ》がないことだけを考え、朝礼も短時間で終わらせることだけを念頭に置いた。

「とにかく、みんなでこの難局を乗り越えましょう。私たちはきっといま書店員として最高に楽しい瞬間に立ち会っているのだと思います。数年後に振り返ったとき、きっとそう思えているはずです。いまは私のこの言葉を信じて、目の前の仕事と向き合ってくださ い」

磯田さんからは「さっすが谷原さん」と茶化され、廣原くんには「やっぱり僕は谷原店長の姿を見たかったですけどね」とヨイショされ、山本多佳恵さんだけは「山本店長がちょっとかわいそうですね」と口にしていた。

ともあれ、その三日間のスタッフの一体感は見事なものだった。毎日欠かさず計五回、朝、昼、晩、晩、晩と、店長からメッセージすら綴られていないPCR検査の陰性証明の写真が送られてくることには強いストレスを感じていたが、私もいわゆるハイ状態に陥っていたのだろう。だから、その〝約束〟が頭からすっかり抜けていた。

直前まで大西賢也先生が『爆風』を刊行する〈往来館〉の営業マン、いまではすっかり信頼を寄せている山中《やまなか》さんと木梨《きなし》さんのコンビが、明日に迫ったトークショーの最終確認のために店を訪れていた。

「なんか今日お店の雰囲気すごくいいですよね？　なんだろう。やっぱりリニューアルを目前にしてみなさん士気が高いっていう感じですか？」

大学生の頃に〈武蔵野書店〉でアルバイトをしていたときから、木梨さんはいわゆる天然の気配のある子だった。

天真爛漫《てんしんらんまん》に口を開いた後輩を横目にして、あいかわらずSっ気を漂わせる山中さんが呆れたように息を吐《つ》いた。

「リニューアルどうこうってことは関係ないだろう。山本店長がいないことが理由だよ」

「あれ、そう言えば。店長さんはどうされたんですか？」

「いやぁ、なんか体調不良でね。最近ずっと咳き込んでいて」と何気なく口にすると、二人の表情がたちまち曇った。

「あ、違うの。そういうことじゃなくて、なんかこの季節はそうなることが多いらしくて。休まされてるのがよっぽど不満みたいで、ちょっとこれ見てくれる？　一日五回も陰性証明の写真が送られてくるんだよ」

安心させるつもりでスマホの画面を開いてみせたが、毎日きっかり同じ時間に同じ写真が送られてきているのを見て、二人は揃って顔を歪《ゆが》ませた。

「ま、まぁ、元気そうで何より」と山中さんが言えば、木梨さんも「え、ええ、ホントに。

店長らしくていいですね」と、強引に笑みを浮かべた。店長に対して、自分が悪い意味で鈍感になっていると突きつけられるのは誰かのこんな表情を目にするときだ。

木梨さんが気を取り直すようにして話題を変えた。

「だけど、こんなふうにお店の雰囲気を良くすることができるんなら、やっぱり谷原さんに店長の素質があるんだなぁと思っちゃいますけどね。私、見たかったですよ。谷原さんが〈武蔵野書店〉の店長になっている姿」

木梨さんは残念そうに口にする。自分の判断は正しいのか、未来の自分は後悔しないか。自問自答を繰り返し、導き出した答えだった。しかし、こうして周囲の人たちが自分に抱いてくれていた期待を耳にするたびに、あの決断に対する自信が揺らぎそうになる。

言葉に窮した私に助太刀するように、山中さんが口を開いた。

「ま、どうせ谷原さんはそのうち店長になる人だから」

「それはそうですけど」

「谷原さん自身が言うように、まだまだ学ぶことは多いんでしょ」

「そうですか？　何を？」

「そんなの、山本店長の考え方や働きぶりに決まってる」

山中さんは大真面目《おおまじめ》な顔をして言い放った。とても優秀でありながら、山中さんは山中さんでどこか抜けているところのある人だ。木梨さんはそれを冗談と受け止めたようだけれど、私は笑うことができなかった。

そんな私のドギマギした反応を見て、木梨さんはあわてたように手を振った。

「あ、ごめんなさい。私、笑う場面じゃなかったですか?」

「え? ああ、ううん。全然。普通に笑う場面だよ」と平静を装いながらも、私は二の句を継げなかった。

山中さんが弱々しい視線を向けてくる。

「正直、僕はまだ山本店長のことがつかみ切れてないんですよね。彼がとんでもない敏腕書店員なんじゃないかという疑いを捨てきることができないんです。今回のことだって、ひょっとしたら自分がいなくなることでスタッフに一体感を生み出そうとしているんじゃないかとか考えちゃうんですよね。あるいは——」

そこまでほとんど一息で言って、山中さんは口を閉ざした。木梨さんが呆気《あっけ》に取られたように声をかける。

「え? あるいは、なんですか? 山中さん?」

山中さんは我に返ったように目を瞬かせた。

「ああ、ごめん。あるいは、谷原さんに自覚を植えつけようとしているとか? 店長としての自覚みたいなもの」

「そんなことってありますか? リニューアル間際のこのタイミングで?」という木梨さ

んの高い声に、私も「そうだよね。山中さん、いくらなんでもそれは考えすぎです」と同調した。

山中さんはそれでも難しそうな表情を浮かべていたが、最後は納得したようにうなずいた。

「ま、たしかに。考えすぎなんだろうと思います、自分でも」

その後は翌日のトークショーについて入念に打ち合わせをして、見落としていることはないかと何度も最終確認をし、二人がようやく店を去ろうとする間際、私は念のためという気持ちで問いかけた。

「あの、やっぱり教えてはもらえないんですよね？　明日のこと」

二人はゆっくりとこちらを向いた。なんのこと？　という顔をしている木梨さんと、やっぱり来たか、という表情の山中さん。

私は足早に二人に近づいた。

「明日、どうして大西先生がマーク江本さんをトークショーの相手に指名したのか。どうして今日まで内容について誰も教えてくれないのか。明日、この店に本当にマーク先生がいらっしゃるのか。何一つ聞かされてなくて不安なんです。本当に大丈夫なんですよね？」

本当は不安なわけじゃない。石野さんが「来る」と言うのなら、それは必ず来るのだろう。でも、なぜイベントの主催者である私たちに内容が隠されているのかわからない。当日になったらわかることと、石野さんからも、山中さんからも何度も言われてきたことだ。

木梨さんもまた何も聞かされていないのだろう。私を見つめていた視線をゆっくりと先輩に移す。

山中さんの顔色に変化はなかった。

「それは、すみません。私の口からは言えません」

「そうですよね」

「ただ、言えることもあります。谷原さんたちは安心していて大丈夫だということです。大西先生がみなさんの再スタートに泥を塗るはずがありません。マーク江本先生も、話を聞く限りはみなさんの味方だと思います」

「そうなんですか？」

「はい。それは間違いありません」

「わかりました。では、その言葉を信じます」

モヤモヤとした気持ちは拭《ぬぐ》えなかったが、〈往来館〉との打ち合わせを終えた直後から待ってましたというふうに「谷原さん！」「谷原さん！」とスタッフから指示を求められ、一気にリニューアル作業の渦にぶち込まれた。

おかげでそれ以降はイベントのことに意識は向かなかった。途中から非番のスタッフや大学生アルバイトの子たちも合流してきてくれ、まるで高校時代の文化祭の前夜のようなグルーヴ感と酩酊《めいてい》するような盛り上がりの中、すべての準備が整ったのが十八時。私はほとんど涙ぐんでいたと思う。

「うおーっ！　みんなー、ありがとう！　本当にありがとう！」

体育会系の熱いノリが苦手で、店長が声高に求めるチームとしての一体感のようなものを毛嫌いしていたくせに、気づいたときには私はイベント用のステージに立ち、マイクまで握りしめる有り様だった。

それを非難するスタッフはいない。同じように目を潤ませている子もいたし、雄叫《おたけ》びを上げる子もいた。一部の若い男の子たちは「店、長、代、理！」「店、長、代、理！」と悪ノリして笑っている。

傍《はた》から見たら、異様な光景だったに違いない。恍惚《こうこつ》状態にあったとはいえ、私たちも当然そんなことは理解していた。その上で、この場に「傍からの目」などないと決めつけていた。

例によって本屋さんの神さまはそれを油断と受け取った。こんなにがんばって働いている私たちに、神さまはどれだけ試練を与えれば気が済むのだろう。

「谷原さん、ちょっと谷原さん！」

なかばエクスタシー状態でライトを浴びる私に、山本多佳恵さんが声をかけてくる。ふと我に返る感覚に襲われ、「うん？　何？」と首をひねった私に、山本多佳恵さんは申し訳なさそうに言ってきた。

「あ、あの、盛り上がっているところ本当にごめんなさい……。な、なんか、お客さまがいらっしゃっている、みたいです……」

山本多佳恵さんが手を差し出した方向に、ジャケット姿の二人の男性が立っていた。私が目を向けるのを確認すると、二人は同時に頭を下げてくる。

釣られるように会釈して、私はようやく思い出した。そう言えば今日だった。店長から「ご来客がございます」と聞いていた。たしかに今日だと言っていたが、あの日はそれがリニューアルオープンの前日という認識に至っていなかった。

無意識のまま汗を拭い、濡《ぬ》れた手で髪型を整え、私は「磯田さん！」と声をかけた。すでに状況を把握していたらしく、磯田さんも同じように乱れた髪の毛を直している。

私たちはあわてて二人のもとに近づいた。

「お見苦しい場面をお見せして申し訳ございません。実は明日、当店はリニューアルオープンを控えておりまして、たったいますべての準備を終えたところでして」

言い訳にもならない言い訳を口にして、私はヘラヘラと笑みを浮かべる。一緒になって笑ってくれれば救われたが、私と同い年くらいの男性二人は表情を変えなかった。

「とんでもございません。そんな大変な日に訪ねるのは失礼と認識していたのですが、どうしても今日お目にかかるしかなく……。大変お世話になっております。〈五反田パブリッシング〉の営業の佐藤《さとう》です」

「同じく編集の武田《たけだ》です」

一緒になって笑うどころか、二人はひどく緊張しているようだ。マスクに隠されていない瞳《ひとみ》は妙に血走り、私を睨《にら》みつけているようにも見える。

おそらく〈五反田パブリッシング〉の略語なのだろう。〈GP〉というロゴの入った名刺を受け取った。

「頂戴《ちょうだい》いたします。文芸書を担当している谷原と、こちらは磯田です。大変申し訳ないのですが、店長の山本は本日体調不良でお休みをいただいておりまして」

「それはうかがっておりますし、問題ございません。我々は今日お二人に用件があって参りました」

「はい、こちらもそううかがってはいるのですが……。あの、すみません。私たちに用っていったい――」

二人のあまりにものものしい雰囲気に、私の声は震えた。きっと無意識なのだろう。磯田さんが不安そうに私のモスグリーンのエプロンをつかんでくる。

営業の佐藤さんが、編集の武田さんを一瞥した。武田さんは私をじっと見つめたままのどを鳴らした。ごくりという音がいまにも聞こえてきそうな緊張感が立ち込める。私たちのただならぬ気配を感じ取っているのだろう。直前まで大騒ぎしていたスタッフたちも、みなこちらの様子をうかがっている。

武田さんが覚悟を決めたようにうなずいた。

「ご多忙のところ大変申し訳ありません。本日うかがった理由は他でもありません。こちらのゲラを読んでいただきたいのです」

そう言って武田さんが自分のバッグから取り出したのは、やはり〈ＧＰ〉のロゴの入った二通の封筒だった。

その分厚い封筒を私と磯田さんの手にねじ込むように渡してきて、武田さんは自分の役目は果たしたというふうに肩で息を吐く。

「きっと驚かれることと思います。というより、ワケがわからないことでしょう。我々も同じでした。こんな原稿を受け取ることになるなんて夢にも思っておらず、衝撃を受けました。事情を知ったいまでもずっと困惑しています。果たしてこんなことが許されるのか、こんなことが本当に可能なのか。もちろん関係各所との折衝は続けてきましたが、業界経験の浅い我々には正直まだよくわかっておりません」

磯田さんと顔を見合わせる。目の前の男の人が何を言っているのかわからない。いますぐにでも封筒を開きたい衝動に駆られたが、武田さんの目がそうすることを許してくれない。

「作家からお二人にと、たっての希望です。読んでいただけますと幸いです」

武田さんが言い終わるのを待つようにして、佐藤さんも頭を下げる。

「それでは、我々はこれで。ご多忙のところ本当に申し訳ございません。明日またよろしくお願いいたします」

「明日ですか？」

「はい。我々もイベントに参りますので」

「え？　ああ、そうなんですね」

呆然《ぼうぜん》とする私にかまわず〈五反田パブリッシング〉の二人は「失礼いたします」と、逃げるように店をあとにした。

背中にずっと熱い視線を感じていた。それを無視して、むしるようにして封を開ける。真っ先に視界を捉《とら》えたのは、ゲラの最初のページに記された『新！　店長がバカ過ぎる』というタイトルだ。

全身に汗をかきながらさらに紙を引っ張り出すと、今度は「マーク江本」という文字が目に入った。

自分の思考が追いつかない。『新！　店長がバカ過ぎる』と「マーク江本」の間に、いったいどういう関係があるというのだろう。だって『店長がバカ過ぎる』は「大西賢也」の作品であるはずで、版元は〈五反田パブリッシング〉ではなく〈往来館〉だ。何がどうなるとこういうことになるのだろう。

パズルのピースが頭の中で動いていた。何か一つでも空白にハマれば、すべてが収まるという感覚があった。そのヒントは、おそらく石野恵奈子さんの〈美晴〉での反応だ。きっと『ステイフーリッシュ・ビッグパイン』に隠されている。

本を取りに行こうと、私は呆然と振り返った。そのとき、仲間の一人と目が合った。その子のかつて見たことのないような力強い眼差《まなざ》しに、私は身動きが取れなくなる。

少し遅れて、店のざわめきが耳に戻って来た。同じようにゲラを取り出した磯田さんが「なんかもうよくわからないな」と、嘆くようにつぶやいた。

昨夜は一睡もできなかったが、頭はクリアだ。

「それでは、みなさま。大変長らくお待たせいたしました。ただいまより〈武蔵野書店〉吉祥寺本店リニューアルオープン記念、大西賢也先生のスペシャルトークショーを開催いたします。私は本日進行を務めさせていただきます、店長代理の谷原京子と申します。店長の山本は本日体調不良のため欠席させていただいております――」

原稿は頭に叩き込んであったが、マイクを持つ手はおもしろいように震えた。感染対策として前回より席を間引きし、総勢で三十名ほど。もちろん大半は大西先生のファンであったが、本当に一部、お店のファンも集まってくれた。石野さんに口止めされ、あえて告知しなかったこともあり、さすがにマーク江本さん目当ての人はいなそうだ。

新しいレイアウトの店に拍手の音が鳴り響く。今後、店の造りに不満の声は聞こえてくるに違いないが、少なくともスタッフの心は躍っている。ここでまた次の物語をお客様に送り届けるのだ。ここでまた新しい物語が生まれるのだ。

「それでは、早速ではございますが先生をお呼びいたしましょう。大西賢也先生、壇上にお越しください」

最後部の座席に腰を下ろしていた石野恵奈子さんがのっそりと立ち上がった。脇《わき》の通路を進む間、あれほど声を上げるのは禁止と伝えていたのに「よっ、賢也先生！　待ってました！」という歓声が飛び、お客さんたちが笑い声を上げた。よりによって自分で応募し、十倍近い倍率をかいくぐって来ていた親父だ。

石野さんは颯爽《さっそう》とステージに立つと、マスクを取って「どうも」と手を上げる。大西賢也先生が女性であることに驚くファンはもういない。

「ええと、みなさん。ご無沙汰《ぶさた》しております。大西賢也です。今日は私の新刊『爆風』の刊行イベントに……ではなくて、私の愛する〈武蔵野書店〉本店のリニューアルイベントにお越しいただき、ありがとうございます。ワケあって〈武蔵野書店〉の依頼は断ることのできない、覆面作家の大西賢也です」

再び笑いが巻き起こる。顔を出しながら「覆面作家」を名乗っていることも、『店長がバカ過ぎる』の一件で〈武蔵野書店〉に借りがあることも笑いどころだ。

私も一緒に目を細めたが、マスクの下は引きつったままだ。これから起きることを想像してしまうと……、いや、あいかわらず何も想像することができなくて、胃が押しつぶされそうになっている。

「どう？　京子ちゃん。新しいお店の出来は。感慨深い？」

一通りリニューアルの感想を述べてくれたあと、石野さんがステージから尋ねてきた。私が『店長がバカ過ぎる』の主人公、谷口香子ちゃんのモデルと知っている大西賢也先生のファンから、二人のやり取りに温かい拍手が送られる。

「そうですね。これはもう間に合わないと何度も諦《あきら》めかけた分、感慨深いかもしれません」

「ハハハ。もうダメだって？」

「そうですね。こんなの絶対にムリに決まってるじゃんって腹を立てた瞬間はありました」

あえて谷口香子ふうに毒を吐く。

「わかるわぁ。私だって締め切り間際はいつもそうだもん」

「でも、大西先生のような実力が私たちにはありませんから」

「は？　何それ？　私がプロの書き手であるように、あなたたちはプロの書店員でしょう？　そこに差なんてあるわけないし、もっと言うと私に実力なんてないし。毎月信じられないほど追い込まれてる。自分に力がついてるかなんてわからない。駆け出しの頃と何も変わらない。っていうか、私はいまも自分を駆け出しの小説家だと思ってる。本当に」

普段の石野さんを知っている私は、それが冗談でないことを知っている。原稿に向かっているときの石野さんはいつも本当に苦しそうだし、0から1を生み出す作業に新人もベテランもないのだろう。

しかし、客観的に見れば大西賢也はデビューして四十年を迎えた大御所だ。当然ファンは大西賢也のジョークと受け止め、笑い声を上げた。その反応が本当に不服そうで、唇をすぼめる石野恵奈子さんはそれこそ新人のように愛らしかった。

それからさらに数分間、大西先生は店の印象や、新作『爆風』について話をした。それはおそらくこの場に居合わせた〈武蔵野書店〉の柏木雄太郎新社長や〈往来館〉の社員に対する義理立てであったはずだ。話したいことは他にある。

そして、ついにそのときが訪れた。店が静まり返った一瞬の隙《すき》を縫うようにして、大西賢也先生は右手から左手にマイクを握り替えた。

「ええとですね、それでここからが今日の本題です。というか、みなさまにご紹介したい人がいます。この人もまた覆面作家ですし、そもそもデビューしてまだ日が浅いので、みなさんはご存じないかもしれません。いま私が一番注目している若手作家です。デビュー当時の私なんかよりずっと力はありますし、今後の文壇を背負っていく存在になると思っています。デビュー作の『ステイフーリッシュ・ビッグパイン』という作品は、それほどすごいものでした」

大西先生が突然何か言い出したと、お客様たちの間に動揺が走る。事前に配っていた台本にない進行に、店のスタッフも、柏木雄太郎新社長も呆気に取られた顔をした。業界最大手の〈往来館〉と、新興〈五反田パブリッシング〉の面々は揃って緊迫した雰囲気を漂わせている。私は額の汗を無意識に拭っていた。見渡す限り、この場にマーク江本先生らしき人はいない。でも……。

大西先生は大きく天井を仰いでから、おもむろに腕を振り上げた。

「それではご紹介いたします。マーク江本さんです。みなさん、大きな拍手を！」

ざわめくお客様に、視線をキョロキョロさせるスタッフたち。そのとき、後方の自動扉が音を立てずに開いた。入り口付近に仁王立ちしたのは、いつになく厳しい表情を浮かべている店長と、中年の女性。マスク越しに口もとを押さえているその女性に、私はハッキリと見覚えがあった。

え、彼女が若手作家なの？　誰もがそう思った、次の瞬間だ。

「え、何やってるんですか？　いや、ちょっと――！」

廣原龍太郎くんの大きな声が轟《とどろ》いた。お客様の視線が入り口から、店にいた一人の女性にいっせいに移る。彼女はモスグリーンのエプロンを軽やかに脱ぎ捨てると、大きな足音を立てて大西先生のもとへと向かっていった。

　正直に言えば、案の定……という気持ちの方が大きかった。何がどうしてこういうことになっているのかは見当もつかないけれど、彼女以外に考えることはできなかった。

「何をしてるんですか、山本多佳恵さん――！」

　廣原くんの叫び声に身体《からだ》を震わせ、中年女性は……、山本多佳恵さんのお母さんはついにその場に泣き崩れた。

　父は、仲間たちは、お客様たちは、ただただ呆然としている。

　店長はじっと腕を組み、鋭い視線をステージの上に向けている。


　昨夜、私は家に帰ってすぐに〈五反田パブリッシング〉の二人から預かった『新！　店長がバカ過ぎる』のゲラに目を通した。そして「衝撃」などという言葉では言い表せない、頭を鈍器でかち割られたかのようなショックを受けた。

　これが仮に大西賢也先生の作品であったとしても、私は驚愕《きょうがく》したはずだ。石野さんは「絶対に『店バカ』の続編は書かない」と、以前のように根掘り葉掘り店について尋ねてくることはなかったし、警戒したつもりはなかったけれど、私もあまり愚痴を吐露していなかった。

　それが、どういうわけか。『新！　店長――』もまたインサイダーな情報にあふれていた。前作と同じく……という表現が正しいかはわからないけれど、主人公はやはり谷口香子で、磯玉紀子さんや大柳真理子《おおやなぎまりこ》さんといったおなじみのキャラクターも登場してくる。廣山龍次郎《ひろやまりゅうじろう》くんや山本多佳子《やまもとたかこ》さんといった人物も新たに登場し、店長もそのままの特異性を有して物語の中で躍動していた。舞台も同じ、吉祥寺の小さな書店〈武蔵台書店《むさしだい》〉だ。つまりは『店長がバカ過ぎる』の世界観をまるごと踏襲し、『新！　店長がバカ過ぎる』は描かれていたのである。

誰だ、誰だ、誰だ……というマーク江本に対する疑問は、しかし読み進めていくうちに少しずつ薄れていった。

一文目からインパクトは絶大だった。

『わずか十分前のことだった。私はたしかにこう聞いた。

「こんな時期ですのでね。朝礼は手短に済ませようと思っています――」

三年ぶりに再会した部下たちに対する挨拶《あいさつ》でも、はじめて顔を合わせるスタッフへの自己紹介でもなかった。

そんな前振りから朝礼を始めた山本剛《やまもとつよし》元店長に……』

あの日の苛立ちが瞬時によみがえった。まるで私自身が書いたのではないかと疑いたくなるような心理描写。「ああ、すごいわ、これ」と、この作品をただの模倣ではないと捉えたときには物語の世界に没入していた。誰が書いたかなど気にならなくなり、私は「私自身の物語」に夢中になった。

前作と同じく全五章で綴られていたのは、身に覚えのあることばかりだった。決して閉じることのない、終わりの見えない書店員生活に対する不安に、つかみどころのないアルバイトスタッフへの気遣い。年齢を理由に結婚を急《せ》かしてくる父親のおせっかいと、新社長に淡い恋愛感情を弄ばれての大きな誤解、新店長に抜擢《ばってき》されそうになったこと。そして『ステイフーリッシュ・ビッグパイン』を思わせる、主役と脇役が見事に入れ替わった店長と私の物語。それらすべてを紡ぐ縦軸は、大西賢也先生が描いたのと同じく、書店や書店員に対する賞賛だった。

一気に読み終えたときには、朝五時になっていた。頭の芯《しん》がじんじんするのを感じながら、長く放《ほう》っておいたスマホを取った。

磯田さんから『起きてませんよね？』というメッセージが送られてきていた。一時間前のことだった。磯田さんはいつも私より読むのが少しだけ早い。

もう起きてないだろうな……と逆に思いながら、私は『起きてる』と返信した。磯田さんからのさらなる返信はすぐに来た。

『読みましたか？』

『うん。読んだ』

『ね。私、やっぱり店長になるべきだったんじゃないかってはじめて思った』

『これ、山本多佳恵さんですよね、書いたの』

『まぁ、おそらくそうなんだろうね。それしか辻褄《つじつま》は合わないもんね』

『なんか疲れましたね。もう朝ですよ』

『少しでも寝ておいた方がいいよ』

『目ギンギンに冴《さ》えちゃってるんですけど』

『それでも少し横になって。明日に差し支《つか》えるから』

マーク江本としてステージに上がった山本多佳恵さんは、じっと床を見つめていた。これが素の姿なのだろうか。いつもの飄々《ひょうひょう》とした感じは見る影もなく、こちらが不安になるほど緊張している。


石野さんが山本さんの華奢《きゃしゃ》な肩に腕を回した。

「それじゃあ、マーク先生。自己紹介いってみようか」

「え？　あ、はい……。あの、山本多佳恵……ではなくて、マーク江本と申します」

「何？　いま一瞬本名っぽいの聞こえちゃった気がするんですけど。気のせい？」と、石野さんは目いっぱいおどけてみせるが、会場のウケは今一つだ。お客様も山本さんの緊張に当てられてしまっていることに加え、なぜ大西賢也がこの無名作家に肩入れするのかに意識を持っていかれてしまっている。

石野さんはやりづらそうに鼻先を掻《か》いた。

「ええと、そうしたら私からマーク江本さんについて少し紹介させてもらいますね。どうして私が彼女に注目しているのか、それは彼女こそが自分の後継者であると信じるからです」

一瞬の間があって、客席が小さく湧《わ》いた。「ちょっと、あの……」とあわてて顔を上げた山本多佳恵さんを手で制し、石野さんは矢継ぎ早に言葉を連ねる。

「いや、ちょっと言い方が違うかな。そんなことを言ったら、マーク先生が気を悪くしてしまいますもんね。ある一冊の本において、彼女は私の意を完全に汲《く》み取ってくれました。もちろんそんな経験をこれまでしたことなかったんですけど、小説家としてそれはとても栄誉なことで、大変嬉しかったんです。ちょっと何言っているかわからないですよね。ええと、そうしたら五反田パブリッシングの方、どこかにいます？」

すっと手を上げた佐藤さんと武田さんに向け、石野さんは「マーク先生の新刊、私が明かしちゃってもいいですか？」と問いかけた。目を見合わせた二人がうなずくのを確認して、あらためてマイクを口に近づけた石野さんを、今度は山本多佳恵さんが制そうとする。

「あ、あの……、ごめんなさい。それ、私から言ってもいいでしょうか？」

「もちろん、もちろん。でも、お客さんたちみんな焦《じ》れてるから早くしてね」

「あ、はい。ごめんなさい。ええと、そうしたら私にとって二冊目となる本が再来月に出ます。版元は〈五反田パブリッシング〉さんで、タイトルは『新！　店長がバカ過ぎる』っていいます。あ、もちろん大西賢也先生の許可はいただきました」

「推薦文書きまーす」

「私にとってとても大切な作品です。というか、これを書きたいがために、いろんなことをしてきました」

「たとえば？」

「あの、もちろん〈武蔵野書店〉でアルバイトさせてもらったこともそうですし、店でキャラクターを必死に演じていたこともそうです。でないと緊張しちゃってみなさんとお話なんかできなかったですし、観察もできなかったと思います。あとは、そもそもこの本を書きたくて、その練習として書いたのが『ステイフーリッシュ・ビッグパイン』だったこととか──」

「あ、ちなみにこっちも傑作なので再来月までに読んでおいてください。宿題ー」

「もっと言うと、ずっと引きこもっていた部屋から出てこられた理由でもありました。私が部屋から出てこられたのは、大西先生の『店長がバカ過ぎる』を読んだからなんです。

自分の目でモデルの本屋さんを見てみたいと思ったし、はじめてこの店を訪ねたときは、大西先生をズルいと感じました」

「ズルい？　どうして？」

「私もこのお店を書きたいと思ったからです。このお店のスタッフさんを書いてみたいと思ったからです」

「へぇ、おもしろそうな話。じゃあ、その辺りのことをテーマにして、そろそろトークショーを始めようか。ちょっと誰かマークさんの分のイスも持ってきて」

石野さんが挑発的に微笑んだ。覚悟を決めたように山本多佳恵さんもうなずく。そうしてステージの上で向かい合って、二人が語り始めたのは『店長がバカ過ぎる』で、そして『新！　店長がバカ過ぎる』でそれぞれが綴った、書店への、書店員への感謝や期待、労《ねぎら》い、それらすべてをひっくるめた愛ともいうべき話だった。

石野さんに引っ張られる形で、山本多佳恵さんも慈しむように言葉を紡いでいった。たどたどしくはあるものの、それはどこから見ても若い小説家そのものという姿だった。それでも、山本多佳恵さんが私たちの仲間であることに変わりはない。仲間の一人が才能のある書き手であったということに、私は言いようのない誇らしさを感じずにはいられない。

ふと見ると、店長も誇らしそうにステージを見つめている。入り口のそばに近づき、小声で問いかけた。

「いつ気づいたんですか?」

店長は「何を?」と尋ねてこなかった。

「わりと早い段階です」

「だからいつ?」

「たしか、あなたたちが熱心に読んでいた『ステイフーリッシュ・ビッグパイン』を手に取ったときだったと思います」

「なぜ?」

「なぜって、あのルビを見たらバカでもピンと来るでしょう」

「ルビって、どういう意味ですか?」

「はい? 谷原京子さんはいったい何をおっしゃっているんですか」

店長ははじめて私に目を向け、怪訝そうな雰囲気をこれでもかと振りまきながら自分のバッグを漁《あさ》り出した。中から出てきたのは、いったい何度読み返したのだろう、四隅のすっかり丸くなった『ステイフーリッシュ・ビッグパイン』。

「これが何か?」

私は見慣れた表紙を凝視した。店長はこれ見よがしにため息を漏らす。

「だからルビだと言ってるじゃないですか。このアルファベットのルビ。こんな表記ってありますか? さすがにすぐピンと来ましたよ。次の日に山本多佳恵さんにぶつけてみたら『絶対にみなさんには言わないでください！』って大騒ぎされちゃって。いやいや、さすがにみなさん気づいているでしょうと思ったんですけど、私も大人ですからね。若い方の茶番劇につき合ってあげました」

もう一年近く前の出来事だ。開店直前という時間帯に二人が大騒ぎしていたことがあった。「えーっ！　それは本当の話でございますか！」と、声を上げる店長と、「ちょっと、店長さん！　だから、しーですって！　しーっ！」と、やはり大声を上げていた山本多佳恵さん。その日の二人のやり取りを思い出しながら、私はあらためて表紙を見つめた。

そして、静かに息をのんだ。本当だ。たしかに表記がめちゃくちゃだ。ひどいと言っていいだろう。消え入りそうな小さな文字とはいえ、そんなの言い訳にならない。

「マーク江本」の名前の下に、こんなアルファベットが綴られている。

〈Ｍａａａｋ　Ｙｅｍｏｔｔｏ〉

メモに書き写すまでもない。どうせ〈Ｙａｍａｍｏｔｏ　Ｔａｋａｅ〉になるのだろう。石野さんは〈美晴〉のカウンターで一発でそれを見抜いたのだ。見抜いた上で、本を読み、おそらくは出版社を通じて自ら山本多佳恵さんに接触した。

場所はやはり〈美晴〉である。呼び出された山本多佳恵さんは、きっとその場で『新！店長――』についての話をした。これから書きたいと伝えたのか、それともすでに書いているのと明かしたのか。

そんな緊迫した状況であるとも知らず、親父は二人の様子を隠し撮りし、悠長にも自分のSNSにアップした。言われてみれば、なるほど、山本多佳恵さんは笑っていなければ才気走った美人に見える。つかみどころがないという先入観が目まで曇らせていたようだ。パズルのピースがピタピタとはまっていく。ようやく私も追いついた。世界はアナグラムでできている。そんなふうに思った私は、振り返ればずいぶん冴えていたものだ。

店長はしてやったりという顔をしなかった。あいかわらず怪訝そうに私を見下ろしてくるだけだ。それがすごく腹立たしい。「バカでもピンと来る」という言葉が頭の中をぐるぐる巡る。私がバカであるのは百歩譲って認めたとしても、こいつはマジで何なんだ！　なんかいま猛烈にこの男が許せない——。

逆恨み的にそんなことを思ったとき、ステージの石野さんの声が明るく弾《はじ》けた。

「あれ、店長来てるじゃん！　店長、せっかく来たなら何か一言ちょうだいよー」

大西賢也先生のファンには当然『店長がバカ過ぎる』の読者が多く、それはひいては店長のファンが多いということでもある。

石野さんに釣られるようにお客様がいっせいに振り返り、店内が今日一番と言っていい盛り上がりを見せた。

「仕方ありませんねぇ。結局みなさん最後は私を頼るんですから」と、心の中では喜んでいるくせに、まるで嬉しそうな素振りを見せない店長をやっぱり私は許せなかった。

だから、私は大声を上げた。

「大西先生、待ってください！」

店長を行かせるわけにはいかなかった。たとえこの男が敏腕であったとしても、凡庸であったとしても関係ない。少なくとも今回のリニューアルにかんしては、店長は何一つ仕事をしていない。

いや、日常業務においてさえクソの役にも立っていない。これは可愛い後輩たちのためでもある。そんな男においしいところだけを奪われるわけにはいかないのだ。

店長を押しのけるようにして、私が再びステージに上った。試すようなお客様の、スタッフや関係者の眼差しに、私はもう怯まない。

「大西先生の『店長がバカ過ぎる』も、マーク先生の『新！　店長がバカ過ぎる』も傑作だと思います。でも、共通して不満があります。それは山本店長をどこかユーモラスに、かつやさしさをもって描き過ぎていることです。店長はそんなタマではありません。毎日毎日顔を合わせる私たちスタッフは、日々本当にストレスを感じています」

とくにスタッフが立つ一角から歓声に近い声が上がった。石野さんが意地悪そうに笑っている。山本多佳恵さんは弱々しく微笑んでいる。店長は一人顔を真っ赤に染めている。

二人の笑みと一人の仏頂面に背中を押されて、私は高らかに言い切った。

「さらなる次作を大西先生が書くのか、マーク先生が書くのか、あるいは第三の小説家が書くのかはわかりませんが、そのときは私が主人公になっていたいと思っています。いや、いまも私みたいなキャラクターが主人公ではあるのですが、そうではなく、次の物語で私がしっかりと店長を担っていたいと思います。タイトルは、そうですね――」

眠れる谷原がついに目覚めた。店長の座を奪取することを宣言した。店内は今日一番の盛り上がりを更新した。店長以外、書店というこの閉じられた場所にいるすべての人が弾けるような笑みを浮かべている。

みんなが私を支えてくれた。

「『店長が優秀すぎて』、なんてどうでしょう?」

我ながらパッとしなかったし、ウケの方もイマイチだったが、それでもみんな温かい拍手を送ってくれた。

あいかわらずつまらなそうにしているのは店長だけだ。……なんてことを思った矢先、全身を違和感が貫いた。

一つだけ、客席の中に温度の違う場所がある。ボンヤリとその席に目を向けた。まだ二十代なかばくらいだろうか。マスクで顔はよく見えなかったが、あきらかに私より若い女の子が、猫のように目を吊《つ》り上げてなぜかこちらを睨んでいる。

彼女ののど元がひくひくと動いている。私にはわかる。近づけばきっと「ガルルッ」の音が聞こえてくる。でも、なぜ彼女が私にケンカ腰なのかがわからない。

その猫娘のもとに、そっと忍び寄る者がいた。店長だ！

店長は深刻そうな顔で何やら彼女に耳打ちした。まるで暗殺計画を練っている二人である。猫娘は決して私から目を逸《そ》らすことなく、うんうんと、店長の言葉をうなずきながら聞いている。

書店の日常に終わりはない。何も閉じないからしんどいし、しかしだからこそ尊く、楽しいのだ。

そう自分に言い聞かせていなければやっていられなかった。

同じように異変に気づいた石野さんが舌なめずりをしている。山本多佳恵さんまでかつて見たことのないようないたずらっぽい笑みを浮かべている。もし本当に『新！　店長がバカ過ぎる』にさらなる続編があって、その店長を谷口香子ちゃんが担っているのだとすれば、その作品の主人公は猫娘だ。そんな確信が胸を射貫いた。

新たな刺客とともに〈武蔵野書店〉吉祥寺本店に次なる問題が降りかかってきたことを、私は肌で感じていた。

解説　この闘争に終わりはないのか。

大九明子

２０１９年、『店長がバカすぎて』が世に放たれた。ご承知の通り、書店員の日常を描くお仕事系あるある小説、ではない。あるあるなどと言い切るにはあまりにも、店長のバカさ加減が異常だ。対する京子《きょうこ》の姿勢も異常だ。ガルルッと喉《のど》を鳴らしてしょっちゅう怒っている割にはバカな事象を次々と受容してしまう京子の存在は清々《すがすが》しいまでだ。しかも媚《こ》びがない。例えば京子は安易に恋に走らない。恋愛要素は〝共感〟を呼ぶと狂信的に信じ込まれている向きがエンターテインメント界には無きにしもあらず、だが、『店長がバカすぎて』がサスペンスまでをも盛り込み、惜しげも無く読者に奉仕したエンターテインメント小説であるにもかかわらず、作家自身の審美眼で選び取られた要素のみで十分に楽しませてくれるので、私は安心して本の世界に没入できるのである。

『店長がバカすぎて』は、２０２０年に本屋大賞にノミネートされたことでもわかるように、舞台となっている書店の皆さんでさえ拍手喝采《かっさい》であった。「バカ」と呼ばれてなおチヤーミングな山本猛《たける》と、しょっちゅうプンスカしている谷原《たにはら》京子との書店での日々は、まるで仲の悪い漫才コンビの決して覗《のぞ》くことのできない日常のようで楽しい。ところが。ああ面白かったね、で終わると思っていた我々読者は思わず耳を疑った、『新！　店長がバカすぎて』と銘打った続編が登場するとは！　もう！　バカ！
続編、『新！　店長がバカすぎて』には第1弾で築き上げられた一定のルールがあるからだろうか、より自由に人物たちが動き出している。今作の京子は前作ほどプンスカしていない。のびのびと力の抜けた言動を見よ。

叱《しか》られた相手は、私が人知れず「神様A」と呼んでいる推定六十八歳の男性常連客。かつては来店するたびに難癖をつけてきて、すべてのスタッフから蛇蝎《だかつ》のごとく嫌われていた。それが最近はたまに連れてくるお孫さんが可愛《かわい》くて仕方がないらしく、好々爺《こうこうや》のように嬉《うれ》しそうに買い物をして帰っていく。

彼はこの後、孫のためにと京子に〝実物の恐竜の写真の図鑑〟を要求する。実物の恐竜の写真。「そんなバカな！」と読んでいるこちらもつい口に出しそうになるが、京子は強《したた》かに心中で〝神様A〟とあだ名で呼んで溜飲《りゅういん》をさげこの異常事態を乗り切る、というスタイルは前作からの流れではありつつも、どこか力が抜けている。さらには、

滑舌の悪いことで知られる神様Bは

と、勝手に客をそこらで知られた有名人呼ばわりして慇懃《いんぎん》無礼にいなしてみせる。ひどいぞ京子、いいぞ京子！　ちなみにA、Bとくれば当然、

私を本気で養女に迎え入れようとしてくる神様C

も、前作に引き続き登場する。

『新！　店長がバカすぎて』は、アナグラムによるサスペンスなど、前作『店長がバカすぎて』の世界観を踏襲してはいるが、それだけではない。アルバイトの山本多佳恵《たかえ》が、いいことを言っている。

本を読んでいる間くらい楽しませていて欲しいんですー。

うん。山本多佳恵さん、本当にそうですよね。

『新！　店長がバカすぎて』には、山本多佳恵のような読者の願いに応《こた》える、最大の仕掛

けが登場する。『新店長がバカすぎて』と銘打たれた第五話である。

（※以降、かなり本編の内容に触れてゆくので、まだの方は全編読まれてからまたお会いしましょう！　さようなら！）

第五話で視点をひっくり返された時、私は快哉《かいさい》を叫んだものだ。『店長がバカすぎて』から読んできている我々には、大事な約束事があった。バカなのは店長、という大前提。この約束事を逆手に取った、店長というポストを使ってのひっくり返しにはやられた。バカ側であったはずの山本猛が、店長という仮面を脱いで雄弁に語り出す、もうそれだけで感動だ。彼が幼少期からどのようにして本屋の店員を目指すに至ったか、丸谷武智《まるやたけとも》という聡明《そうめい》な友人との関係を通じて語られてゆくわけだが、お互いをフルネームで呼び合う知的な少年二人の描写はとても美しく繊細で、私は不覚にも目頭を熱くしてしまったほどだ。どうしたことだ、第五話の山本猛は、まるで「きれいなジャイアン」ではないか。これまで見せられてきた山本とは思えない。バカだバカだと笑って見ていた私がバカだった。が！　結局、これも小説として書かれたフィクションであったことが山本自身の口から鮮やかに説明されるわけだ。もう！　バカバカバカ！

この時、山本が置いたバカの仮面すなわち店長の職を、のちに京子が受け取ることになるのだが、これについてはかなり気を揉《も》まされた。せっかくの昇進話を、京子は一度断るのだから。

はぁ？　なんですか、それ。めちゃくちゃ冷めるんですけど。

磯田《いそだ》と全く同じセリフを私も吐きたい。

実社会に男女間のジェンダーギャップは歴然とあって、日本において、管理職など組織のトップに収まる女性の割合は他国と比して恥ずかしいほど低く、これを思うとやりようのない怒りで私のほおは紅潮してくるのだ。それだけではなく、女性は身心ともに暴力の対象となりやすい。これは、今の私にとっても〝若い時の〟みたいな回顧話ではなく、夜道で突如接触をされるなど、女性であるが故の理不尽な暴力から逃れることすら未《いま》だにできていない。京子、32歳。「バカ」の扱いが芸に達するほど得手になった一方、京子本人にも自覚のある痛みへの耐性が生まれてしまったことで、どこか諦《あきら》めにも似た心情を吐露する場面などもある。第三話、セクハラ電話をいなせるようになった自分を京子は静かに省みる。

でも、果たしてそれは正しいことなのだろうか。私が時間をかけて身につけていった

このふてぶてしさは、緩やかな諦めでしかないのではないだろうか。

これを目にした私は、とても笑っていられる気分ではなかった。

さらに京子は突然、結婚へ思いを馳《は》せた上、ちょっぴり恋すらしてみせる。周囲を見渡して自分も収まるところに収まるか…みたいな32歳の心情は、すごくリアルではある。ただ、京子の周りの女性の先達は、残念ながら小柳《こやなぎ》先輩ですら、結婚で会社を辞めている。今時なぜ？　と本人たちを責めるのは酷だろう。しかし小柳の結婚退職は京子と同じく私も心底がっかりして、ちょっぴり傷つきすらした。

バカな店長との闘い、社会を生き抜く女性としての闘い。終わりがない。前者は笑って見続けたいが、後者はさっさと終わらせて、のほほんと生きて行きたいものだ。

さて、京子の恋は、すぐに勘違いで終焉《しゅうえん》を遂げるがその後がかわいい。今度は恋をした相手である専務の、妻・由香里《ゆかり》に惚《ほ》れるのだ。恋敵であるはずなのに、素敵な女性に出会うと、憧《あこが》れを通り越して惚れてしまう無防備な京子がかわいすぎる。守ってあげられるのは私しかいない、と読者の私は思わされてしまった。

最後に、京子の言葉を引いておきたい。第四話、好意を寄せていた専務と、本について盛り上がった末、結局、私が不満を抱えながらも書店員を続けてきた一番の理由はこれだ。本が好きな人と、好きな本の話をしているときが何より楽しい。

ですって。泣けますね。

【以上】

（おおく・あきこ／映画監督）

ハルキ文庫

は 15-2

新《しん》！ 店長《てんちょう》がバカすぎて

著者　早見《はやみ》和真《かずまさ》

2024年5月18日第一刷発行

発行者　角川春樹

発行所　株式会社角川春樹事務所
〒102-0074 東京都千代田区九段南2-1-30 イタリア文化会館

電話　03(3263)5247(編集)
03(3263)5881(営業)

印刷・製本　中央精版印刷株式会社

フォーマット・デザイン　芦澤泰偉
表紙イラストレーション　門坂 流

ISBN978-4-7584-4640-2 C0193 ©2024 Hayami Kazumasa Printed in Japan
http://www.kadokawaharuki.co.jp/ [営業]
fanmail@kadokawaharuki.co.jp [編集]　ご意見・ご感想をお寄せください。

早見和真の本

店長がバカすぎて

谷原京子、28歳。吉祥寺《きちじようじ》の書店の契約社員。超多忙なのに薄給。お客様からのクレームは日常茶飯事。店長は山本猛《たける》という名前ばかり勇ましい「非」敏腕。人を苛《いら》立《だ》たせる天才だ。あぁ、店長がバカすぎる！　毎日「マジで辞めてやる！」と思いながら、しかし仕事を、本を、小説を愛する京子は——。全国の読者、書店員から、感動、共感、応援を沢山いただいた2020年本屋大賞ノミネート作にして大ヒット作。巻末にボーナストラック＆早見和真×角川春樹のオリジナル対談を収録。

ハルキ文庫